FUSION FANTASY STORY & ADVENTURE

사도연 퓨전판타지 장편소설

신세기전

dream
books
드림북스

신세기전 8 삼신산(三神山)

초판 1쇄 인쇄 2017년 2월 21일
초판 1쇄 발행 2017년 3월 3일

지은이 사도연
발행인 오영배
기획 박성인
책임편집 김다슬
표지 · 내지 디자인 공간42
제작 조하늬

펴낸곳 (주)삼양출판사 · 드림북스
주소 서울시 강북구 도봉로 173
대표 전화 02-980-2112 **팩스** 02-983-0660
편집부 전화 02-980-2116 **팩스** 02-983-8201
블로그 blog.naver.com/dreambookss
출판등록 1999년 3월 11일 제9-00046호

ⓒ 사도연, 2017

ISBN 979-11-283-9042-5 (04810) / 979-11-313-0648-2 (세트)

드림북스는 (주)삼양출판사의 판타지 · 무협 문학 브랜드입니다.

FUSION FANTASY STORY & ADVENTURE

사도연 퓨전판타지 장편소설

신세기전

삼신산(三神山)

8

dream
books
드림북스

신세기전

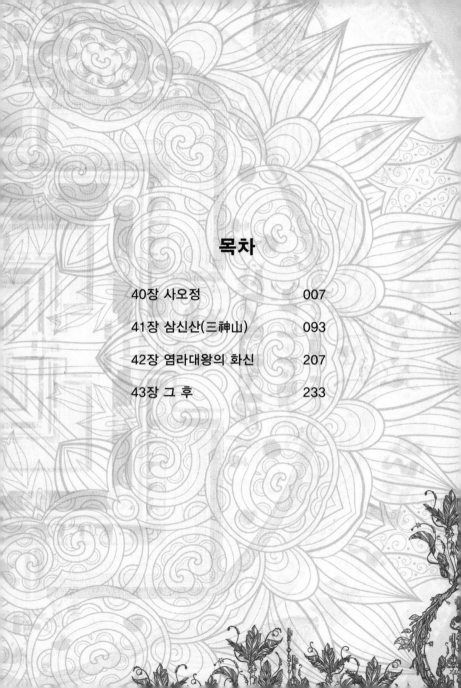

목차

40장

사오정

이승이 크게 천계와 하계로 나뉘듯이, 저승도 크게 두 개로 나뉜다.

극락과 지옥.

그중 극락은 선한 자들이 머무는 천국과 같은 곳.

그런데 환란으로 시끄럽던 동승신주보다도 더 지독해 보이는 이곳이, 극락이라고?

지호는 믿을 수가 없었다.

"네가 정…… 아니, 통천교주를 봉인하고 난 뒤에 구심점을 잃은 지옥의 군세는 창날을 돌려 지옥을 넘어 극락까지 강제로 점령해 버렸다."

"……!"

"극락을 다스리던 지장이 어떻게든 버티고는 있지만 상황은 그리 쉽질 않지."

태상노군의 시선이 지호를 꿰뚫는다.

"넌 이런 곳에서 손오공에게 주어진 명운을 끊어야 하는 게다."

"도대체 지옥에서 무슨 일이 있었던 겁니까? 명부시왕은 여태 뭘 했던 거고요?"

극락을 지장보살이 다스린다면, 지옥은 열 명의 왕들이 권역을 나눠 영혼의 형벌을 매기고 벌을 내린다.

그들이 바로 명부시왕.

그들은 개개인이 능히 삼신장이나 사천왕과 견주어도 뒤지지 않는 자들이다.

제아무리 지옥의 군세가 강하다 한들 어떻게 속수무책으로 당할 수 있는 거지?

"왜긴 왜야. 염라가 실종되었기 때문이지."

태상노군은 짜증 가득 섞인 얼굴로 말했다.

*   *   *

명부시왕 중 가장 널리 알려진 자를 말하라면?

사람들 누구나 한 사람만 이야기할 것이다.

염라대왕.

속칭 야마, 혹은 염왕이라고도 불리는 이.

그는 8개의 지옥을 총괄하며, 남은 아홉 왕을 휘하에 둔 채로 지장보살과 어깨를 나란히 한다고 한다.

하지만 대체 언제부터였을까.

어느 날 그가 실종되었다.

언제나 융통성 없고 깐깐하기만 하던 성격이었기에, 갑작스러운 실종을 단순한 변덕이라 치부하기도 힘들었다.

처음엔 다른 명부시왕들도 한마음 한뜻으로 의지를 모아 이 위기를 모면하려 했다. 염라왕이 돌아오든, 옥황상제가 다른 이를 점지해 내려주든 때를 기다리자는 의견이었다.

그렇기에 외부로는 전혀 소문이 새어 나가지 않았다.

그러다 일 년이 지나고 십 년이 넘게 지나, 백 년에 가까운 세월이 흐르면서 그들 사이로 욕망이란 감정이 고개를 슬그머니 들었다.

굳이 염라왕을 기다릴 필요가 있겠느냐, 하는 욕망.

지옥은 언제나 뜨겁고, 시끄럽고, 괴롭기만 한 곳이다.

그런데도 그들이 시왕의 자리에서 물러나지 않는 것은 영혼을 다스릴 수 있다는 권한과 그들에게 주어진 힘이 강하기 때문이었다.

그런 지옥의 수장이 될 수 있다면. 새로운 염라왕이 될 수 있다면. 지장보살과 어깨를 나란히 할 수 있다면.

저승의 왕이 될 수 있다면.

그때는 더 높은 곳까지 볼 수 있지 않겠는가!

옥황상제가 그랬듯이, 자신들도 수미산의 주인이 되지 말라는 법은 없었다.

그렇기에 욕망은 탐욕이 되고, 탐욕은 야망이 되었다.

다른 마음을 가지게 된 아홉의 왕들이 서로를 향해 이빨을 들이댔다.

하지만 그런 그들도 가장 깊숙한 지옥, 천신과 마신도 꺼려 한다는 무간지옥에까지는 손을 뻗지 않았으니.

통천교주가 그곳에 발을 들인 건 그 무렵이었다.

* * *

"쉽게 말해서 염라왕이 부재한 틈을 타서 아홉 왕이 서로 물고 뜯고 하다가 갑자기 무간지옥에서 절교가 쏟아지니 그냥 당해 버렸다, 이거죠?"

"비슷하지."

"멍청하네."

"멍청하지."

"그러고도 신인가?"

"그렇기에 신인 게지."

태상노군은 코웃음을 쳤다.

"신이란 것도 고상하게 말해서 신이지, 결국엔 탐욕에 가득 찬 놈들이니까."

"그런데 저거 천계에서 쓰면 되잖아요?"

지옥의 군세도 천계로 넘어오는데, 천계의 군세가 지옥으로 넘어가지 못할까?

지호에게 짓밟히긴 했어도 천계는 천계다.

그런데 태상노군의 인상이 묘하게 일그러진다.

"그건…… 하여간 현재 천계로서는 지옥으로 군단을 돌릴 여력이 없는 상태이니라."

어째 대답하기를 꺼려하는 모습.

지호는 묘한 기분이 들었다.

그러고 보니 자신이 그 난리를 피워 댔어도 진무대제와 석가여래는 끝까지 나타나지 않았다. 다문천왕을 제외한 다른 사천왕은 물론, 별들의 수장이라는 삼계공까지도.

이들이 옥황상제처럼 숨었다는 말은 못 들었으니 다른 어딘가에 간 것일까?

"아마 가게 된다면 골치를 꽤 썩여야 될 게다. 그래도 갈 것이냐?"

"갈 겁니다."

"쉽게 말하지 마라. 환생이란 것은, 결국 죽은 이가 윤회의 고리를 지나 다시 태어나는 것. 하지만 손오공이 주어진 수명을 극복하게 된다면 너란 존재가 어떻게 될지 나도 장담하지 못해."

어쩌면 아예 없는 존재가 될 수도 있겠지.

아니면 다른 뭔가가 될 수도 있고.

하지만,

"그래도 갈 겁니다."

이미 결정은 예전부터 하지 않았던가.

"그렇다면."

태상노군이 고개를 끄덕이더니 다시 손을 흔들었다.

이번에도 주변 장소가 바뀐다.

벽면을 따라 수많은 무구들이 나열된 무기고였다.

하나하나가 전부 화려한 빛과 웅장한 힘을 내포한 보패들.

아니, 이건 그 정도를 넘어선 신물(神物)이다.

"전부 내가 지난 세월 동안 만든 것들 중 최고의 역작들이니라. 여의봉과 비교해도 절대 뒤지지 않는다고 자부한다. 가지고 싶은 만큼 전부 가져가거라."

태상노군은 아주 자신만만해 보였다.

지호는 물끄러미 보패들을 보다가 물었다.

"한 가지 시험 좀 해 봐도 돼요?"

잠시 후.

"이 개 같은 새끼야아아아아아!"

태상노군은 꺼이꺼이, 닭똥 같은 눈물을 흘리면서 바닥에 아무렇게나 뒹구는 것들을 박박 긁어모았다.

분질러진 조각들로 이뤄진 쓰레기 더미.

방금 전까지 그가 자신만만해하며 자랑하던 컬렉션들이 모조리 박살 나 있었다.

지호가 강도 테스트를 한다며 여의봉으로 일일이 내려친 결과였다.

"이런 걸 어따 쓰라고. 그치, 성아?"

지호는 흐뭇하게 여의봉을 보며 웃었다.

웅. 웅. 웅.

여의봉이 그렇다며 울어 댔다.

*   *   *

그리고 사흘이 흘렀다.

　　　　　＊　　　＊　　　＊

　지호는 요 며칠이 지긋지긋했다.

　"이 놈! 이건 어떠냐! 곤륜의 곤오철을 밤새 두들겨 만든
창이니 이번엔 호락호락하지 않을 것이다!"
　챙그랑!
　"아아아아아악! 이 빌어먹을 돌 원숭이 새끼가!"

　"흥! 이번은 다를 것이다. 이것으로 말할 것 같으면 청양
의 왕, 소호 금천이 기르던 연지의 깃털을 여와의 비늘과
섞어 만들고, 거기에 보름달의 정기를 받……!"
　빠각!
　"이 개새끼야아아아아아아!"

　"이건 쉽게 깨지 못할 것이야. 팔괘로의 화기를 꾹꾹 눌
러 담……!"
　쾅!
　"제기라아아아아아알!"

　"이래도 안……!"

쩌걱!

"씨바아아아알! 내 말 끝나면 부숴!"

"이건……!"

따앙.

"아아아아아아악!"

"이건 어떠냐!"

빡.

"이건!"

쩌걱.

"요건!"

빠직.

"이번엔!"

콰직.

"아아아아악! 아아아아아악! 아아아아아아아아악!"

태상노군은 관자놀이를 쥐어뜯었다. 제자리에 주저앉아 소리를 꽥꽥 질러 댔다.

누가 보면 영락없는 치매 걸린 환자였다.

뇌진자는 그런 태상노군을 안타까운 시선으로 바라봤다.

"……그래도 조금은 손속에 정을 두지 그러셨소."

"뭐, 어쩌라고. 해 달라는 대로 해 줬을 뿐인데. 들어주는 내가 다 귀찮을 지경이라고."

정작 태상노군을 미치게 만든 원흉인 지호는 반대로 태상노군을 보며 이를 갈아 댔다.

닷새 전, 태상노군이 자신만만하게 자신의 창고를 보여주면서 필요한 걸 얼마든지 가져가라고 했을 때. 괜히 강도 테스트를 해 본답시고 여의봉으로 일일이 세게 내려치는 게 아니었다.

태상노군은 자신이 만들거나 모은 최고의 컬렉션들이 여의봉에 못지않다고 믿어 의심치 않는 눈치였지만, 사실 지호가 봤을 때는 터무니없는 소리였다.

여의봉은 강하다. 또 단단하다.

우가 마신들을 봉인했을 때보다도 더. 손오공이 동해 용궁에서 빼앗았을 때보다 훨씬.

이 속에 깃든 청룡이 응룡의 업을 이어 신룡으로 거듭나면서 여의봉도 저절로 강해진 것이다.

지호가 성장하는 만큼 강해지는 보패.

그렇기에 태상노군이 무엇을 가져다준다고 한들, 여의봉에 비할 바는 아니었다.

청룡도 내심 뿌듯해하는 눈치였고.

ㅡ헤헤헤헤헤. 내가 여기서 제일 세. 아무도 나 못 이겨. 그치이이이?

'그럼그럼.'

지호는 심연에서 방긋방긋 웃는 청룡을 귀엽게 보다, 살짝 인상을 찡그렸다.

컬렉션이 모두 부서지고 난 뒤로 저 노인네는 자꾸 뭔가를 만들어서 들고 온다. 덕분에 대장간에서는 땅, 땅, 망치질 소리가 그치질 않고, 뇌진자는 그러다 몸 망친다고 하루에도 몇 번이고 들락날락거린다.

그래도 지호는 그때마다 족족 부숴 대니, 노인네의 히스테리도 자꾸만 심해진다.

대체 언제까지 이렇게 있어야 하는 거지?

빨리 피하는 게 상책인데 말이다.

지호는 뇌진자를 보며 물었다.

"그보다 난 도대체 언제나 저승으로 갈 수 있는 거야?"

"조금만 기다리시오. 거의 다 끝났으니."

"벌써 그 말만 사흘째거든?"

"하면 그냥 가셔도 무방하오만. 삼도천이나 제대로 넘을 수 있으실지 모르겠소."

"젠장."

지호도 마음 같아서야 바로 가고 싶은 마음이 굴뚝같다.

지금 이때도 사생부에 적힌 손오공의 시간은 재깍재깍 줄어들고 있으니까.

이예가 준 아기살도 있으니 여차하면 바로 넘어갈 수 있지만, 문제는 바로 그 뒤였다.

이승과 저승 사이에는 하나의 강이 흐른다고 한다.

삼도천.

달리 황천이라고도 불리는 저승으로 흐르는 강.

이곳을 오롯이 건너기 위해서는 49일이라는 시간이 걸린다던가.

물론 이것도 제대로 건넜을 때의 이야기이지, 지호처럼 산 사람이 넘어가려면 삼도천에 사는 수많은 존재들을 맞닥뜨려 얼마나 걸릴지 모른다고 한다.

축지를 밟으려 해도 길을 잃어 한없이 삼도천을 떠도는 경우가 허다하단다.

물론 저승에서 내응하는 이가 있다면 조금은 손쉬워질 테지만, 지옥의 군세가 저승을 장악한 현 상황에서는 그런 걸 기대하기도 몹시 힘들었다.

'배를 만든댔지?'

삼도천을 건널 수 있는 배를 만든다고 하는데 사실상 어떤 것인지는 지호도 알 수 없었다. 그저 하루라도 빨리 나오길 바랄 뿐.

그렇지 않으면 저 지긋지긋한 노인네를 계속 상대해야 할 테니.

'아니. 태상노군이라며? 노자라면서? 그럼 좀 더 허허롭고 정겨운, 뭐 그런 할아버지여야 하는 거 아냐?'

하지만 지호 눈앞에 있는 태상노군은 완고하고, 꼬장 심하고, 자존심만 더럽게 센 노인네였다.

지금도 봐라.

저기서 씩씩대면서 이쪽을 노려보잖아.

이러다 얼굴 닳겠다.

보통 사람이라면 이쯤에서 노인의 자존심을 살려 주려 못 이긴 척 넘어갈지도 모른다. 그냥 여의봉을 살살 내려치고, 단단하네요. 이 한 마디만 던지면 되는 거니까.

하지만 지호도 자존심이 세기로는 둘째가라면 서러워할 녀석이라, 절대 지려 하지 않는다.

지호와 태상노군은 서로 지지 않겠다는 듯이 계속 상대를 노려만 봤다.

뇌진자는 한심하다는 얼굴로 두 사람을 번갈아 보다 불쑥 도무지 이해가 가지 않는 점을 말로 꺼냈다.

"만든 보패가 서로가 계속 마음에 안 들면, 그냥 제천대성이 필요하다 싶은 물품을 노군께서 만들면 되는 거 아니…… 응?"

뇌진자는 말을 하다 말고 자신을 홱 하고 돌아보는 지호와 태상노군을 보고 움찔거렸다.

무슨 말실수라도 했나 싶은데, 두 사람의 표정이 멍하게
변한다.

"내가 정말 필요한 걸……."

"이 늙은이가 직접 만들어 준다?"

이렇게 간단한 걸 왜 여태 생각 못했지?

지호와 태상노군은 서로를 보다 슬쩍 시선을 회피했다.

쪽팔렸다.

"험험. 그럼 뭐 갖고 싶거나, 필요하다 싶은 기능이 있느
냐?"

태상노군은 한참 후에야 헛기침을 하며 묻는다. 여전히
볼은 빨갛다.

하지만 두 눈은 활활 타오른다.

이번에야말로 네놈의 입에서 감사합니다, 라는 말이 나
오게 해 주마.

그런 의욕으로 똘똘 뭉쳤다.

지호는 슬쩍 시선을 회피하다가 고민에 잠겼다.

'내가 필요한 거?'

싸울 때는 떠오르는 게 참 많았는데. 막상 생각해 보니
또 잘 떠오르질 않는다.

"아니면 네가 부족하다 싶은 분야도 좋다. 속도가 느리
다면 속도를, 좀 더 강한 힘을 내고 싶다면 강한 힘을 가미

하는 보패도 얼마든지 만들 수 있으니까. 특별히 원하는 속성이 있다면 더더욱 좋고."

하지만 지호는 딱히 떠오르는 게 없었다.

속도야 축지를 밟으면 그만이고, 힘도 끽구와 견줄 정도인 지금이면 충분하다. 속성은 빛이란 걸출한 신위가 있으니 웬만한 건 거기서 죽어 버리고.

부족하거나 욕심이 생긴다고 한다면,

'그 힘이 갖고 싶어.'

지호는 문득 떠올렸다.

나이되, 내가 아니게 되었던 때.

화안금정이 단풍나무처럼 붉게 물들었던 때.

그때의 힘은 다문천왕마저도 단숨에 찍어 누를 정도로 강했었지. 그리고 그것을 가능케 했던 것.

'효마검.'

마기와 허무를 품고 있던 검을 떠올리다, 지호는 고개를 가로저었다.

'아냐. 보패는 보패로만 끝나야 해. 내가 감당할 수 없는 힘이라면 없는 것보다 못한 거지.'

그렇다면 거기에 미치는 것이라면 어떨까?

효마검과 최대한 비슷하게. 허무를 품을 수 있게.

방법은 있다.

"영진포일술을 다루고 싶습니다."

다문천왕과 일격을 나눴을 때, 지호는 분명 영진포일술을 제대로 다루지 못했다.

정확하게 말하자면 미완성이라 해야 옳겠지.

영진포일술은 모두 열 개의 진으로 구성된 바.

전투 중에 십절진을 따로 일일이 전개하고 통제하는 것도 힘들거니와, 그걸 바탕으로 허무를 다루는 것도 그리 쉬운 일이 아니었다.

실제로 재상들도 쉬이 다루지 못해 여러 군영을 한꺼번에 움직여 완성했던 걸 감안한다면, 아직 선술이 미숙한 지호로서는 조금 힘들 수밖에 없다.

그렇다면 아예 영진포일술이 각인된 보패를 쓰면 되지 않을까?

"그것이 통천교주의 선술이란 건 알고 있느냐?"

태상노군의 눈살이 찌푸려진다.

지호는 고개를 끄덕였다.

"예."

"그런데도…… 크음! 아니다. 필요하다면 주어야겠지."

한숨을 내쉬는 태상노군. 그의 눈가에는 짙은 회한이 살짝 어렸다.

'그러고 보니 태상노군이 통천교주를 짝사랑했다고 하

지 않았었나?'

지호는 문득 세계수에서 기록을 봤던 걸 떠올리다가 입을 다물었다.

그런 건 언급하지 않는 게 좋겠지.

태상노군은 곧 회한을 숨기며 물었다.

"그런데 나는 영진포일술의 구성을 전혀 모른다만."

"제가 십절진을 알고 있습니다."

"그럼 진을 새긴 보패가 있으면 되겠구먼. 공력을 불어넣었을 때에 즉각 사용할 수 있도록. 하지만 그만한 선술을 새기는 데서야 웬만한 물질로는 택도 없을 텐데?"

영진포일술을 새기는 것이 간단했다면 진즉에 그런 보패를 무한정으로 찍어 냈겠지.

급이 높은 선술일수록 다루기는 더 까다로운 법이다.

그나마 태상노군이니 시도라도 해 볼 수 있는 것이지, 사실 그것도 위험할 수 있었다.

"참고로 현재 내가 가진 재료들로는 절대 만들 수 없다. 있다 해도 최소 백 년 이상은 걸려."

지호는 잠깐 고민에 잠겼다.

'물질?'

영진포일술을 견딜 만한 무기라.

여의봉이 가장 먼저 떠오르지만 72마신을 봉인하는 보

패로도 쓰이고 있어 더 많은 기능이 실리면 위험할 수 있으니 패스.

그렇다면 내게 남은 건,

"금고아면 괜찮지 않을까요?"

지호는 오른손 검지에 끼워진 반지를 내밀었다.

태상노군의 눈이 살짝 커진다.

"금고아? 허! 이게 아직도 있었나?"

그는 손으로 턱을 쓰다듬더니 일리 있다는 듯이 고개를 끄덕였다.

"확실히 석가여래가 만든 것 중 가장 튼튼한 것이긴 하지. 돌 원숭이가 그거 때문에 꽤 괴로워하던 게 참 볼만했었는데 말이야."

손오공도 어떻게 하지 못한 것이니 충분하지 않을까.

"그것이면 충분하겠구나. 이리 다오."

태상노군이 고개를 주억거리더니 손을 내민다.

"그런데 문제가 있어요."

"응?"

"이거 빠지질 않는데요?"

"……그럼 어쩌라고?"

"그냥 바로 여기서 새겨 주세요."

"니미……!"

태상노군은 욕이 한 바가지로 튀어나올 것 같았다.

지호가 고마워하는 기색 하나 없이 손을 떡하니 내민다. 아주 당연하다는 듯이.

이놈은 남들이 그리도 어려워하는 자신을 동네 노인네쯤 취급하는 게 틀림없다.

하여간 이놈의 돌 원숭이들은 좋아하려야 좋아할 수가 없어!

태상노군은 이를 바득바득 갈면서 문양을 새기는 데 필요한 도구를 꺼냈다.

지호는 그런 태상노군을 보면서 피식 웃었다.

왠지 수집한 골동품을 보며 흐뭇하게 웃고 있을 할아버지가 떠올랐다.

*   *   *

'어?'

여기가 어디지?

지호는 전혀 낯선 광경이 펼쳐지자 눈을 동그랗게 뜨다가, 발아래로 익숙한 얼굴을 지닌 여인이 길가를 터덜터덜 걸어가는 걸 보고 이내 꿈속이란 걸 깨달았다.

십절진을 알려 주고 태상노군이 짜증을 푹푹 내면서 그

걸 금고아에다 새기는 동안, 아주 잠깐 선잠이 들었나 보다.

그런데 정위의 꿈이라니.

다시는 안 꿀 줄 알았는데.

려에 대해 유일하게 알 수 있는 단서이기에 지호는 정위가 가는 길을 같이 걸었다.

당연히 정위에겐 자신이 보이지 않았다.

* * *

정위는 한없이 길을 걸었다.

터벅. 터벅.

이제는 갈 곳도 머물 곳도 없는 삶.

어디를 가든 간에 똑같지 않을까.

어차피 내가 있는 곳은 무너지고 말 테니까.

언제나 그랬다.

내가 갖고 싶은 것은 부서지고, 내가 있고 싶은 곳은 무너지고, 내가 사랑하는 것은 흩어지며, 내가 의지했던 곳은 나를 버린다.

팔자란 게 있다면. 운명이란 게 있다면. 아마도 거기서 나는 가장 구석에 치워져 있겠지.

이 깊디깊은 수렁에, 나는 평생 헤어 나오지 못하고 허우적대고만 있어야겠지.

언제나 모든 것을 잃고 마는 삶을 살아야 할 것이다.

그렇다면 대체 난 어찌해야 할까.

사랑을 하지 말아야 하나? 가지지도 말아야 하나?

그냥 모두 버리고 번번이 놓치기만 해야 하나?

그걸 그냥 멍청하게 지켜보고만 있어야 하나?

아니다.

"꼭 가질 필요는…… 없잖아."

정위는 어느새 걷다 말고 우두커니 서서 중얼거린다.

그래. 반드시 가지라는 법은 없다.

가질 수 없다면 부숴 버리자.

아무도 가질 수 없게. 아무도 차지할 수 없게. 아무도 사랑할 수 없게 전부 부숴 버리면 되지 않을까?

나를 이 꼴로 만든 놈들을 모두 부수고 난다면 조금은 속이 시원할 테지.

이 쓰레기 같은 운명을, 욕만 나오는 팔자를 다른 놈들에게도 전가하는 것이다.

저 저주받을 놈들에게.

자신이 최고라 생각하는 저 원수들에게로!

수미산은 본래 총 108개의 구획으로 이뤄져 있다.

각 구획은 일국(一國)이 되어 한 군주 아래 백성들이 모이고, 정치를 논하고, 논밭을 갈고 소와 양을 모는 등 서로 다른 체재를 갖춰 나갔다.

그중 가장 강한 이를 꼽으라 한다면 서로 어깨를 나란히 할 수 있는 것이 많아 하나를 꼽기가 어려웠다.

어느 때는 태호가 최고라 했고, 또 어떤 때는 청양이 전성기를 맞았으며, 다른 어떤 때는 열산이, 최근까지는 판천이 득세를 하기도 했다.

하지만 이제는 그들 모두가 지는 해처럼 성세가 가라앉고, 다른 누군가가 떠오르고 있었으니.

유웅.

원래는 수미산 서방 한쪽 귀퉁이, 희수라는 강가에 깃발을 꽂고 살던 아주 자그마했던 곳.

하지만 소전이라는 걸출한 군주를 만나 그들은 무섭도록 세를 팽창시켜 주변 나라와 부족을 굴복시키고 백성의 수를 불려 나갔다.

그리고 이어 집권한 그의 아들이 영토를 안정화하고 체재를 정비시켜 최강국으로 거듭나게 했으니.

수미산의 그 어떤 나라도, 부족도, 사람도, 유웅을 무시할 수가 없었다.

아니, 오히려 고개를 바짝 엎드려야만 했다.

그 전까지만 하더라도 비교적 온건했던 최강국들과 다르게 그들은 철저히 실리를 추구했으니까.

굴종하지 않는 이들이 있으면 직접 병력을 일으켜 토벌하고, 바짝 엎드린 이들에게는 신하라 하여 철저히 주종 관계를 각인시켰으니까.

그렇기에 사람들은 유웅의 통치로 인해 공포에 떨며 살아야만 했다.

하지만 유웅에게도 그래야만 하는 이유가 있었다.

"우리에게는 정통이 부족하지."

유웅의 왕, 희는 차갑게 웃음을 터뜨렸다.

신하들은 고개만 숙일 뿐 어느 누구 하나 제대로 말을 꺼내지 못한다.

"사람들은 말한다. 강물 한 모퉁이에서 양 떼나 치던 천한 것들이 힘을 얻었다고. 신농에서 갈라져 나왔을 뿐인 보잘것없는 것들이 기고만장해한다고."

대체 무엇이 언제나 자애롭고 현명하던 왕의 심기를 이토록 자극한 것일까.

그러고 보니 밤새 용 한 마리가 왕의 곁을 떠났다고 들었던 것 같기도 하다.

"큭. 틀린 소리는 아니지. 저 고매하신 분들이 보기엔 우리가 한없이 부족할 터이니."

단순히 힘만 있다고 해서 패권을 유지할 수 있는 건 아니다. 태호와 청양이 비록 쇠락하긴 했어도 여전히 많은 이들에게 존경을 받는 건, 그들에게 역사란 전통이 있기 때문이다.

몰락한 열산이 아직도 백성들 사이에 회자되는 건, 그들이 여와의 축복을 받아 이 수미산에 처음으로 세워진 나라이기 때문이다.

반면에 유웅은 그것이 부족하다.

천 년도 넘는 전통을 지닌 다른 나라들과 다르게 자신들은 이제 끽해야 수십 년에 지나지 않았으니까.

"자, 그럼 다들 의견을 고해 보거라. 어찌하면 우리가 저들의 눈에 찰 수 있을까?"

희의 두 눈이 뱀처럼 번들거린다.

하지만 어느 누구 하나 제대로 대답하지 못한다. 그저 서로 간에 눈치만 보기 급급할 뿐.

희는 그게 도무지 마음에 들지 않았다.

싸움이라 하면 영토를 넓힐 욕심에 서로 너도 나도 뛰어드는 것들이 이런 문제에 대해서는 입을 다무는 꼴이라니.

그때 신하들 중에 유일하게 싱글벙글 웃는 사람이 있었다.

땅딸막한 키. 눈가에 주름이 자글자글한 인상 좋은 노인
이다.

상망.

희의 꾀주머니라 불리는 노인.

"상망, 그대는 무슨 생각이 있는 듯한데?"

"이리도 손쉬운 것을 어찌 현명하신 왕께서 고민하시는
건지, 잠시 생각을 해 보았습니다."

희의 눈이 번들거린다.

"너무나 쉽다?"

"예."

"그렇게 자신만만하게 대답하니 바로 해답을 내어 줄 수
있는 것이겠지?"

제대로 된 것이 아니면 죽이겠다.

그런 의지가 물씬 풍긴다.

다른 신하들은 어찌하려고 저러나, 걱정하는 얼굴로 그
를 쳐다봤지만, 상망은 여전히 웃고만 있었다.

"밖에 내관은 '그것'을 안으로 들이거라."

곧 밖이 어수선해지면서 내관이 누군가를 조심스레 데리
고 들어온다.

그 순간, 신하들은 아주 잠깐 자리를 잊고 자신들도 모르
게 감탄을 터뜨렸다.

그만큼 아리따운 여인이 있었다.

열여섯 살 정도 되었을까.

옥을 곱게 갈아 바른 듯 뽀얀 피부에 높은 콧대, 앵두 같은 입술. 마치 인형이 아닐까 싶을 정도로 아름답다.

전체적으로 얼음장처럼 차가운 기색이 흐르지만, 그것이 꼭 절벽 위에 핀 꽃같이 도도해 남정네들의 애간장을 태운다.

이윽고 여인이 희 앞에 멈춰 예를 갖춘다.

희의 한쪽 입꼬리가 올라갔다. 명백한 비웃음이다.

"설마하니 나더러 주변의 눈 따윈 다 무시하고 계집질이나 하라고 내놓은 것은 아닐 테고?"

상망은 여전히 웃는 낯으로 고한다.

"본디 저들이 말하는 정통성이란 손에 쥔 모래와도 같이 부질없는 것이니, 그렇다면 우리는 모래가 있는 모래사장 전부를 취하면 되지 않겠습니까?"

"모래사장을 취한다?"

희가 올린 입꼬리를 내리고 고개를 갸웃거린다.

상망은 고개를 끄덕이면서 여인에게 말했다.

"아기씨께서는 당신이 누군지를 말씀해 주시지요."

여인은 천천히 고개를 들더니 불경하게도 희와 직접 눈을 마주쳤다.

신하들이 움찔거린다.

저건 명백한 하극상.

왕과 자신을 동급으로 여긴단 뜻이 아닌가.

하지만 곧 뱉어진 말에, 그들은 모두 기함하고 말았다.

"내 이름은 왜(娃). 몰락한 열산의 왕, 염제 신농과 조물주 여와의 외손녀가 되는 유교의 딸이오. 유웅으로의 전향을 요하는 바이외다."

"……!"

"……!"

여와의 핏줄이라면 수미산에서 가장 고귀한 신분. 여러 나라의 왕들도 고개를 숙여야 하는 이가 아니던가!

그제야 희도 만족한 듯, 입가가 살짝 벌어진다.

왜. 달리 정위라고도 불리는 여인은 얼음장처럼 서늘한 원한을 가슴에 꼭꼭 숨겨 둔 채, 희를 바라보았다.

＊　　＊　　＊

아아, 이제야 알겠다.

정위. 당신이 누구인지를.

그렇기에 모르겠다.

당신이 왜 나와 오공을 증오하는지.

……우리가 만약 려, 라면.

수많은 고민을 해 봤다.

려. 그는 대체 누굴까?

손오공과 머리칼 색은 다르지만 너무나 닮은 사람.

그에 대한 꿈을 꾼 건 절대 우연이 아닐 것이다.

응룡도 말하지 않았던가.

그가 자신이라고.

지호로서는 도저히 짐작도 할 수 없는 까마득한 세월을 살았을 응룡이 이상한 것을 보고 그런 이야기를 하지는 않았을 테지.

무엇보다도 효마검.

꿈 속 려가 쓰던 검이 자신의 심장을 찔렀을 때에 충동적으로 튀어나왔던 인격은 자신이 아니었다. 손오공은 더더욱 아니었다.

어쩌면 그것은 려의 한쪽 단면이 아니었을까.

정위와 마을 사람들에게는 한없이 친절하고 호구 같던 사람이지만, 전장에 설 때만큼은 피로 칠갑을 한 채 적에게 무한한 공포를 가져다주었던 이였으니.

'전생의 전생, 뭐 그런 건 아니려나?'

윤회전생이 몇 번이고 반복된다면 손오공 이전의 전생이

있다고 해도 무리는 아닐 테지.

하지만 걸리는 건 있다.

만약 짐작하기로 려가 효마라면, 효마는 영혼이 찢겨 존재가 사라졌기 때문에 분명 윤회전생이 불가능하다.

이건 천계에서 몇 번이고 확인한 사실이기도 했다.

만약 효마가 윤회를 하고 있었다면 천계에서 어떻게든 잡으려 들었겠지. 손오공과 지호란 존재는 태어나지도 못했을 것이다.

그렇다면 려는 무엇이고, 효마는 또 무엇인가.

'역시 오공에게 물어봐야겠지.'

그라면 아마도 알고 있을 것 같다.

아니, 알고 있을 것이다.

환생에도 관심을 가져 그 실체를 자신이 있는 곳으로 데려올 정도였던 사람이었으니.

그러니 빨리 손오공을 깨우자.

그리고 물어보자.

려. 그는 대체 누구이며 정체가 무엇인지.

그리고,

'대체 우리를 둘러싸고 벌어지는 이 일들이 무슨 의미를 갖는지.'

잠에서 깬 지호는 조금씩 눈을 떴다.

그런데 큼지막한 뭔가가 바로 앞에 있다. 웬만한 사람 다리보다도 더 큰 게 끔뻑거린다.

그건 사람의 눈이었다!

"으아아아아아아악!"

지호는 소스라치게 놀란 나머지 자신도 모르게 벌러덩 나자빠져 한참이나 뒤로 물러섰다.

"어허허허허허허! 돌 원숭이가 저렇게 놀라는 꼴을 보니 내 속이 다 시원허다!"

바로 옆에 있던 태상노군은 뭐가 그리 좋은지 껄껄 웃음을 터뜨린다. 뇌진자도 살짝 고개를 돌리고 웃음을 겨우 참는다.

대체 언제 나온 건지 궁내가 아닌 야외 뜰이다.

지호는 두 사람을 째려보고 난 뒤, 큰 눈의 주인인 끽구에게 소리쳤다.

"야, 너 뭐야!"

녀석은 흡족한 얼굴로 상체를 일으키고 있었다. 아파트 4층짜리 높이쯤 되는 거인이 움직이니 위압감이 장난이 아니다.

여태 저런 놈이랑 싸웠었나?

"친구. 일어났다. 끽구가. 깨웠다."

"뭔 소리야!"

"끽구가. 친구. 깨웠다."

"그러니까 뭔 소리냐고!"

"친구. 일어났다."

"야!"

원래 거인족이라 말이 서투르다는 건 알고 있지만, 그래도 도통 무슨 소린지 모르겠다.

지호는 한쪽 소매를 걷어붙이고 여의봉을 꺼냈다.

"복수라도 하러 온 거냐?"

끽구는 아직 싸움의 상처가 덜 나았는지 그 커다란 상체 전체를 온통 붕대로 칭칭 감고 있었다. 늘 가지고 다니던 반고월은 보이지도 않는다.

그런데 끽구 표정이 이상하게 울적해진다.

"친구. 미안하다. 끽구. 친구인지. 몰랐다."

"친구? 누가 네 친군데?"

"너. 끽구 친구. 끽구. 너 친구."

끽구는 검지로 지호와 자신을 번갈아 가리키며 또박또박 말했다.

이건 무슨 시추에이션이지? 우리는 싸움으로 우정을 나

녔다, 같은 헛소리를 지껄여 대는 무슨 소년 만화 같은 장면인가?

혹시 짚이는 게 있나 싶어 태상노군과 뇌진자에게 눈짓을 보낸다.

태상노군은 그저 꼴좋다는 식으로 웃기만 해 댄다. 뇌진자만 고개를 저으면서 대답했다.

"제천대성이 잠깐 선잠에 들었을 때부터 갑자기 나타나서는 그렇게 있었습니다. 저희도 당최 이유를 모르겠습니다. 수문대장이 이렇게까지 움직인 게 너무 오랜만인지라."

수천 년이 넘도록 언제나 같은 자리에 석상처럼 우두커니 서서 천계의 정문을 지키던 이였으니. 뇌진자도 뜻밖이란 얼굴이었다.

그럼 다른 이유가 있단 뜻인데.

"야, 너 희를 기다린다며?"

"맞다. 끽구. 희 기다린다. 희. 끽구 친구."

"그럼 오히려 나랑 원수여야 하는 거 아냐?"

"끽구. 모르겠다. 무슨 말인지. 멍청해서."

끽구가 도리도리 고개를 흔든다.

"내가 려라면?"

"려?"

끽구는 머리통을 갸웃거렸다. 무슨 말인지 전혀 모르겠다는 태도.

"친구. 려. 아니다."

"뭐?"

이건 또 무슨 소리야?

지호가 눈을 크게 뜨는데,

"친구. 너 안에. 있다."

"내 안에?"

지호는 혹시나 하는 생각에 여의봉에다 공력을 불어넣어 허공에다 풀었다.

그러자 여의봉은 푸른빛무리에 잠기더니 길게 몸을 늘어뜨리면서 커다란 청룡이 되었다. 원래의 덩치가 너무 크기 때문에 장소 생각을 해서 최소한 몸을 줄인다.

사슴과 같은 꼿꼿한 뿔, 남색 빛깔의 투명한 비늘, 여의주를 품은 손. 위풍당당한 풍채.

과히 신룡이라 할 만한 청룡의 등장에 태상노군과 뇌진자는 작게 탄성을 터뜨렸다.

"허어!"

"과연. 묘성의 청룡."

청룡은 눈을 가느다랗게 뜨면서 끽구를 단단히 노려보았다.

—너! 지호 괴롭힌 나쁜 놈이지! 용서 안 해!

그런데 끽구의 반응은 청룡과 달랐다. 얼굴이 환하게 밝아지더니 큼지막한 손을 뻗어 청룡을 덥석 안는다.

단숨에 청룡의 허리가 꺾인다.

"친구. 드디어. 만났다!"

—누가 네 친구야!

"친구. 반갑다!"

—지호야! 얘 이상해!

끽구는 반가운지 방실방실 웃으면서 청룡을 안고 마구잡이로 흔들어 댄다.

청룡은 낑낑대면서 작은 발로 어떻게든 끽구를 밀어내려 하거나, 빠져나오려 아등바등하지만 끽구가 놔주질 않는다.

—이씨! 놔! 놓으라고!

"친구. 너무 좋다!"

—나 네 친구 아냐!

"친구. 이제 안 놓친다!"

청룡은 도저히 나올 수가 없자 단단히 심통이 났는지 아가리를 쩍 벌려 끽구의 머리통을 물었다. 하지만 단단한 머리통은 부서지지 않고 상처만 살짝 날 뿐이다.

도리어 끽구는 그것이 청룡의 인사라고 받아들였는지 더

세게 안아 댔고, 청룡은 그때마다 놓으라며 더 세게 머리통을 씹어 댔다.

지호는 청룡과 끽구가 아옹다옹하는 모습에 묘한 기시감을 느꼈다.

'그러고 보니 응룡은 잠깐 희의 옆에 있었지. 그럼 그것 때문에 저렇게 반가워하는 걸까?'

끽구의 눈에 청룡은 응룡과 같아 보일 수도 있다. 청룡은 응룡의 업을 이었으니까.

하지만 끽구가 한 말이 뭔가 마음에 걸린다.

'내가 려가 아니라고?'

대체 뭐가 어떻게 된 거지?

"이 빌어먹을 돌 원숭이 새끼가! 노인네는 노안 때문에 잘 보이지도 않는 걸 그래도 어떻게 세공을 해 보겠답시고 돋보기안경까지 갖고 와서 끙끙대고 겨우겨우 완성했건만! 정신 차렸으면 벌떡 손에 쥔 거 확인이나 해야지 뭘 하고 있는 게야!"

지호는 생각을 하다 말고 버럭 지르는 소리에 움찔, 옆으로 고개를 돌렸다. 태상노군이 도끼눈을 뜨고 노려보고 있었다.

그제야 지호는 부탁했던 금고아를 확인했다.

금고아에는 못 보던 무늬가 깨알 같이 빼곡하게 박혀 있었다.

십절진이다.

술식 중 틀린 것 하나 없다. 일러 준 그대로 정확하게 박혀 각 진이 서로의 영역을 침범하지 않도록 별도로 마모 처리까지 해 뒀다.

"와아. 대단하네요."

려에 대한 의문은 거짓말처럼 사라진다.

그만큼 금고아에 새겨진 무늬는 아주 정교하고 아름다웠다.

보는 내내 선술을 이런 식으로도 다룰 수 있구나, 감탄을 터뜨리고 만다.

과연 보패를 만드는 데 있어서는 천계 제일이라더니.

오래 살아온 세월만큼이나 지식과 활용에 관해서는 까마득할 정도로 깊다.

이런 건 전지의 문으로도 짐작만 할 수 있을 뿐, 따라 하기도 까마득하다.

"일단은 돌원숭이, 네놈이 해 달라는 대로 새기긴 했다만. 그런데 네가 일러 준 술식, 뭔가 좀 이상하지 않으냐? 아무리 봐도 내가 아는 영진포일술은 아니던데."

태상노군은 여전히 뚱한 표정이었다.

그래도 아까 전처럼 타박을 하지 않는 걸 보면 너무 대놓고 감격을 하니 마음이 좀 풀린 모양이었다.

"예. 아마 그럴 겁니다. 천계에서 복구한 십절진과는 다르니까요."

"음? 뭐……!"

태상노군이 고개를 갸웃거리다 뒤늦게 무슨 뜻인지 알고 경악한다.

뇌진자가 다급한 얼굴로 물었다.

"여, 영진포일술에다 변형을 가했단 말씀입니까?"

"응."

"그, 그런 게 가, 가능할 리가……!"

뇌진자는 십절진을 분석하고 복구하느라 천계가 투자한 시간이며 인력, 비용을 떠올렸다.

자그마치 천 년. 천 년이 넘는 시간이 소요됐다.

허무를 다루는 건 그만큼이나 어려운 일인 데다가, 그걸 작동하는 것도 상당한 공을 필요로 한다. 실제로 지호를 잡기 위해 얼마나 많은 대군이 투입되었던가.

그런데 거기다 변형을 가했다고?

하지만 지호에게는 저들에게 없는 다른 무기가 있지 않은가.

화안금정. 진실을 꿰뚫는 눈.

그것으로 수많은 선술을 분석하고, 파훼하며, 습득하는

건 이미 몇 번이고 해 본 일이었다.

십절진이라고 크게 다를까.

더군다나 지호는 이미 응룡과 싸우면서 몸소 허무를 겪었던 바. 당연히 허무에 대한 이해도는 다른 이들과 비할 바가 아니었다.

하지만 이런 것도 말이나 쉽지, 해냈다는 것부터 미친 짓이나 다름없었다.

"대체 무슨 변형을……?"

"역(逆)."

"역?"

뇌진자가 무슨 뜻이냐며 물으려는데, 도리어 지호는 지켜보라는 듯이 익살맞게 웃으면서 금고아에다 공력을 불어넣었다.

지이이이이이잉.

금고아가 거칠게 울린다.

표면을 따라 새겨진 십절진이 빛을 발하면서 오른손을 따라 시커먼 물결이 올라온다. 팔목을 둘러싸고, 팔뚝까지 단번에 차오른다. 그러다 전신으로 퍼져 칭칭 감아 댄다.

허무를 갑주처럼 사용하다니.

태상노군과 뇌진자는 허를 찔린 심정이었다.

'허무로 몸을 감아 모든 물리적 공격을 무효화시키겠다,

이 말인가? 참신하군. 다음 보패를 만들 때 참조를 해 봐야겠어.'

'확실히 전력은 강화되겠지만…… 너무 위험해.'

허무는 눈 깜짝할 사이에 어떻게 변할지 모른다. 만약 정신없이 싸우는 도중에 컨트롤이 조금이라도 어긋나면 정작 위험해지는 건 본인일 텐데?

"여기까지가 허무. 하지만 미세한 변화를 주면……!"

지호가 역 영진포일술을 전개했다.

그러자 몸을 감고 있던 새까만 물결이 황금색 잉크를 떨어뜨린 것처럼 단숨에 맑아진다. 허무는 삽시간에 광휘로 뒤바뀌면서 지호는 더더욱 찬란하게 빛을 냈다.

그것으로도 모자라 황금색 광휘는 사방으로 길게 뻗치면서 마치 광배처럼 지호를 둘러싸다가 서서히 꽈배기처럼 한데 엮이기 시작했다.

그렇게 해서 만들어진 것이 큰 여섯 줄기의 광휘.

마치 금방이라도 타오를 것 같이 일렁이는 여섯 개의 광휘는, 등을 따라 넓게 펼쳐져 있어 멀리서 보면 마치 날개처럼 보이기도 했다.

아래쪽 한 쌍은 다리를 감고, 중간 한 쌍은 몸을 돌며, 위쪽 한 쌍은 얼굴 부근을 두른다.

보는 것만으로 찬탄이 저절로 나오는 광경.

특히 어느새 하얗게 변한 머리와 화안금정으로 물든 눈, 푸른 비늘을 드러낸 몸을 보고 있노라니 마치 한 폭의 성화(聖畵) 같았다.

하지만 지호는 그게 끝이 아니라는 듯, 주먹을 꽉 쥐더니 하늘로 힘차게 뻗었다.

퍼어어어어어엉!

푸른 하늘에 커다란 구멍이 난다. 찢겨진 하늘 밖으로 시커먼 우주가 비쳐지더니,

촤아아아아아아아악!

마치 양손을 밀어 넣어 좌우로 크게 밀어 버린 것처럼 푸른 하늘이 갈기갈기 찢어지면서 머리 위는 새카만 어둠만이 남아 있었다.

"저, 저런……!"

뇌진자는 방금 본 것이 믿기지 않는다는 듯이 두 눈을 부릅떴다.

하늘을 찢어 버린다니!

지호가 나타 등과 싸웠을 때에도 공간이 흔들리면서 천계를 뒤덮던 상공에 구멍이 났던 적은 있었다.

하지만 이렇게 너무나 쉽게 했던 건 아니었다.

대체 무슨 수를 쓴 거지?

"이 돌 원숭이 새끼가! 저걸 저렇게 해 버리면 어떻게 해!"

태상노군이 얼굴을 대춧빛으로 물들인 채로 길길이 날뛴다.

지호와 다문천왕이 일으킨 싸움을 복구하느라 고생했던 게 바로 엊그제였는데, 이제 와서 그보다 더 흉한 꼴을 만들었으니!

하지만 지호는 걱정 말라는 듯이 씩 웃더니 이번엔 광휘에 싸인 손을 가볍게 저었다.

그러자 저 머나먼 하늘 한쪽 끝에서 무슨 물결 같은 것이 시작되더니 단숨에 까만 하늘을 푸른색으로 물들인다.

언제 무슨 일이 있었냐는 듯 밝다.

"허!"

태상노군은 어이가 없다는 듯이 헛웃음을 흘렸다.

이제야 그는 지호가 허무를 어떻게 쓰는지 보았다.

허무를 저딴 식으로 쓰는 게 가능하다니. 감탄 반, 탄식 반이 섞였다.

역시 돌 원숭이라도 원숭이는 원숭이구나. 잔꾀가 기가 막혀.

"허무의 구성을 역으로 돌려서 도리어 빛을 집약시킨다?"

허무는 존재를 삼킨다. 당연히 빛도 존재하지 않는다.

그럼 이걸 다루는 영진포일술을 반대로 돌리면 어떻게

될까?

여태 삼켰던 빛을 도로 토해 내지는 않을까?

블랙홀과 화이트홀의 개념이다.

화이트홀이 실제로는 존재하지 않는다지만, 블랙홀이 빨아들인 물질이 외부로 방출되는 건 사실이다. 지호는 거기에 착안한 것이다.

허무 속에 있던 빛을 자신의 신위에다 투영시켰다. 그러면서도 허무의 특성도 버리지 않고 광휘라는 형태로 풀어냈다.

응룡이 허무를 품었듯, 지호는 자신만의 무기를 만들어 부리는 것이다.

"허허허! 허허허허허허!"

태상노군은 연신 웃음을 터뜨렸다.

보면 볼수록 참으로 기가 막혔다.

'준아야. 준아야. 네가 무엇을 그리려는 건지는 모르겠다만…… 아무래도 그리 쉽게 뜻대로 되지는 않을 성싶구나.'

태상노군의 눈이 번들거린다.

'보아라. 이 아이는 또 네 뜻과는 달리 가고 있는 듯하다. 마치 그때의 돌 원숭이처럼 말이다. 허허허허허허.'

지호는 광휘를 천천히 거둬들였다.

분명 뜻했던 그대로 광휘는 성공리에 안착되었다.

아마 이것만 있다면 기존 전력보다 훨씬 증강시킬 수 있을 테지.

꿈속에서 봤던 려.

그가 적들과 싸울 때에 어떤 모습을 하고 있는지 참고했던 것이 아주 컸다. 손오공에게서 참조한 것도 많다는 건 두말할 나위 없다.

그걸 자신만이 가진 빛이란 신위에 맞춰 녹여낸 것이 유효했던 듯하다.

하지만 아직도 지호는 불만족스러웠다.

'아직 멀었어.'

다른 사람들이 어떤 눈으로 자신을 보고 있는지 전혀 관심을 두지 않는다.

그저 그의 관심은 하나.

려. 그리고 손오공.

남들은 너무나 빠른 속도로 강해져 간다고 할지 모르나, 아직은 멀다는 걸 안다.

다문천왕을 찍어 누를 때에 보였던 려의 힘을 알고, 동주 칠마왕을 통해 보았던 손오공의 진짜 힘을 너무 잘 안다.

그에 비하면 이제야 자신은 손오공의 그림자를 겨우 밟

앉을 뿐.

그러던 때였다.

"배가 완성되었습니다! 배가 완성되었어요!"

뜰 쪽으로 누군가가 뛰어온다.

지호의 시선이 저절로 그쪽으로 돌아갔다.

*　　　*　　　*

완성된 배가 있다는 곳은 대적천에서 얼마 떨어지지 않
은 공방이었다.

"친구. 같이 가자. 친구. 끽구랑 놀자."

—캬아아아악! 놓으라고, 돼지야!

끽구는 싱글벙글 웃으면서 청룡의 꼬리를 꽉 붙잡고 질
질 끌고 다녔다. 청룡은 아가리로 끽구의 옆구리를 물어뜯
으면서 싸워 댄다.

사람들은 어느덧 익숙해진 장면을 그렇겠거니 하고 그냥
넘겼다.

지금은 다른 데에 더 정신이 팔렸다.

"배. 작다."

끽구는 완성된 배를 내려다보면서 이런 걸 사람이 타고
다닐 수 있냐는 듯이 고개를 갸웃거렸다.

하지만 거인족인 그에게나 작을 뿐, 지호에게는 충분한 크기였다.

옛날 소설에서나 나올 법한 돛이 달린 돛단배.

하지만 보기에는 이래도 신의 영혼도 녹일 수 있을 만큼 독한 삼도천도 무사히 건널 수 있을 만큼 튼튼하단다.

"길을 찾는 것은 걱정하지 않아도 될 게다. 이 배가 알아서 움직일 테니."

태상노군은 배의 사용법에 대해서 누누이 몇 번이고 신신당부했다.

"풍랑이 거세지거나 다른 이상한 뭔가가 나타나 방해를 한다고 해서 크게 저항하거나 하지 마라. 괜히 배가 뒤집혔다가는 진짜 네가 황천 가는 수가 있어."

"예. 걱정 마십쇼. 벌써 열다섯 번째 들어요."

"네놈이 하도 사고를 치고 다니니까 그렇지!"

태상노군은 물가에 내놓는 아이를 보는 심정이라도 되는지 고개를 털레털레 흔들었다.

"어휴. 저 뺀질이 놈에게 죄다 맡겨야 한다는 게 내 한일 따름이지."

지호는 피식 웃었다.

왠지 모르게 이제는 태상노군의 꼬장이 정겹게만 느껴진다.

"웃음이 나오냐, 이놈아!"

"그보다 제가 저쪽에서 해야 하는 거나 말씀해 주세요."

태상노군은 실실대며 능글맞게 웃는 지호의 낯짝을 한 대 후려 패 주고 싶어 주먹을 부르르 떨다가, 이내 길게 한숨을 내쉬면서 대답했다.

"……염라를 찾아라."

"염라왕을요?"

염라왕은 실종된 게 아니었나?

"그래. 사생부를 관장하는 권한은 놈에게만 있으니까."

손오공에게 주어진 굴레를 거둘 수 있는 것도 그밖에는 없다는 뜻이다.

"단서는, 없죠?"

"미안하구나."

"……중국에서 왕서방 찾기네."

아무래도 넘어가자마자 발로 뛰어다니는 수밖에는 없을 것 같다. 가뜩이나 저승의 상태도 혼란스러워 방해가 이만 저만이 아닐 것 같은데.

지호는 뒷머리를 박박 긁다가 이내 고민을 접었다.

일단 해 보자.

언제는 제대로 된 계획이나 잡고 일을 저질렀나.

지호는 돛단배에 올라타고 품에서 이예가 줬던 애기살을

꺼냈다.

"그럼 이만 가 볼게요. 나타에게도 잘 전해 주세요."

"그래. 괜히 설치고 다니지 말고. 몸조심하고. 왜 이리 물가에 애를 내놓는 것 같누."

하여간 잔소리는.

지호는 쓰게 웃다가, 이예를 돌아봤다.

"다음에 보자."

"그래."

둘의 인사는 짧았지만 그걸로도 충분했다.

이예는 나타의 답변을 듣고 월궁으로 돌아가겠다고 말했다. 지호를 따라가고 싶은 마음도 컸지만, 이제는 항아와 못 다한 시간을 같이 하고 싶은 마음이 더 컸다.

"성아, 그만 놀고 가자."

─응응! 그런데 이 돼지가 안 놔 줘!

청룡은 낑낑대며 도움을 호소했다.

그때 끽구가 청룡과 지호를 번갈아 보더니 성큼성큼 이쪽으로 다가온다.

"끽구. 친구 따라간다."

"수문대장! 그건……!"

뇌진자가 크게 놀라 소리친다.

끽구가 없으면 천계의 정문을 지킬 사람이 없어진다.

"끼구. 이제 친구. 안 놓친다."

하지만 끼구는 단호했다.

뇌진자가 그를 뜯어말리려는데 태상노군이 손을 뻗어 고개를 가로젓는다.

그만하라는 뜻.

무슨 생각이라도 있는 걸까.

그러다 지호에게 묻는다.

"같이 가도 괜찮겠나?"

"저야 오히려 고맙지만. 좁지 않을까요?"

지호로서는 이예 대신에 옆을 지켜 줄 사람이 생기니 나쁠 턱이 없다. 청룡은 싫어하는 것 같지만, 둘의 케미도 잘 맞는 것 같고.

"괜찮을 걸세. 참을성 하나는 대단한 아이니."

지호는 끼구를 물끄러미 쳐다봤다.

"끼구. 조용히 있는다. 친구. 옆에 있는다. 말 듣는다."

그렇게 끼구도 돛단배에 올라타 몸을 최대한 웅크린다. 덩치에 어울리지 않는 모습이 조금 귀엽게 느껴진다.

지호는 청룡을 여의봉으로 되돌려 회수하고는 애기살을 들었다.

"가기 전에 들를 곳이 있는데, 괜찮지?"

"어디든. 괜찮다. 친구. 좋다."

지호는 계면쩍게 웃다가 이내 짧은 작별을 뒤로하고 눈을 감았다.

저승으로 가려면 우선 하계로 내려가야 한다. 삼도천을 건너기 전에 이나은을 만나 잠깐이라도 이야기를 나누고 싶었다.

천리안과 예지안을 동시에 열어 이나은이 있는 곳을 찾는다.

그런데 뭔가 이상하다.

아무것도 보이지 않는다.

그냥 깜깜한 어둠만 자리 잡을 뿐.

무슨 실수라도 했나 싶어 다시 눈을 뜨는데, 이상하게 태상노군과 뇌진자의 표정이 좋질 않다.

"절지천통……!"

"왜 신통이 또 끊어진 거지?"

지호는 무슨 소린가 싶다가 두 눈을 크게 떴다.

절지천통. 하늘과 대지의 소통을 끊는다.

절교가 환란을 부렸을 때처럼 다시 하계로 통하는 신통이 단절되었다는 뜻이다. 천계와 하계를 잇는 통로가 가로막혔다.

하지만 왜?

이제 하계에 절교는 없을 텐데?

그 순간,

   —신이 된 자가 사사로이 하계에 제 뜻을 관철
시키려 든다면, 신은 왜 필요한 것이고, 천계는
왜 있는 것이며, 법칙은 왜 존재하는 것인가? 신
은 신으로서만 존재하여 속세의 인연으로부터 모
두 탈피하는 게 옳은 일인즉.

머릿속을 왱왱 울리는 신의 목소리.

   —그대가 하계에 강림하야, 그곳에 벌어질지도
모르는 환란은 어찌 생각도 못 하는가? 나후가 하
계에 할퀴고 간 흉터를 보고도 어리석은 짓을 되
풀이하려는 셈인가?

"권렴대장!"
태상노군이 익숙한 목소리에 얼굴을 일그러뜨리며 노호
성을 터뜨린다.
그때 지호와 뇌진자, 태상노군에게 드리웠던 그림자가
일제히 엿가락처럼 쭉 늘어진다 싶더니 한데 맞물리기 시
작한다.

그리고 그 위로 한 남자가 천천히 떠오른다.

나부끼는 검은색 장포를 두른 채 얼음장 같은 인상으로 차가운 분위기를 잔뜩 풍긴다. 허리춤에 걸린 환도는 바닥에 닿을 정도로 아주 길어 묘한 멋을 부린다. 그러다 걸을 때마다 달그락, 달그락, 요란한 소리를 낸다.

두 눈이 서리처럼 시리게 빛나며 지호를 직시한다.

"상제께 사죄를 청하고 윤허를 받으라. 그대가 천계에 남긴 상처는 크고도 깊도다. 그러지 않는다면 절지천통은 풀어지지 않을 것인즉."

태상노군의 얼굴이 더더욱 일그러진다.

"이는 내가 허락한 일이다."

"상제께서는 반대하시었소."

"내가 허락한 일이라 하였다!"

"본관은 단지 상제의 명만을 따를 뿐."

"놈!"

서릿발과 같은 기세가 휘몰아친다.

하지만 권렴대장은 눈 하나 깜빡하지 않았다. 그저 담담히 지호만을 응시할 뿐.

지호는 가만히 권렴대장을 마주 봤다.

처음 보되, 익숙한 눈빛.

영혼이 울린다.

지호는 가만히 그의 이름을 입에 담았다.

"사오정?"

*   *   *

외부와 철저히 단절된 궐 안.

나타는 며칠이 되도록 다섯 평 남짓한 좁은 방에서 가부좌를 튼 채 눈을 뜨지 않았다. 그저 파르르 떨리는 눈꺼풀만이 그의 암담한 기색을 드러낼 뿐.

"택하여라. 정(情)인가, 충(忠)인가?"

스승 이예에게 씌워진 죄를 사면하고 복권을 시켜 드리겠노라고 그리도 호언장담을 하였건만.

삼신산에 내려와 옥황상제께 알현을 청하고, 오랜 기다림 끝에 윤허를 받아 올린 상소의 끝이란 저리도 차갑고 무정한 것이었다.

단풍나무처럼 붉은 눈을 요요히 뜬 채, 옥황상제는 딱 한마디만 했다.

사제 간의 온정을 택할지. 중단원수로서의 충심을 보일지.

그리고 모든 권능과 직위를 해제시키고 권렴대장으로 하여금 이곳에다 유폐를 시키게 하였으니, 나타는 식음을 전폐하고 궁리에 궁리를 거듭할 수밖에 없었다.

옥황상제가 지금 자신에세 내린 물음이 잘못되었다는 것은 안다.

이예에게 너무 가혹한 형벌이 주어진 것 또한 안다.

그렇기에 어느 것이 올바른 대답인지도 안다.

하지만…… 그러기에 앞서 자신은 홀몸이 아닌, 백만에 달하는 천병(天兵)을 다스리며 천계를 수호하는 최고위가 아니던가.

모시는 주군의 잘못된 점을 간언하는 것이 충신의 도리라지만, 떨어진 명령을 충실히 수행하는 것 또한 충신의 도리였다.

더군다나 나타에게는 커다란 짐이 있었다.

다문천왕.

다른 길을 걸었다지만, 어찌 부자간의 연까지 끊을 수 있을까. 그가 지은 죄를 조금이라도 갚으려면 이 방법밖엔 없었다.

결국 오랜 고민 끝에,

'어쩔 수 없구나.'

나타는 결정을 내렸다.

"그래. 답은, 내렸느냐?"

끼이익!

때마침 문이 열린다.

붉은 눈을 한 사내가 문틀에 등을 기댄 채로 이쪽을 본다.

나타는 눈을 뜨며 한쪽 무릎을 지면에다 꿇었다. 고개를 숙이며 비통에 찬 얼굴을 보이지 않으려 한다. 이를 악물며 새된 소리를 억누른 채로 외쳤다.

"신(臣) 나타. 상제의 명에 따르겠나이다."

그 순간, 긴 머리가 떨어져 보이지 않는 얼굴에는 또르르, 눈물이 흐르고 있었다.

'미안하다, 제천대성.'

*　　　*　　　*

사오정.

유사하에서 물귀신으로 살며 길을 잃은 나그네나 잡아먹는 신세였다가, 현장법사에게 깊이 감명을 받아 그의 세 번째 제자가 되었던 자.

하지만 본래의 정체는 옥황상제의 궁궐, 금궐운궁을 호위하는 권렴대장이었으니. 천계에 있을 당시 옥황상제가 각별히 아끼는 수정잔을 깨뜨린 죄목으로 하계에 떨어진 것이다.

훗날, 천축으로의 여행이 모두 끝난 뒤, 그는 그간의 공을 인정받아 금신나한에 봉해졌다.

그리고 소원을 한 가지 말하라는 옥황상제의 물음에 이리 대답했다.

돌아가고 싶습니다, 라고.

자신이 있던 자리로 돌아가 상제의 곁을 호종하고 싶노라고.

원한다면 도당의 재상 자리도 꿰찰 수 있는 권한을 얻었건만, 그는 자신을 망가뜨렸던 금궐운궁으로의 복권을 긴히 간청한 것이다.

이에 옥황상제는 크게 감읍했다.

이리 뛰어난 충신을 보고도 몰랐으니 내 어찌 천계를 다스리는 상제라 할 수 있겠느냐.

옥황상제는 그의 소망을 들어 다시 그 자리에 앉혔다.

아니, 직위는 권렴대장 그대로이되, 권한은 그 이상을 주었다.

"권렴대장의 말은, 곧 짐(朕)의 말과도 같도다."

　　　　　*　　　*　　　*

　　이런 곳에서 사오정을 만나게 될 줄이야.

　　언젠가 전생의 인연과 만나지 않을까 하는 생각은 하고 있었다.

　　나후와 싸울 때에 현장법사가 남긴 도움을 받기도 했었으니까.

　　하지만 이런 식일 줄은 몰랐다.

　　적의.

　　여기서 한 발자국이라도 움직인다면 바로 환도, 과거 서유기 때에 썼던 항요장을 녹여 만든 보패 항요도를 뽑겠다는 의지가 물씬 풍긴다.

　　상제를 뵈어 직접 사죄를 청하라.

　　그렇지 않는다면 벨 것이다.

　　당연히 지호의 낯이 잔뜩 일그러진다.

　　"옥황상제의 뜻이다, 이 말입니까?"

　　"그러하다."

　　"하! 진짜 이제 웬만해선 그냥 넘어가려 했는데 자꾸 속을 박박 긁어 대네?"

　　지호는 속이 부글부글 끓었다.

　　상희의 일도, 다문천왕의 일도 이제는 그냥 끝내려 했다.

태상노군이나 되는 사람이 미안하다며 직접 고개를 숙이는데 더 이상 따지는 것도 이상했다.

그런데 옥황상제가 이렇게 대놓고 시비를 건다면 이야기는 달라진다.

탁!

지호는 돛단배에서 뛰어내려 사오정 앞에 섰다. 어느새 여의봉을 손에 쥔다.

뒤에서 끼구 역시 돛단배에서 몸을 일으킨다. 하지만 표정은 사르르 사라져 가만히 지호와 사오정을 지켜본다.

지호와 사오정, 두 사람은 말없이 눈싸움을 벌였다.

아무런 기세도 흘리지 않았는데도 불구하고 주변 공기가 싸늘하게 식은 듯 무거워진다.

뇌진자는 이대로 있다간 정말 무슨 사고가 터져도 대형사고가 터질 것 같다는 생각이 들었다.

사오정은 융통성이라고는 눈을 씻고 찾아봐도 찾기 힘든 작자고, 지호는 다문천왕과 싸울 때보다도 더한 힘을 지녔다. 눈이 뒤집히면 뒤도 안 돌아본다.

여기서 일이 터졌다가는 정말 어떻게 수습도 못한다.

"두 분 다 그만하십시오. 이 일은……!"

"권렴대장! 정녕 나를 기만할 생각인가!"

태상노군이 도중에 노호를 터뜨린다.

이 이상 나섰다가는 정말 가만히 두지 않겠다는 뜻.

하지만 사오정은 도리어 신의 목소리로 소리쳤다.

　**─금궐운궁에 적(籍)을 두고 있는 자, 상제의
천명(天命)을 받들라!**

도저히 거스를 수 없는 위엄에 찬 호통 소리에 뇌진자는
결국 굴복하며 한쪽 무릎을 지면에 찍었다. 뇌부의 병사들
역시 일제히 부복한다.

처처척!

이 자리에 서 있는 것은 지호와 이예, 그리고 턱수염을
부들부들 떠는 태상노군뿐.

사오정은 품에서 두루마리로 정성스레 만 비단 칙서를
꺼내 펼쳤다. 옥황상제의 옥새가 찍힌 걸 본 뇌진자 등은
고개를 숙였다.

"지난 을묘일, 상장군 중단원수는 직접 짐을 찾아와 죄
인 이예의 억울한 사연을 토로하고, 다문천왕의 반란을 진
압한 공이 있음을 밝히며, 지난 죄를 사면해 달라 간청하였
다. 하지만 그는 지난날의 죄에 대해 참회를 하기는커녕 짐
과 천계에 대한 원한만 가졌으며, 삿된 절교와 결탁하여 하
계를 어지럽히고, 제천대성과 함께 천계를 침공한 것도 사

실이었으니, 이에 짐은 사흘의 밤낮을 지새우며 고민을 한 끝에 어렵사리 다음과 같은 결론을 내리었다."

이예가 눈을 가느다랗게 좁힌다.

왜 나타는 아직도 오지 않고 사오정이 대신 온 걸까.

"지난 잘못을 더 큰 죄로 키운 것도 사실이고, 천계를 구제한 공 또한 사실인 바. 공과 과를 하나로 합쳐서 다음과 같은 판결을 내린다."

사오정은 갑자기 말을 하다 말고 품을 뒤적거리더니 은장도를 꺼내 이예의 발치에다 던졌다.

챙그랑!

"편히 자결할 수 있는 은덕을 내리겠노라."

"……!"

"이런 개 같은……!"

뇌진자가 놀라 고개를 높이 들고, 지호는 욕지거리를 내뱉었다.

하지만 이예는 예상이라도 했다는 듯이 피식 웃었다.

"조금은 달라질까 싶었는데. 예나 지금이나 여전하구려, 상제."

한쪽 입꼬리가 올라간다. 명백한 비웃음이다.

"하지만 이를 어쩌나. 본인은 현재 도당이 아닌 제천대성부의 소속이오만."

네깟 놈이 무엇이라 한들 신경도 쓰지 않는다는 투다.

아니, 오히려 송곳니까지 드러내며 투기를 숨기지 않는다.

이미 신위를 회복했으니 사오정과 싸우는 것도 마다하지 않을 모습이다.

아니, 이대로라면 옥황상제가 있는 곳까지 단숨에 쳐들어갈 테지.

하지만 이예는 잘 몰랐다.

사오정이 어떤 사람인지.

사오정은 무표정한 모습 그대로 묻는다.

"칙명을 따르지 못하겠다, 이 뜻인가?"

"당연한 소리."

"그렇다면."

사오정은 서늘한 눈빛을 빛내며 항요도를 뽑았다.

스르릉!

새하얀 도신이 마치 설원에 반사되는 햇볕처럼 차갑게 반짝인다.

이예도 천천히 어깨에 걸었던 동궁을 푼다. 지호는 인상을 찡그리며 여의봉을 아래로 늘어뜨리고, 뇌진자는 풍뢰시를 활짝 펼쳤다. 끽구는 돛단배에서 당장에라도 뛰어내릴 태세였다.

하지만 사오정은 싸우지 않았다. 대신에 항요도로 허공을 길게 찢었다.

"이자의 목이 떨어져도 상관이 없는가?"

공간이 열리며 저쪽 너머로 새카만 어둠이 드러난다.

허무를 닮았지만 다르다.

천계 제일의 감옥, 흑암이다.

그 속에는 항아가 쇠사슬에 칭칭 감긴 채 눈물을 흘리고 있었다.

"상공……!"

"항아!"

이예가 놀란 나머지 앞으로 튀어 나가려 한다.

하지만 사오정은 항요도를 항아의 목젖에다 갖다 댔다.

"움직이지 않는 게 좋을 텐데."

이예의 걸음이 뚝 멈춘다.

으드득!

으스러져라 이를 간다.

"대체 뭘 어쩔 셈이냐?"

"자결은 하지 않는다고 하였으니 다른 공을 세워 그걸 무마하는 수밖에 없지."

사오정은 무미건조한 목소리를 하며 턱짓으로 지호를 가리켰다.

"제천대성을 쏴라."

"뭐?"

"제천대성을 벤다면 그 공을 참작할 것이다."

"……!"

이예는 주먹을 꽉 쥐었다. 팔뚝 위로 핏대가 선다.

지호와 항아.

은인과 연인.

두 사람 사이에서의 갈등 끝에,

"……미안하다."

이예는 소증을 시위에다 걸어 지호를 겨누었다.

지호의 안색이 딱딱해진다.

"이해해 다오. 나를."

"……."

이예의 눈동자가 흔들린다. 눈가에 살짝 눈물이 맺히며
볼을 타고 흐른다.

수많은 감정이 눈동자 위로 스친다.

후회. 자책. 미안함. 그리고…… 부탁.

이예는 눈빛으로 말하고 있었다.

자신을, 죽여 달라고.

세계수에서 처음 만났을 때. 지호는 이예의 목에다 긴고
아를 걸었다. 지호가 마음만 먹는다면 언제든 목숨을 앗아

갈 수 있도록.

신위 역시 지호가 준 것. 지호가 마음을 먹는 순간 이예의 목은 떨어진다.

그는 자신을 죽여 항아를 구해 달라 빌었다.

지호는 그 눈빛을 읽고 여의봉을 꽉 쥐었다.

어떻게 해야 하지? 찰나의 고민이 스친다.

"쏴라. 어서."

사오정이 내뱉는 한 마디. 고저 없이 평탄하지만 이예의 가슴을 꽉 조른다.

결국 이예가 두 눈을 질끈 감으며 시위를 놓으려는데,

주르륵!

갑자기 항아의 입가를 따라 핏물이 흘러내린다.

"그…… 만…… 하시어요…….."

이예는 눈을 크게 뜨며 항아를 돌아봤다. 사오정도 전혀 예상치 못했는지 두 눈을 크게 뜬다.

"항…… 아?"

이예의 눈이 흔들린다.

항아는 빙그레 웃고 있었다. 몸이 무너져도, 피가 쏟아져도, 눈동자가 흔들려도, 영혼이 찢어져도.

마지막 가는 길, 조금이라도 더 낭군을 두 눈에 담고자 한다. 저 따스한 모습을 곤히 품고자 한다.

그리고 감사해한다.

오랜 세월. 길고 길었던 기다림 끝에 낭군을 잠깐이라도 볼 수 있었던 것을.

"그러…… 실 필요 없…… 답니다…… 이제……."

*　　　*　　　*

처음 그녀를 만난 곳은 천계에 있는 어느 약수터였다.

천계에서도 변두리에 위치해 인근 사람들도 잘 모르는 산골짜기의 약수터.

가끔 동물들이 목을 축이기 위해 모여들고, 나무가 울창하고 바람도 상쾌해서 이따금 이예는 골치가 아픈 일이 있으면 머리를 식힐 겸 해서 찾아오곤 했다.

그날도 그랬다.

이부라는 신이 반란을 일으켜 골칫거리가 되었으니 직접 군을 이끌고 토벌을 하란 옥황상제의 명령이 있었다.

하지만 이예는 쉽사리 수락하지 못했다.

이부는 한때 그와 함께 등을 맞댔던 동지. 언제나 정의롭고 의연한 벗이었다.

그런 사람이 반란을 일으켰다는 사실이 쉽사리 믿기지 않았던 것이다.

아마 어떤 오해가 있을 테지.

어떻게 하면 상제의 분노도 가라앉히고, 이부도 도당에 돌아올 수 있도록 손을 쓸 수 있을까.

그래서 이곳에 와서 머릿속을 정리하면 좋은 해결책이 나올까 싶었던 것인데.

"어?"

그런데 선객이 있었다.

"그래? 그랬단 말이지. 정말 나쁜 아이구나. 언니가 나중에 꼭 혼내 줄게. 알았지? 그래그래. 참 예쁘다. 떼도 안 쓰고."

약수터에 가만히 앉아 꺄르르 웃는 여인.

여인의 주변에는 수많은 동물들이 옹기종기 모여 있었다.

토끼, 사슴, 너구리, 종달새, 고양이, 여우…….

종류가 제각각이다.

심지어 늑대도 있어 자칫 다른 동물들이 잡아먹히는 게 아닐까 싶었지만 이상하게 녀석들은 그럴 기미가 보이지 않았다. 마치 이 여인의 곁에 있으면 모두가 평화롭다는 듯 꼬리를 살랑살랑 흔들어 대거나, 얼굴을 그녀의 치맛단에 다 대고 비비며 애교를 부리기도 했다.

여인은 그런 동물들에 둘러싸여 뭔가 자꾸 재잘거리기

바빴다.

정말 동물과 대화를 나눌 수 있는 게 아닐까 싶을 정도로 웃고, 울고, 같이 화를 내기도 한다. 그럴 때마다 동물들은 더더욱 여인의 주변을 맴돌았다.

그 모습이 너무 예뻐서, 이예는 한참이나 멍하니 그녀를 바라봤다.

아무리 고운 여인에게서 추파를 받거나 고백을 들어도, 하루에 몇 번씩 매파가 찾아와도, 여인에 대해서는 여태 한 번도 관심이 없었는데.

이상하게도 눈길이 떨어지지 않았다.

어느 여염집 아낙네들이나 입을 법한 허름한 옷을 입었어도 마치 보석을 곱게 뿌린 비단옷을 입은 듯 빛이 나는 것 같다.

"어머. 시간이 벌써 이렇게 되었네. 미안해. 나중에 또 찾아올게."

그러다 이름 모를 여인은 하늘에 뜬 해의 위치를 가늠하다 벌떡 일어났다.

동물들은 가지 말라며 치맛단을 입으로 물었지만, 그녀는 일일이 그들의 머리를 쓰다듬어 달래고는 숲길을 따라 어딘가로 걸었다.

이예는 뭔가에 씐 듯이 그녀의 뒤를 따랐다.

그녀가 도착한 곳은 어느 허름한 마을이었다.

'여긴……?'

몸이 아픈 환자들이나 가난한 사람들이 머무는 마을. 도당에서도 처치를 두고 골치를 썩이던 곳이었다.

자신들이 힘들게 살기에 도와주기 위해서 오거나 실태를 조사하기 위해 온 사람들도 배척하며 배타적으로 살아가던 곳.

그토록 사랑스러운 여인이 살 곳은 아니었기에 혹여 마을 사람들에게 해코지라도 당하는 게 아닐까 걱정이 들었다.

하지만 그녀는 달랐다.

다친 사람이 있으면 옆에서 물수건으로 땀을 닦아주고 이부자리를 정돈해 주는가 하면, 걷기 힘든 노파가 있으면 말동무가 되어 같이 길을 걸어 주기도 하고, 마을 사람들이 편히 쓰라고 우물에서 물을 직접 떠올려 따로 장독대에 보관해 주기도 했다.

마을 사람들은 아주 익숙하다는 듯이 그녀와 어우러지며 간간이 농담도 하고 짓궂은 장난을 치기도 했다.

그들을 돕는 여인의 입가엔 웃음이 잔뜩 걸렸다.

싫어하는 기색도 힘들어하는 내색도 하지 않는다.

정말 이 일이 즐거워 죽겠다는, 행복에 찬 미소였다.

"친구. 친구. 일어나라."

"어? 어! 왜, 왜 그러나?"

"친구. 이상하다. 잠만 잔다. 아까 전부터. 무슨 일. 있
나?"

"아, 아닐세. 아무것도."

멍하니 허공에다 시선을 던지던 이예는 동료, 끽구의 부
름에 퍼뜩 정신을 차렸다.

끽구는 고개를 갸웃거렸다.

"친구. 계속 이상하다. 멍 때린다. 딴생각한다. 멍청해
보인다."

"내, 내가 그랬었나?"

"무슨 일. 있나?"

이예는 이를 어떻게 설명해야 할까 싶어 전전긍긍해하다
가 결국 털어 놓았다.

약수터에서 우연히 봤던 여인. 뭔가에 홀린 듯이 며칠째
뒤만 따라다니는 자신.

정말 뭔가 잘못된 게 아닐까 싶어 상담하는데, 갑자기 끽
구가 씩 웃는다.

"친구. 사랑. 빠졌다."

"사…… 랑?"

"맞다. 사랑이다. 끽구. 사랑. 잘 모른다. 하지만. 희. 누보 볼 때면. 그랬다. 친구. 축하한다. 드디어. 사랑 알았다. 사랑 여자. 어디. 여자?"

"그, 그것이……."

이예는 우물쭈물 아무 대답도 하지 못했다.

모를 수밖에 없다.

그동안 자신이 한 일이라고는 며칠째 그녀의 뒤만 쫄래쫄래 따라다니기 바빴으니까.

"이름. 모르나? 이상하다."

고개를 갸웃대는 끽구를 보며 이예는 계면쩍게 검지로 볼을 긁적였다.

이예가 짝사랑에 빠졌다는 소식은 대군영을 크게 흔들어 놓았다.

전장의 귀신이라고까지 불리던 상장군이 사랑이라니.

그것도 짝사랑.

모두가 웃음을 터뜨렸다.

이예는 걸을 때마다 쏟아지는 시선에 어디 쥐구멍에라도 들어가고 싶은 심정이었다. 만나는 동료들이며 휘하 제장, 평소에는 감히 자신의 얼굴도 못 쳐다보던 사병들까지 웃으면서 인사를 건네니 원.

'이 새끼, 죽여 버릴 테다.'

이예는 말하지 말라고 그렇게 신신당부를 했는데도 불구하고 동네방네 소문을 다 퍼뜨린 끽구를 떠올리면서 이를 바득 갈았다.

하지만 그러다가도 녀석이 해 줬던 말이 가슴에 깊게 남았다.

'사랑이라고?'

이름 모를 그녀를 떠올린다.

가슴이 뛴다. 뺨이 붉어진다.

그날 밤에도 이예는 모든 일정이 끝나자마자 산골짜기로 부리나케 달려갔다.

여인이 걷는 길목은 조금 험하다.

울퉁불퉁한 산길인 데다, 항상 그녀가 돌아가는 시각은 해가 진 저녁. 여인의 몸으로 걷다가 무슨 해코지를 당할지 모를 정도로 위험했다.

그렇기에 그녀가 눈치채지 못하게 한참이나 떨어져서 뒤를 뚜벅뚜벅 따르곤 했다.

그녀는 절대 그냥 걷지 않았다.

달밤을 보면서 노래를 흥얼거리기도 하고, 길가에 핀 꽃을 보고 한참이나 향을 맡기도 한다. 충동적으로 길이 닦이지 않은 옆길로 샐 때도 많아서 항상 돌아가는 시간은 한참이나 걸렸다.

오늘도 그런 날이었다.

어디서 구했는지 모를 소쿠리에다 간드러지게 열린 산딸기를 따다가 한 움큼 담는다.

"내일 애들이 좋아하겠지?"

뭐가 그리도 좋은지 방긋방긋 웃다가 다시 걷기 시작한다.

달빛 아래.

이예는 달빛이 그녀의 앞길을 환하게 비춰 주길 바라면서 저만치 떨어져 뚜벅뚜벅 따라 걸었다.

옥황상제와 월비 상희 사이에서 태어난 12번째 막내 공주, 항아.

그게 그녀였을 줄이야.

궁에서 연회가 있을 때. 평상시와는 다르게 화려한 궁복을 입고 다소곳하게 등장한 그녀를 보고 처음에는 알아보지 못하다가 뒤늦게 야 깨달았다.

숲 속에서는 항상 활발하고 생기가 넘쳤건만. 궁궐에서는 단아하면서도 조용했다.

두근. 두근.

이예의 가슴이 쿵쾅거렸다.

"난생처음 보는 사람과 혼인이라니! 이게 말이나 되냐고!"

항아는 연회가 끝나 궁에서 나오자마자 씩씩대며 발치에 구르던 돌멩이를 발로 뻥 걷어찼다. 궁에서 보였던 모습은 전부 거짓말이었나 보다.

"무슨 말이라도 해 봐요! 그쪽은 화 안 나요?"

항아는 짜증을 부리면서 고개를 홱 돌렸다.

마침 그녀를 따라 주춤 따라 나오던 이예가 움찔거린다. 그런 그의 양손에는 커다란 보따리가 들려 있었다.

"뭐예요, 그건?"

"무, 무거우신 것 같아서."

항아는 도끼눈으로 째려보다가 이예 옆에서 주춤거리는 할머니를 보고 눈을 동그랗게 떴다.

그러다 피식, 웃어 버렸다.

"역적 이부를 토벌한 공으로 상장군 이예에게 달을 하사하노라."

달.

해와 함께 만물을 비추는 커다란 신위를 하사한다는 옥황상제의 천명에 도당 재상들이며 대신들이 모두 눈을 크게 뜬다.

　하지만 이예는 가당치도 않다는 듯 고개를 숙였다.

　"뜻을 거두어 주시옵소서. 이 모든 공은 맞서 싸운 제장과 병졸들의 것. 소신에겐 그럴 자격이 없사옵니다. 대신 다른 한 가지 청이 있사옵니다."

　"말해 보라."

　"하계에 유궁이란 나라가 있어 산천이 아름다운데도 불구하고, 상제의 은덕이 미치지 않아 가난과 역병에 시달리고 있었사옵니다. 소신, 상장군의 직위를 반납하고 그곳에서 여생을 보내고 싶사옵니다. 윤허해 주시옵소서."

　달을 마다하고, 대신에 쓸모없는 작은 나라를 하나 달라?

　모든 대신들이 놀란다.

　하지만 옥황상제는 그럴 줄 알았다는 듯이 웃었다.

　"그곳을 식읍으로 내리겠노라. 단, 상장군의 직위를 반납하겠다는 청은 반환토록 하겠다."

　"괜찮겠소? 달의 안사람이 되어 편하게 지낼 수 있는 것을. 나로 인해 저버리게 되었으니."

항아는 미안해하는 이예를 보며 웃었다. 그녀는 바보같이 착한 남편의 엉덩이를 두들겼다.

"이래야 제 남자죠."

떠오르는 열 개의 태양.

메마르는 대지. 불타는 논밭. 신음에 찬 백성.

"……괜찮겠소? 당신에겐 오라비들이 아니오."

"제겐 오라비보다 제 백성과 지아비가 더욱 소중해요."

"고맙소."

이예는 동궁과 소중을 들었다.

*   *   *

대체 어디서부터 잘못된 것일까.

아니, 언제부터 어긋난 걸까.

이예는 아무나 좋으니 붙들고 그렇게 묻고 싶었다.

자신이 바랐던 것은 아주 사소했을 뿐인데.

상쾌한 바람, 지저귀는 새, 맑은 시냇물. 밝은 달빛 아래, 단둘이서 손을 꼭 잡고 걷던 숲길.

정말 평범하기 짝이 없는 그런 것만 바랐을 뿐이었다.

그런데.

그런데 왜 이토록 운명은 우리 사이를 갈라놓으려고만 하는 것일까?

"너는 더 이상 영광스럽지 못할 것이다. 짐이 그 영광을 앗아갈 것이니. 너는 더 이상 행복하지 못할 것이다. 짐이 너의 행복을 짓밟을 터이니."

과거가 떠오른다.

"그러니 저주하라, 짐을. 그러니 자책하라, 너를. 이 세상 어디에도 앞으로 네가 발길을 들일 곳은 없음이니."

그렇게도 내가 싫으셨소, 상제?

이렇게 내게서 마지막 남은 희망마저 가져가야만 했냔 말이오, 상제!

"당…… 신은 당신으로 남아 주세요…… 언제나……처럼. 소녀가…… 사랑했…… 던 당신으로……."

항아는 남편이 자신 때문에 비겁해지는 걸 보고 싶지 않았다.

자신을 보기 위해 살아온 삶이 매우 고단했다는 것을 알지만, 그래도 옛날의 모습을 잊지 않았으면 했다.

"항아!"

이예가 애타게 소리친다. 눈물이 흐른다.

"사랑…… 해요."

하지만 항아는 웃는 낯 그대로 바닥에 쓰러졌다. 미동도 하지 않았다.

그리고,

파스스스스.

항아의 몸이 빛무리에 잠기더니 흩어지기 시작한다.

신은 영혼과 육체가 합치된 몸. 신에게 있어 죽음은, 당연히 윤회전생으로의 회귀를 의미한다.

"죽여 버리겠다아아아아아아! 사오저어어어어어엉!"

이예는 처절한 악다구니를 지르며 소증을 돌려 사오정에게로 쏘았다.

쐐애애애애애액!

사오정은 협박이 통하지 않게 되자 주저 없이 몸을 뒤로 물리면서 항요도를 휘둘렀다.

채애애앵!

하지만 이예는 곧바로 사오정에게로 따라붙어 소증을 잇달아 날렸다.

퍼버버버버버버벙!

이예와 사오정. 한때 천계 제일의 상장군이었던 자와 옥황상제의 호위 무사가 벌이는 격돌은 상상을 초월한다.

주변이 터져 나간다.

모든 것이 쓸려 나간다.

뇌진자와 태상노군은 뒤로 훌쩍 물러서야 했다. 지호는 먼지구름을 헤치며 이예를 붙잡으려 했다.

하지만,

『이 일은, 나의 일이다. 너와는 상관없는.』

이예의 전음이 지호의 귓가로 파고든다.

지호는 흠칫 행동을 멈췄다.

이예는 여전히 이를 악문 채, 두 눈에 핏대를 잔뜩 세우고는 사오정에게 달려들고 있었다.

『그러니 너는 떠나라, 이 땅에서. 모든 게 뒤죽박죽 섞여 악취만 나는 이곳을 떠나. 길은 내가 열어 주마.』

대체 뭘 하려는 거지? 지호는 불안한 마음에 이예를 돌아봤다.

이예는 어느덧 사오정에게 바짝 붙고 있었다. 활도, 칼도 쓸 수 없는 좁은 간격. 왼팔을 뻗어 녀석의 어깨를 붙잡는다. 떨어지지 않겠다는 듯 단단히 붙들어 매며 안으로 잡아당긴다.

사오정은 어떻게든 이예를 떨쳐 내려 했지만 이예는 떨

어지지 않는다. 어느덧 서로의 숨소리가 들릴 정도로 가까
워진다.

그 순간, 이예는 오른쪽 손바닥 위로 달의 석영을 꺼냈
다. 지호가 줬던 달의 신위. 그걸 그대로 사오정의 명치에
다 쑤셔 넣는다.

퍽!

"큭!"

사오정은 피를 토했다.

마음 같아서는 당장 뽑아 버리고 싶었지만 이예는 찰거
머리처럼 떨어지지 않는다. 아니, 더더욱 깊게 쑤셔 넣었
다.

그럴수록 석영에서 달의 정기가 올라와 기맥을 얼린다.
단전을 침범하고, 근육과 살갗을 부순다. 영혼을 쑤셔 댄
다. 제천대성의 신위가, 옥황상제의 권속을 때린다.

쩌저저적!

결국 사오정의 몸뚱이 절반이 얼음으로 뒤덮였을 때, 천
계와 하계를 가르던 절지천통에 구멍이 생겼다.

콰콰콰콰콰콰콰!

요동치는 세상. 흔들리는 천계.

됐다.

길은 만들어졌다.

이것으로 지호는 바라던 대로 하계에 내려가 저승으로 갈 수 있으리라.

'고마웠다.'

이예는 더 이상 지호에게 의지하고 싶지 않았다.

여기까지만 해도 이미 평생 못 갚을 은혜를 입었다. 이 이상 바랄 수 없다.

아니, 바라서도 안 된다. 이건 나의 길이니까.

그러니 만약 내생이 있다면.

여와가 허락하여 세계수에 녹아 환생을 할 수 있다면.

그때는,

'너에게 충성을 바쳐 보는 것도 나쁘진 않겠지.'

그리고 가능하다면 그녀와 다시 한 번 손을 잡고 달빛 아래에서 숲길을 걸어 보리라.

슥!

이예는 달의 정기 때문에 흔들리는 사오정의 영혼에서 구멍 난 절지천통 아래, 옥황상제가 있는 곳을 읽어 냈다.

헛된 자존심 때문에 딸까지 버린 무정한 사람.

이번에야말로 끝장을 내 주겠다는 생각에 축지를 내디디려는 순간,

푹!

"흡⋯⋯!"

이예는 갑자기 심장이 타들어 가는 고통에 가슴을 내려 다보았다.

항요도의 기다란 도신이 심장을 꿰뚫고 있었다.

사오정이 얼어붙은 상태로 억지로 움직여 금방이라도 부서질 것 같은 팔을 보이며, 얼음만큼이나 차갑게 웃었다.

"상제께, 발길이나 들일 수 있을 줄 알았더냐."

이예는 뭔가를 말하고 싶은 듯, 입을 벙긋거린다.

달의 석영을 사오정에게 박아 버린 탓에 신위를 놓아 버렸다. 그렇기에 공력이 관통된 심장을 치료하지 못한다.

피가 잔뜩 쏟아진다.

고개를 떨어뜨렸다.

*　　　*　　　*

"독한…… 것."

사오정은 이예의 시신을 밀어내면서 인상을 잔뜩 찡그렸다. 달의 정기가 아직도 영혼을 옥죄려 하고 있어 몸이 쉽게 말을 따르질 않았다.

무엇보다 이 녀석, 꿈쩍도 않는다.

죽은 게 맞나 싶을 정도로 옷깃을 잡은 악력이며 명치에 넣은 손날이 도무지 빠지질 않는다. 자신의 한을 소리치듯,

두 발로 단단히 땅을 딛고 서 있기까지 한다.

사오정은 잘 움직여지지 않는 팔까지 움직여서야 이예를
떼 낼 수 있었다.

파스스스.

그때서야 이예의 몸이 빛무리에 잠겨 흩어진다.

절뚝. 절뚝.

하지만 사오정은 그곳에 시선을 주지 않는다. 항요도를
움켜쥔 채 지호를 돌아본다.

그가 받은 임무는 이예 따위가 아니다.

제천대성의 목이지.

달을 이렇게 빼앗겼으니 힘은 예전만 못하겠군.

싸늘한 눈빛으로 뭐라 말하려는데,

"씨발. 좆 같네."

뭐라?

사오정이 미미하게 이마를 찡그린다.

하지만 지호는 취소할 마음이 없는 듯 얼굴을 잔뜩 구기
며 욕지거리를 내뱉었다.

"좆 같다고. 전부."

그러더니 주먹을 꽉 쥐며 허공에다 휘두른다.

싸늘하게 웃으면서.

"그러니까 너네들도 느껴 봐."

쩌걱!

주먹이 박힌 자리.

아무것도 없는 허공인데도 불구하고 유리가 깨진 것처럼 잔뜩 금이 간다. 지호는 주먹에다 더더욱 힘을 줬다. 자국이 깊게 눌리면서 균열이 넓게 퍼져 나갔다.

그리고 균열 위로 퍼져 나오는 검은 아지랑이.

사오정은 녀석이 뭘 꾸미는지 깨닫고 그만두라며 소리치고 싶었지만, 아지랑이는 곧 자욱한 연기가 되어 사방으로 휘몰아쳤다.

새카만 안개 사이로 열렸다.

다른 공간이. 다른 세상이.

사람들이 악몽이라 부르는 세계가!

화아아아아아아악!

새카만 공간이 하늘을 따라 잔뜩 퍼져 나간다.

허무나 흑암과는 다르게 수많은 색깔과, 수많은 사념과, 수많은 망상들이 파노라마처럼 퍼져 나가는 공간. 그곳을 따라 두 개의 눈이 활짝 열린다.

검은 자위와 흰 동자를 가진 눈.

그것이 지호를 내려다본다.

—대가는?

"자유."

―원하는 것은?

"되돌려. 전부."

두 눈이 호선을 그린다.

―그대의 기원, 이뤄졌도다.

그 말과 함께 악몽이 천계를 뒤덮었다.

41장

삼신산(三神山)

꿈은 모든 것을 이루게 해 준다.

가질 수 없는 걸 가지게 하고, 이룰 수 없는 걸 이룰 수 있게 한다.

설사 그것이 불가능한 일일지라도 꿈에서는 가능하다.

가령, 죽은 사람이 돌아온다든지.

아니면 있었던 일을 없던 것으로 치부해 버린다든지.

스스스.

하늘을 따라 돌던 검은 안개는 세상을 덮어 간다.

마치 모든 연극이 끝났다는 듯이 내려온 검은 장막은 세상을 한 차례 덮었다가 서서히 땅속으로 스며들었다.

그리고 나타났을 때처럼 홀연히 사라졌다.

"어…… 떻게 된 거지?"

이예는 흔들리는 눈동자로 자신의 손을 내려다봤다.

감각이 생생하다. 의식이 또렷하다.

벌써 저승에 도착한 걸까?

아니다.

여긴 분명 이승이었다. 그것도 천계.

하지만 나는 죽지 않았었나?

"상공?"

익숙한 목소리.

다시는 들을 수 없을 거라 여겼던 목소리다.

이예는 쭈뼛 허리를 바짝 세우다 천천히 고개를 옆으로
돌렸다.

항아가 눈가에 눈물을 그렁그렁 맺은 채로 기뻐하면서
그에게로 와락 안겼다.

"상공!"

"항아!"

이예는 항아를 꼭 끌어안았다.

동백꽃을 닮은 향기. 따스한 체온. 심장이 뛰는 소리가
귓가를 맴도는 듯하다.

그는 다시는 놓치지 않겠다는 듯이 더욱 깊이 항아를 끌어안았다. 팔에 잔뜩 힘이 들어간다. 눈물이 왈칵 쏟아진다.

꿈이었구나.

그래. 꿈이었어.

다시는 꾸고 싶지 않은, 그런 악몽.

"죽은 자를 되살리다니…… 말도 안 되는……!"

뇌진자는 손을 덜덜 떨었다.

신이 제아무리 전지전능하다해도 끽해야 수명을 늘려 주거나 하는 게 고작일 뿐. 없던 생명을 창조하거나 죽은 자를 되살리거나 하는 일은 할 수 없다.

그것은 엄연한 인과율의 영역.

세계수가 된 여와의 의지가 반영된 결과다.

그런데 지호는 그걸 해냈다.

아니, 엄연히 말하자면 모든 걸 없던 사실로 만들어 버리고 되돌려 버렸다.

악몽이라는 매개체를 통해.

통천교주의 신위를 이용해서!

"지금 네가 한 일이 어떤 일인지 알고나 있는 것이냐?"

태상노군이 잔뜩 일그러진 얼굴로 지호를 노려본다.

운명을 되돌리는 짓. 법칙을 구현하는 신으로서 절대 용

납하지 못할 일이다.

하지만 지호는 무시하고 이예에게 다가갔다. 이미 통천교주는 어디로 갔는지 보이지도 않는다. 어디로 갔는지는 보지 않아도 빤히 보인다.

당연한 말이지만, 사오정도 이곳에 없다. 그가 이곳에 왔던 사실은 그저 꿈으로 사라져 버렸으니까.

이예가 기척을 느끼고 이쪽을 돌아본다.

"지호, 정말 고맙……! 흡!"

하지만 이예는 말을 길게 잇지 못했다. 지호가 자신의 명치에다 손을 꽂고 있었다.

"넌 사람 속 그만 썩이고 잠이나 쳐 자."

지호가 손을 뽑는다. 손에는 달의 석영이 들려 있다가 천천히 지호에게로 스며들었다.

이예는 무슨 말을 하고 싶어 하는 눈치였지만 곧 눈을 감고 항아에게 기댔다. 흉터는 금세 아물어 피도 흐르지 않는다. 숨소리도 평온하다.

"그놈 데리고 월궁에 먼저 가 있으세요. 이제는 다른 놈들은 얼씬도 못할 테니까. 그리고 그놈도 이쪽으로 얼씬 못하게 단단히 잡아 주시고."

항아는 무슨 소린지 알고 고개를 끄덕였다.

"고마워요."

"정말 고마우면 나중에 예쁜 여자나 하나 소개해 주시든 가."

"어머. 이미 임자가 있지 않았나요? 양다리 걸치시려고 요?"

"들켰나?"

지호는 피식 웃더니 여의봉을 꺼내 공간을 길게 찢었다. 너머로 형형색색 오로라로 물든 악몽의 바다가 얼핏 보인 다.

발길을 안쪽으로 들이려는데, 태상노군과 뇌진자가 굳을 얼굴로 다가온다.

"상제에게로 가려는 것인가?"

통천교주는 분명 사오정의 뒤를 따라 옥황상제에게로 향 했을 게 분명하다. 그럼 이곳만 따라간다면 옥황상제의 면 상을 직접 볼 수 있을 테지.

태상노군은 그걸 우려한다.

통천교주를 천계에 풀어 뒀을 뿐만 아니라, 제천대성 역 시 마신들의 편을 들어 그곳으로 향하려 한다.

앞으로 천계에 어떤 일이 닥칠지, 불을 보듯 뻔하다.

이건 재앙이다.

"녀석이 먼저 뒤통수쳤잖아요?"

"그래도 지금 네가 하려는 일은 의미가 너무나 크다."

"몰라요. 그딴 거. 내가 지금 아는 건, 시비 거는 새끼는 계속 시비를 건다는 거뿐입니다. 비켜요."

지호는 계속 걸리적대면 태상노군도 같이 치워 버리겠다는 듯 으르렁거린다.

뇌진자가 인상을 굳히면서 풍뢰시를 펼치려 하지만, 태상노군은 땅이 꺼져라 한숨을 내쉬더니 한 발 옆으로 물러섰다. 십 년은 더 늙어 보였다.

천계의 평화를 바랐던 이 늙은이의 소망은 그저 헛된 바람이었을 뿐이었던가.

지호가 공간 너머로 사라지자 찢어진 공간이 닫힌다.

격전이 있었던 곳은, 언제 그랬냐는 듯이 잠잠해졌다.

*   *   *

"자네가 이런 꼴이 될 줄은 생각도 못 했군."

붉은 눈의 사내는 쯧, 하고 혀를 찼다.

"죄송합니다."

사오정은 피투성이가 된 몰골로 부복한다. 몸 곳곳에 새겨진 상처에서 피가 줄줄 흘러내리고, 동상에 걸렸는지 곳곳에 서리가 맺혀 덜덜 떨기까지 한다.

달에 얼려진 데다, 악몽으로 사실이 뒤집히면서 영혼에

막대한 타격이 입혀진 결과다.

보통 신이라면 영혼이 찢겨졌을지 모를 중상.

사오정이기에 겨우 이렇게라도 버티고 있는 것이다.

하지만 사내의 눈에는 사오정의 상처가 전혀 들어오지 않았다.

그저 앞으로의 일만 떠올릴 뿐.

툭. 툭.

검지로 탁상을 두들기며 곰곰이 생각에 잠긴다.

"제천대성이 날뛸 것이라고 생각은 했다만, 이런 수를 둘 줄은 예상 못했어. 항아를 두고도 이예를 잡지 못했다니. 역시 려. 만만치가 않아."

그러면서도 입가에는 웃음꽃이 핀다.

무엇이 그리도 재미난 것일까.

"어쩔 수 없지. 너무 뜻대로 풀려도 재미 없으니까."

사내는 턱을 괴던 팔을 풀었다.

"통천교주는 이쪽으로 오고 있겠지?"

"그럴 것입니다."

"그럼 마중이나 해 줘야겠어. 옛 연인이 이곳까지 오겠다는데 주인이 된 자로서 어찌 가만히 있을 수 있겠나."

사내는 천천히 자리에서 일어나며 고개를 든다. 피처럼 붉은 눈에 광기가 살짝 일렁이며 창가 너머 하늘로 시선을 던진다.

그 순간, 하늘이 울렸다.

*　　　*　　　*

새카만 공간.

통천교주는 수많은 꿈들이 스쳐 지나가는 공간을 통과하며 손을 허공에다 젓는다.

―나후.

그림자가 일렁이면서 붉고 푸른 눈을 가진 어마어마한 거인을 만들어 낸다.

크아아아아아아!

놈은 간만에 나온 데에 대한 환호를 포효로 내질렀다.

―거라건타.

거인의 팔뚝 위로 푸른 머리를 지닌 여인이 나타나 늘어져라 기지개를 편다.

"흐응! 바깥 공기, 너무 좋아."

―바치.

우악스러운 모습을 가진 사내가 통천교주의 뒤로 나타난다. 아무 말도 않지만 송곳니와 어금니를 잔뜩 드러내며 투기를 잔뜩 흘려 포악함을 자랑한다.

―비마질다라, 시호, 겸, 궁기…….

통천교주가 이름을 부를 때마다 의지를 지닌 영혼들이 기나긴 잠에서 깨어나 마신으로 현현한다.

네 명의 아수라왕에 이어 사흉을 비롯해 지난날 천신들과 수미산의 주인 자리를 두고 다투었던 이들은 일제히 자유를 한껏 만끽하며 포효를 내질렀다.

통천교주 역시 그들의 부활에 따라 충만하게 차오르는 힘이며 신위를 느꼈다.

이것이다.

이것이야말로 아주 오랜 옛날, 삼대신 중 한 명으로서 가졌던 절대적인 힘.

이것이라면 능히 저 거짓된 자들을 벌하고 새로운 진실된 세상을 열 수 있으리라.

―우리는 이대로 지난 황혼을 끝낼 것이다.

그녀의 말에 동의하듯 마신들이 일제히 소리 없는 공명을 지른다.

통천교주는 양손을 뻗어 꿈을 활짝 열어젖혔다.

그 아래.

끝없이 펼쳐진 푸른 바다 위로 세 개의 산이 둥둥 떠다니는 것이 보인다. 그중에서도 후미에 위치한 가장 높은 산의 정상에는 붉은 단풍나무로 지은 별궁이 낭떠러지 끄트머리에 아슬아슬하게 세워져 있었다.

황색 옷을 입은 한 사내가 별궁 바로 앞, 낭떠러지 끝에
서서 붉은 눈을 들어 이쪽을 응시한다.

"오랜만이구나."

사내가 반갑게 인사한다.

하지만 마신들에게선 대답이 없었다.

크오오오오오오!

통천교주를 필두로 한 72마신이 옥황상제의 머리 위로
쏟아졌다.

         *   *   *

파스스스.

지호는 악몽의 바다를 건너면서 여의봉의 끄트머리에 적
혀 있던 명단이 하나하나씩 지워지는 걸 봤다.

놈들을 세상에 풀어 놓는 짓이 얼마나 위험한지 아주 잘
안다.

나후만 하더라도 해와 달을 삼키고, 통천교주는 악몽으
로 밤을 지배하던 녀석이었으니까. 다른 놈들이라고 다르
지 않을 것이다.

그들이 바라는 건 단 하나.

지금의 세상을 지우고, 새로운 세상을 여는 것.

그들도 그들 나름대로 남들에게 말 못할 사연이 있겠지만, 너무나 위험하고 극단적인 선택이기에 손오공은 놈들을 잡기 위해 많은 고생을 했다.

그래도 지호는 후회하지 않았다.

나중에 가서 마신들과 다시 대립하게 되는 한이 있더라도, 지금은 한 가지를 이뤄야만 속이 풀릴 것 같았다.

옥황상제의 목.

'목 씻고 기다려라.'

그 순간, 악몽의 바다가 끝났다.

탁!

지호는 어느 이름 모를 모래사장 위에 착지했다. 아주 고운 모래가 푹신푹신한 감촉을 만들어 낸다.

소금기가 섞인 바닷바람이 불어오면서 끝없이 펼쳐진 수평선을 머금은 푸른 바다를 지호에게 선물한다. 유리로 만든 게 아닐까 싶을 정도로 바닥이 훤히 보이는 에메랄드빛의 투명한 바다.

보는 것만으로도 가슴이 탁 트일 것 같은 너무나 아름다운 자연 경관이지만, 지호의 눈에는 들어오지 않았다.

그의 시선은 저 머나먼 수평선 끝에 닿아 있었다.

안개가 살짝 껴서 흐릿하게 잘 보이지는 않는다.

하지만 커다란 섬처럼 보이는 것이 바다 위를 떠다닌다는 것쯤은 알 수 있었다. 그것은 안개를 헤치면서 점차 이곳으로 다가왔다. 덕분에 섬이 가까워지면서 생김새도 조금씩 눈에 들어온다.

마치 가시처럼 불쑥 솟아오른 높은 산이 3개. 각 산은 마치 다른 계절을 맞은 듯 서로 다른 모습을 하고 있었다. 어떤 것은 푸르게, 어떤 것은 노랗게, 또 어떤 것은 붉게 물들어 울창한 숲을 드러낸다.

그러나 섬은 다른 섬들과는 너무나 이질적인 특징을 지니고 있었으니.

―지호야!

"응. 보고 있어."

청룡이 깃든 여의봉이 웅, 웅, 하고 울어 댄다. 자신과 비슷한 친구를 만나 반가운 것일까.

꾸우우우우우!

섬이 점차 솟아오른다 싶더니 그 아래에 섬을 받치고 있던 것이 수면 위로 모습을 드러낸다.

그것은 거북이였다.

얼마나 오랜 세월을 살았는지 피부는 곳곳에 이끼며 산호초가 풍성했고, 유리알처럼 맑은 두 눈은 주변의 모든 에메랄드빛 바다를 품고 있었다.

도저히 상상도 할 수 없을 만큼 어마어마한 크기를 자랑하는 등껍질 위에 세 개나 되는 산을 싣고 다니는 신령스러운 거북이.

영귀.

청룡, 주작, 기린과 함께 4대 신수라 불린다는 녀석.

지호는 바다 위를 둥둥 떠다니는 세 개의 산을 보면서 작게 중얼거렸다.

"삼신산."

금궐운궁을 떠난 옥황상제가 머무는 곳이었다.

*   *   *

삼신산(三神山).

봉래, 방장, 영주.

옛 선인들이 살았다 전설 속으로만 전해지는 세 개의 신령스러운 영산.

열자에 이르기를, 발해만에서 동쪽으로 수억만 리를 지나면 대여, 원교, 방허, 영주, 봉래의 다섯 산이 있는데, 높이는 각각 3만 리요, 금과 옥으로 빚은 누각이며 구슬과 옥을 꿰어 만든 나무가 우거져 있다고 한다.

그러다 너무 오랜 세월 동안 큰 거북의 등에 업혀 바다

위를 떠다니니, 결국 뒤에 두 산은 흘러가 버리고 세 개만
이 남았다던가.

또한, 어느 누군가는 말했다.

세 개의 영산은 영원(永遠)을 산 까닭에 겉으로 보기에는
한없이 시간이 정지한 것과도 같으니, 각각의 산은 수많은
시간을 품고 있노라고.

—묘성이 그랬어. 영귀는 세계와 세계 사이를 맴돌기 때
문에 시간이 멈췄다고. 그래서 선인이 떠난 산에는 시간이
란 열매가 맺혔대.

청룡은 삼신산에 대해 묻는 지호의 물음에 그렇게 대답
했다.

—영주산은 과거를. 방장산은 현재를. 봉래산은 미래를
상징한대.

응룡만큼이나 까마득한 세월을 살았을 게 분명한 영귀는
삼신산을 업은 채로 하계와 천계, 그 사이에 있는 '시간'이
란 이름을 가진 바다 위를 둥둥 떠다닌다.

그렇기에 따지고 보면, 천계를 떠난 옥황상제가 천 년이
넘도록 지내는 데는 삼신산만큼 어울리는 곳도 없었다.

위로는 천계가 보이고, 아래로는 하계가 보인다.

과거, 현재, 미래의 시간 속에 있기에 인과율을 한꺼번에
관장할 수 있다.

이것이야말로 유일신과 무엇이 다르단 말인가?

이를테면, 지호는 옥황상제의 권속 하에 발길을 들인 것이나 마찬가지였다.

'아마 처음부터 이런 걸 바랐던 거였겠지.'

이제는 안다.

자신을 천계와 갈등하게 만든 게 누구인지.

다문천왕을 움직여 효마검으로 자신을 찌르게 한 게 누구인지. 이예와 항아를 죽여 자신을 움직이려 한 게 또 누구인지!

여태 면식 한 번, 없었건만.

옥황상제는 삼신산의 구석에 앉아 세상 모든 것을 제 손바닥 위에 올려놓은 것처럼 갖고 논다.

오로지 지호, 그 하나를 잡기 위해서.

지금도 마찬가지다.

녀석은 72마신이 그를 잡기 위해 움직인 상황인데도 꿈쩍도 않는다.

도리어 이곳으로 어서 오라고 손짓을 하는 것 같다.

아마 삼신산에다 많은 것들을 준비해 놨겠지.

바득!

지호는 이를 으스러져라 갈면서 화안금정을 흉흉하게 밝혔다.

오냐.

그런다고 못 갈 줄 알고?

발길을 옮기려는 순간,

"어서 오십시오. 기다리고 있었습니다."

산자락 아래로 길게 늘어서 있던 숲에서 하얀 소복을 입은 여인이 맨발로 천천히 저벅, 저벅, 걸어 나온다. 소복만큼이나 안색이 살짝 창백해 보이지만 입술은 유독 붉어 묘한 매력을 자아낸다.

이런 곳에서 나타났다면 좋은 목적은 아닐 테지.

그런데 뭔가 좀 이상하다.

신이라고 하기엔 생기가 너무 없다.

화안금정을 뜬 채, 눈을 가느다랗게 좁힌다.

"넌, 누구지?"

"영귀의 정령, 발(魃)이라 합니다."

"발?"

―발. 혹은 한발.

옥황상제의 쌍둥이 누이. 젊은 시절 저주를 받아 주변에 가뭄을 몰고 다니는 힘을 갖춰 시간이 흐르지 않는 영귀에 머물게 되었다.

전지의 문이 녀석에 대해 일러 준다.

"정확히는 이곳 영귀와 삼신산을 가꾸는 집사 역할을 맡고 있습니다. 그리고 지금은 당신을 삼신산으로 안내할 전령 역할을 맡게 되었고요."

"널 그냥 치우고 지나면?"

"그래도 상관없습니다만, 보다시피 저는 영귀와 직접 연결되어 있어서 영귀를 죽이지 않는 한 몇 번이고 되살아나게 되어 있으니 괜히 힘을 빼지 않으셨으면 합니다. 다시 살아난다고 해도 아픈 건 똑같으니까요."

겉으로는 웃지만 발의 모습에서는 쓸쓸함이 묻어 있었다.

"그리고 삼신산은 홀로 건너려 하면 평생을 얽매일 수 있습니다. 시간이 맺힌 산이란, 인연에서 탈피한 신들마저도 속박하고 마니까요."

그러니 자신을 따라오란 소리다.

하지만 그럴수록 지호는 더더욱 옥황상제의 생각을 알 수가 없었다.

뚜벅. 뚜벅.

발이 걷기 시작한다. 지호가 그 뒤를 따른다.

"놈은 대체 뭘 꾸미는 거지?"

"저도 모른답니다."

화안금정으로 진실인지를 꿰뚫는다.

일단은 진실.

"그럼 여기서 하는 건?"

"가까이 오지 못하게 해서 역시나 모릅니다."

이것도 진실.

"대체 아는 게 뭐지?"

"이곳에 살면서 알게 된 건 세상에서 제가 알 수 있는 건 없다는 것일 뿐."

"그럼 너에게 날 데리러 오라고 한 이유는?"

"정확하게는 당신뿐만 아니라 삼신산을 찾는 모든 사람들이에요. 삼신산에 맺힌 시간들을 보여 주어 의지를 꺾게 하는 것이지요."

"대놓고 말하네."

"그게 제 역할이니까요."

"축지를 써서 삼신산을 그냥 건넌다면?"

"그래도 시간의 영향에서 벗어나지 못할 겁니다. 이미 먼저 오신 마신들도 이곳을 건넜답니다."

역시나 전부 진실이었다.

지호의 눈이 살짝 일렁인다.

"그럼 나에게 보여 줄 건?"

"여기서부터 걸으시면 됩니다."

두 사람의 걸음이 숲의 입구에서 멈춘다.

발이 걸어 나왔던 푸른 숲.

과거를 품었다는 영주산의 입구다.

"영주산은 과거를 보여 주는 곳. 이제부터 당신은 과거를 보게 될 겁니다. 부디 과거에 붙잡혀 망령이 되지 않도록 주의하세요. 준, 아니, 상제는 당신을 무척이나 보고 싶어 하니까."

지호는 영주산을 쭉 훑어보았다.

겉으로 보기에는 푸른색이 가득한 아름다운 산이다.

하지만 언뜻언뜻 잿빛으로 뭉쳐진 망령 같은 것들이 불쑥불쑥 고개를 내민다.

한때는 신이었거나 선인이었던 자들.

하지만 영귀가 시간의 흐름 속에 귀속됨에 따라 과거의 업보에 발목이 붙잡혀 헤어 나오지 못해 영혼이 타락하고만 불쌍한 것들이다.

그렇다면 지호에게 있어 발목을 잡을 수 있는 과거란 무엇일까.

'려.'

과거가 만약 영혼의 기억도 읽는다면, 손오공은 후회 없는 삶을 살았다 하니 남은 건 그 사람밖에 없다.

혹시 이걸로 려가 누군지 알 수 있을까?

아니, 어쩌면 옥황상제가 보여 주려는 게 그것일지도 모른다는 생각이 들었다.

지호는 영주산의 입구에 발길을 들였다.

그 순간,

파스스—!

갑자기 영주산이 눈앞에서 먼지가 되어 확 하고 흩어져 버린다.

끝을 모르고 꼿꼿하게 세워졌던 그 높은 산이.

숲도 같이 사라져 지호 앞에는 평평한 평지만이 드러났다.

"······!"

지호는 혹시 벌써 환각에 잠겼나 싶었지만 아니었다. 그래서 옆을 홱 돌아보는데, 발 역시 전혀 생각지도 못했는지 두 눈을 크게 떴다.

몸이 떨리기까지 한다.

"어, 어…… 떻게 된 거지? 분명히 아무렇지 않았었는데……?"

수천 년을 넘게 삼신산에서 살며 행복했던 과거에 눕혀 살던 발로서는 지금의 일이 이해가 가지 않기는 매한가지였다.

"하하하하! 당연히 그럴 수밖에. 녀석에게 있어서 과거란 그저 쓸모없는 잡동사니에 지나지 않을 테니까."

그때, 영주산이 무너진 자리로 누군가가 걸어 나왔다.

오른쪽에는 해를 닮은 붉은색, 왼쪽에는 달을 떠올리게 하는 푸른색 눈을 가진 청년이 나타나 무엇이 그리도 좋은지 낄낄거리며 웃어 댄다.

지호의 안색이 딱딱하게 굳는다.

"나후."

묘성을 잡아먹었을 때의 모습이다.

"호오. 천하의 제천대성께서 나를 기억해 주시는가?"

그런데 나후의 모습이 어딘지 모르게 익숙하다.

지호를 보는 눈길에 광기가 일렁인다.

'영주산에 잡아먹혔어.'

예전에는 경외와 공포를 같이 불러일으킬 정도로 위대함이 느껴졌건만.

지금은 초라하기까지 한다.

지호에게 당했을 때. 묘성을 먹고 드디어 최고신으로 거듭나려는 때에 당했던 기억에 먹힌 것 같다.

"키키키키킥. 애송아. 그딴 눈으로 보지마라. 네놈이 무슨 생각을 하고 있는지 아주 잘 아니까. 하지만 나는 차라리 지금이 기쁘기 짝이 없다."

나후의 얼굴 위로 핏대가 잔뜩 서더니 두 눈이 충혈로 시뻘겋게 달아오른다.

검은 마기가 휘몰아친다.

대지가 떨린다. 영귀가 울린다.

"그러니 이제……!"

—네놈이 내게 먹힐 차례니라!

크오오오오오오오오!

나후는 기존의 몸을 버리고 본래의 몸으로 돌아간다.

세 개의 머리, 여섯 개의 팔.

삼두육비의 괴물. 사라진 영주산만큼이나 커다란 크기를 자랑하는 아수라왕은 팔을 뻗어 지호를 잡으려 한다.

어느 팔은 벼락을, 어느 팔은 폭풍을, 어느 팔은 불꽃을, 어느 팔은 눈발을. 또 어느 팔은 빛을, 다른 어느 팔은 어둠을 잔뜩 뿌리며 지호에게로 쏟아진다.

"지금 너랑 노닥거릴 시간 없어."

지호는 싸늘하게 얼굴을 식히더니 여의봉을 거세게 휘두른다.

단 한 번.

하지만 그 한 번이 낳은 여파는 아주 컸다.

스걱!

황금색 사선이 공간을 가르며 비스듬하게 폭발의 한가운데에 그어진다.

마치 시간이 정지한 것처럼 모든 게 멈춘다.

그리고,

콰콰콰콰콰콰콰콰쾅!

폭발이 분리된다 싶더니 그대로 터져 나갔다.

벼락은 잘려 나가 폭풍을 찢어 버리고, 불꽃은 눈발과 부딪쳐 허망하게 사라지더니 빛과 어둠은 서로 뒤엉키다 흩어진다.

어느 것 하나 지호에게 닿기도 전에 모조리 분쇄되면서 호풍환우를 부리던 녀석의 여섯 팔도 가위로 자른 듯이 통째로 잘려 나갔다.

그리고 남은 몸뚱이까지 모두 한꺼번에 베어 버렸다.

팔이었던 곳이, 손목이었던 곳이, 허벅지였던 곳이, 어깨였던 곳이, 머리였던 곳이. 하나하나씩 순서 상관없이 우수수 떨어지다가 땅에 닿기도 전에 다시 모래처럼 잘게 부서졌다.

가루는 돌개바람처럼 소용돌이를 그리다가 하늘에 떠 있는 지호에게로 모여들었다. 정확하게는 여의봉에 천천히 맺혔다.

조촐했던 상단에 두 글자가 아로새겨졌다.

나후(羅睺).

두 번째 봉신이었다.

예전에는 상대하기 위해서 많은 고생을 해야 했던 녀석이건만.

당시 부족한 수명으로 몸이 안 좋은 상태였다고는 하나, 그래도 손오공과도 견줄 만큼 강하기도 했었다. 아니, 실제로 녀석은 강하다.

하지만 지금은 별다른 감흥도 주질 못한다.

내가 그만큼 강해진 걸까?

아니면,

'싸움에 너무 무뎌진 걸까?'

지호는 짧은 생각을 뒤로하고 무슨 일이 있었냐는 듯 발을 돌아본다.

"……과연 그렇군요."

발은 혼자서 뭔가를 납득하더니 몸을 돌렸다.

"다음으로 이동하시죠."

*   *   *

현실을 품었다는 산, 방장산.

하지만 이것도 역시나 확 하고 흩어져 사라졌다.

지호는 인상을 굳혔다.

뭔가 이상하다.

영원을 살았다는 산이 이렇게도 쉽게 흩어지는 건가? 시간 속에서 정지했다는 게 아니었나?

그다음에는 봉래산을 밟는다.

이번에도 사라지나 싶었지만 다행히 뭔가가 보이기는 했다.

하지만 그건 지호의 것이 아니었다.

"장하다. 역시 나의 아들이구나."

"헤헤헤헤."

따스한 햇살. 정겨운 풍경.

아버지는 아들이 자랑스럽게 내놓은 숙제를 보고 머리를 쓰다듬는다.

어른들도 쉽게 못 해낸다는 16차 마방진(정사각형 모양으로 자연수를 배열해 가로, 세로, 대각선의 합을 같게 하는 것)을 일곱 살 난 아들이 풀어냈는데 어찌 기특하지 않을 수 있을까.

아들은 그런 아버지의 칭찬이 너무 좋아 죽겠다는 듯 계속 웃음을 흘려 댄다.

하지만 지호의 시선은 두 부자 중 아버지에게서 도통 떨어지질 않았다.

꿈에서 몇 번이고 봤던 익숙한 얼굴.

'희.'

그가 자상한 미소를 띠고 있었다.

그런데 이게 왜 나의 미래란 거지?

의문을 가지는데, 그 순간,

휙!

갑자기 아들이 웃다 말고 이쪽으로 시선을 휙 돌린다. 지호와 눈이 마주친다.

순진한 얼굴은 온데간데없이 싸늘한 웃음을 던진다.

"왜 이렇게 늦었나, 려. 너무 오래 기다리지 않았는가?"

지호의 눈이 커진다.

"너……!"

본능적으로 알 수 있었다.

이 녀석이다.

희의 아들. 준.

옥황상제였다.

＊　　　＊　　　＊

다시 지호가 눈을 떴을 때, 봉래산 역시 다른 두 산처럼 사라지고 없었다. 발 역시 어디로 갔는지 더 이상 보이지 않는다.

대신 지호를 맞은 건 까마득하게 높다란 절벽이었다.

절벽, 그 위.

나타를 필두로 한 천신들과 통천교주가 선봉을 선 마신들이 전쟁을 벌이고 있었다.

콰콰콰콰콰콰쾅!

온갖 기괴하게 생긴 마신들이 검은 마기를 두르고 공격을 쏟아 내며 절벽을 넘어서려 한다. 그럴 때면 푸른 청동 창을 곧추 세운 천신들이 맞서서 놈들을 물리친다.

어디선가 몇 번이고 봤던 광경들.

두 진영 모두 물러설 기미를 절대 보이지 않는다.

그리고 그들의 중심, 절벽 꼭대기 한가운데에는 한 사내가 태사의에 앉아 마치 흥미진진한 연극을 지켜보듯 싸움을 구경하고 있었다.

붉은 머리칼에 붉은 눈을 지닌 고상한 이미지의 청년.

그는 천신과 마신이 부딪치다 날아온 기파의 잔재나 폭발이 주변으로 불어 닥쳐 절벽이 깎이고 지면이 튀어 오르는 위험천만한 상황에서도 꿈쩍도 않았다.

놈을 확인한 지호의 눈빛이 차갑게 빛난다.

그놈이다.

봉래산이 보여 준 녀석. 일곱 살 난 그 아이가 크면 아마도 저러할 테지.

옥황상제 준.

그가 자신을 보는 시선을 느꼈는지 턱을 괴던 손을 풀고 시선을 돌리다 지호와 눈이 마주친다.

피식.

녀석이 반갑다는 듯이 살짝 웃는다.

하지만 지호의 눈에는 마치 먹이를 탐하는 뱀의 것처럼 간교하게만 느껴졌다.

"생각보다 일찍 왔군."

그때, 옆에서 목소리가 들린다.

지호가 고개를 돌리니 입가에 호감 가득한 미소를 품은 장년인이 천천히 걸어온다. 품에 안은 대검이 유독 인상적이다.

비마질다라.

모든 아수라왕들의 왕.

악몽의 바다에서 녀석을 처음 마주쳤을 때에 얼마나 대단해 보였던가.

솜털이 쭈뼛 서는 느낌에 심장이 꽉 조였었다.

하지만 지금은 다르다.

마치 비슷한 산자락에 서서 마주하는 것 같달까.

대등해진 곳에서 눈을 마주친 느낌이다.

지호의 무덤덤한 기색을 읽었는지, 비마질다라가 의외

라는 듯 눈이 살짝 커졌다가 이내 푸근하게 웃는다. 눈가에 살짝 맺힌 주름이 인상적이다.

"허허허허허. 나후가 아주 고역을 면치 못했겠구만. 눈 깜짝할 사이에 이만큼 자랄 줄이야. 과연 제천대성이라 해야 할지. 거참, 세상 불공평하구만."

하지만 말과는 다르게 말투는 전혀 그런 기색이 느껴지지 않는다. 웃는 모습에서는 마치 손자를 본 듯 자애로움까지 느껴진다.

녀석은 동료인 나후가 당한 것이 아무렇지 않은 걸까.

아니다.

아예 신경 쓰지 않는 게 아니라 그게 제 업이라 여기고 뜻을 존중하는 것이다.

아수라는 싸움을 위해 살아가는 종족. 그렇기에 그들은 개인주의가 심할 수밖에 없다. 그래서 그들은 서로 간에 간섭을 하지 않고 의사 결정을 존중해 주는 습관이 있다. 설사 그것이 죽음에 이른다 할지라도 복수를 생각지 않는다.

나후 역시 마찬가지다.

아수라왕들의 의중은 72마신의 숙원에 따라 제천대성보다도 옥황상제를 베고 수미산을 복원하는 데 집중했다.

그런데도 나후는 지난날의 은원을 해결하고자 그들을 따르지 않고 홀로 삼신산에 남아 지호를 맞은 것이니.

오히려 이것은 모든 아수라들의 정점인 비마질다라로서 존경해야 하는 의사였다.

또한, 나후로 하여금 그런 선택을 내리게 만든 지호를 자신과 동격으로 대우하겠다는 뜻이기도 했다.

하지만 지호는 그런 비마질다라의 호감이 거북했다.

겉으로 보기엔 마치 옆집 할아버지 같아도 녀석은 어디까지나 아수라.

언제 맹수처럼 목덜미를 물어뜯으려 들 줄 몰랐다.

"흠. 흠. 혼자서 떠들려니 영 어색하구만."

비마질다라는 대꾸도 없는 지호를 보고 계면쩍은지 검지로 볼을 긁적인다.

그러다 씩 웃는다.

"그보다 어떤가? 공동 전선을 펼치는 것은?"

"공동 전선?"

"그래. 어차피 우리와 자네, 목표는 같지 않은가?"

비마질다라가 절벽 쪽으로 시선을 돌린다.

지호도 같이 따라간다.

여태 천신과 마신 진영 간에 팽팽했던 전선은 몇몇 마신들의 등장으로 확 뒤집히고 말았다.

그들은 어째서 단 72명만으로도 여태 천계를 위협했는지를 몸소 보여 주려는 듯했다.

먼저 하늘.

콰콰콰콰콰콰콰콰콰!

멀리서 보면 끽구가 아닐까 싶을 정도로 붉은 근육과 어마어마한 덩치를 자랑하는 거한, 바치는 어깨를 곧추세워 하늘을 그대로 질타한다.

그럴 때마다 하늘을 발기발기 찢는다. 어마어마한 파공성을 실은 채로 닿는 모든 걸 치워 버린다.

사오정 휘하, 옥황상제의 권력을 상징한다는 근위천병은 두 눈을 부릅뜨며 바치에 맞서려 한다.

한 명 한 명이 웬만한 하급신은 가볍게 찍어 누른다는 최정예들이지만, 그들은 바치에게 닿기도 전에 이미 검은 마기에 청동 갑옷과 푸른 창이 모조리 분질러져 피를 토하며 추락했다.

결국 근위천병 중 일부는 바치와 전면에서 부딪치면 안 된다는 사실을 깨닫고 창날을 다른 곳으로 돌린다. 바치에 비하면 비교적 기세가 약한 여인, 거라건타에게로.

"호호호호호! 이것 봐 봐. 너무 재미난 장난감들이 많은 걸? 우리 준이가 이 누나를 위한 마음이 지극하구나."

거라건타는 마치 보석을 발견한 여인네의 것처럼 눈을 반짝이면서 손을 가볍게 흔들었다.

그러자 대기 중에 맺혀 있던 수분이 모두 응결되어 서리가 휘몰아치고, 영귀를 둘러싼 바닷물은 높은 풍랑을 일으키면서 용오름을 토해 내 놈들을 튕겨 낸다.

하늘이 두 아수라왕에 철저히 유린되고 있을 때, 지상은 유독 눈에 띄는 네 명의 마신에 의해 갈가리 찢기고 있었다.

아니, 이것을 두고 과연 신이라 할 수 있을까.

그 모습은 마치 괴수와도 같았으니.

크형헝헝헝헝헝!

수만 명의 근위천병 사이로 누런 몸뚱이에 붉은 불꽃을 털처럼 휘감은 거대한 곰 같은 것이 서 있다.

끽구보다도 더 큰 체구의 녀석은 족히 15미터는 될 법한 덩치를 자랑하며 지옥 불을 가득 뿌리다 아가리를 쩍 벌려 포효를 내지른다.

영혼을 뒤흔드는 힘에 천병은 모두 머리를 쥐어뜯으며 괴로워했다. 그러다 지옥 불에 녹아 그대로 휩쓸린다. 팔의 힘도 엄청나 휘두를 때마다 모조리 찢겨진다.

─혼돈. 사흉사죄의 탐(貪, 욕심).

요 임금의 아들로 제위를 탐하였으나 숭산으로 추방된 환두이다.

콰르르르르르르르르르르—!

그 옆에는 네 발로 딛고 선 호랑이가 대지를 질타한다. 마치 잘 벼린 칼날 같은 송곳니를 잔뜩 드러낸 채 닥치는 대로 천병을 와그작 씹어 먹고, 발톱을 휘둘러 수십 명씩 휩쓴다.

피를 흠뻑 뒤집어쓴 채로 흉흉한 눈빛을 토할 때마다 살기는 폭풍이 되어 삼신산을 뒤흔들어 놓으니.

　　—도올. 사흉사죄의 노(怒, 분노).
　　우 임금의 아버지로서 한때 보패 식양을 써서 홍수를 막으려 했던 곤이다.

샤샤샤샤샤샤샤샤!

마치 어린 왕자에 나오는 보아 뱀이 이러할까.

어마어마한 크기를 자랑하는 구렁이가 천병들 사이를 누비며 도깨비 얼굴 같은 무늬를 번뜩이며 아가리를 젖혀 모조리 집어삼킨다.

씹거나 찢거나 하지도 않는다. 바위가 있으면 바위를 삼키고, 숲이 있으면 숲을 삼킨다. 통째로 들이키는 모습에 천병들은 모두 사색이 되었다.

—도철. 사흉사죄의 태(怠, 게으름).

남쪽의 밀림을 다스리던 삼묘의 왕이었던 진운이다.

혼돈과 도올, 도철이라는 괴수가 날뛸 때마다 근위천병 중 대다수가 쓰러져 피를 흘려 댄다. 이미 절벽은 모조리 그들의 피로 붉게 칠해져 있었다.

하지만 놈들은 그것으로도 부족하다는 듯이 마구잡이로 날뛴다.

얼마나 갈구하던 자유인가!

얼마나 탐하고 싶었던 하늘인가!

이제야말로 자신들의 갈증을 불태울 것이니!

사흉.

혹은 사죄(四罪)라고도 불리는 이들.

한때 수미산에 흩어진 여러 일족의 왕이었으나 희와 준에 의해 모든 것을 잃어버렸던 자들이다.

그 깊고 깊은 한이 하늘에 닿아 모습마저 변하고 말았을 정도니.

그렇기에 그들 개개인의 무력은 한때 삼대신이었던 통천교주나, 제석천(인드라)과도 겨루었던 비마질다라에 비교해도 절대 뒤지지 않았다. 아니, 어쩌면 그 이상일지도 몰랐다.

천병들은 사흉이 뿌려 대는 힘에 결국 절절 매면서 계속 뒤로 떠밀려나야만 했다.

하지만 사흉 중에서도 가장 돋보이는 자는 따로 있었다.

퍼버버버버버버벙!

푸른 머리카락과 눈을 자랑하는 청년.

겉으로 보기엔 다른 마신들보다 나은 게 없어 보이지만, 손을 아래로 길게 찢을 때마다 천병은 마기가 일으킨 해일에 잠겨 휩쓸리고 만다.

──궁기. 사흉사죄의 오(傲, 오만).

죽은 효마를 대신해 마신을 이끌었던 공공이다.

지호가 어쩌면 효마일지도 모른다고 생각했던 존재, 공공.

그는 크게 움직이지도 않았다.

그저 뚜벅뚜벅 걸을 때마다 마기의 해일이 일어나 다른 사흉들이 해치우는 것보다 더 많은 천병들을 베어 내니. 그가 지난 자리에는 시체로 산을 쌓고 피로 내를 이룰 정도였다.

하늘엔 아수라왕이. 지상에는 사흉이.

마신 중에서도 최고위에 해당하는 이들이 날뛰니 더 이

상 근위천병이 있을 자리는 보이지 않는다.

더구나 마신 측에는 그들만이 있는 게 아니었다.

음왕이란 작자는 촉음이라는 거대한 독룡에 올라 타 망량과 유령을 다스려 천병들의 머릿수에 대적하고, 무지기란 마신은 원숭이와 같은 모습으로 날뛴다.

특히 전황은 통천교주가 상공을 악몽으로 가득 물들이면서 확 뒤집히고 말았으니.

─그대들이 기다렸던 때가 왔도다. 이곳으로 건너와 취하고 싶은 것을 취하고 베고 싶은 것을 베어라. 이 모든 것이 그대들을 위한 연회장일지니.

악몽이 열리면서 저승에 한가득 뿌려졌던 지옥의 군세가 쏟아지기 시작한다.

하나하나가 흉흉한 기세를 뿌려 대는 것들.

절교의 깃발이 바람에 세차게 나부낀다.

"크하하하하하하핫!"

"흠, 하! 이게 얼마 만에 맡아 본 바깥세상의 공기란 말인가!"

"저기에 상제가 있다! 저놈의 머리통을 찢어 축배를 들자!"

사흉이나 아수라왕에 비할 바는 아니나, 다른 마신들에 비해서는 절대 뒤지지 않을 군세는 그나마 근위천병이 지탱하려던 마지노선까지 단숨에 넘어 버렸다.

절벽을 둘러싸던 보호막이 와장창, 부서진다.

마신과 지옥의 군세가 단숨에 옥황상제로까지 치달아 간다.

"상제를 지켜야 한다! 절대 물러서지 마라!"

사오정은 다친 몸으로도 수하들을 격려하며 버티려 한다. 휘하 제장들이 이를 악물어 맞서지만 곧 사흉에 의해 분쇄된다.

그 속에는 옥황상제에게 이예에 대한 건을 올렸다가 구금되었던 나타도 섞여 있었다.

삼신산을 뒤덮은 마기는 이미 걷잡을 수가 없었다.

절벽이 무너진다. 천병과 지옥의 군세가 엎치락뒤치락한다.

하지만 그런 난장판의 중심에 휘말렸는데도 불구하고, 옥황상제는 여전히 태사의에 여유롭게 앉아 지켜만 보고 있을 뿐이다.

뚜벅, 뚜벅, 그런 난장판 사이로 통천교주가 걸어온다.

신위와 신격을 되찾아 예전의 삼대신 때로 돌아갔기 때문일까.

검은자위와 흰 동공은 흑요석처럼 반짝이고, 걸레짝처럼 구멍이 숭숭 나 있던 한 쌍의 날개는 까마귀처럼 윤기가 자르르 흐른다.

특히 날렵한 몸맵시를 따라 흐르는 악몽의 잔재는 금방이라도 옥황상제를 잡아먹을 듯이 위협적이다.

뚝.

통천교주는 옥황상제 바로 눈앞에서 멈췄다.

옥황상제는 흥미진진하다는 얼굴로 붉은 눈을 들어 통천교주를 바라본다.

"오랜만이군. 왜."

─보고 싶었도다. 준.

피식, 옥황상제는 옛 연인이 될 수도 있었던 이를 보며 상쾌하게 웃었다.

"그건 날 연모했었다고 받아들여도 되나? 이런 미안해서 어쩌지? 알다시피 나는 부인이 둘이나 되는 몸이라."

─그 목을 언제고 찢어 버리고 싶었다.

"너무하는군. 그래도 한때는 친구였었는데 말이지."

─그건 그대만의 생각이었을 뿐.

"그랬나? 하긴 너는 처음부터 속내를 숨기고 아바마마를 따랐던 것이니까."

옥황상제는 어깨를 으쓱이면서 웃었다.

하지만 어딘지 모르게 쓸쓸함도 감도는 것 같았다.

"정위. 영원토록 거짓만 품고 살았던 내 첫사랑이여."

*　　　*　　　*

정위전해, 라는 말이 있다.

염제 신농의 딸, 왜가 어느 날 동해 바다로 놀러 갔다가 파도에 휩쓸려 익사하고 말았다.

이에 억울했던 왜는 바다 새인 정위로 되살아나 동해 바다를 메우기 위해 매일같이 조약돌과 나뭇가지를 날랐다고 한다.

그래서 정위전해는 흔히 전혀 가망 없는 일을 해내려 애쓴다, 불가능한 일을 하려 헛수고를 한다는 의미를 지니고 있다.

통천교주가 딱 그랬다.

제 능력으로 천계에 대적이 안 된다는 것을 알면서도 어떻게든 아등바등하던 여인.

옥황상제의 눈에는 그녀가 너무나 딱하기만 했다.

처음 아버지 희가 앞으로 같이 지낼 친구이니 잘 지내라며 그녀를 데려왔을 때, 옥황상제가 처음 받았던 느낌은 인형 같다, 였다.

뽀얀 피부. 큼지막한 눈동자. 새치름한 입술. 감정 하나 느껴지지 않는 표정.

옥을 곱게 깎아 만든 조각이 아닐까 싶을 정도로 변화가 없는 그녀여서 쉽게 말을 걸기도 힘들었다. 훗날 태상노군이 되는 이(耳)도 두 눈을 동그랗게 떠서 바라볼 정도였으니.

아마 그때부터였을 것이다.

절친했던 두 소년이 치고받고 싸우기 시작했던 것이.

서로가 왜의 남편이 되겠다며 으르렁거렸으니.

지금은 이따금 술 한 잔 나누면서 추억담으로 상기한다지만, 그때는 정말 진지했었다.

사춘기 시절에 처음으로 불이 붙었으니 말이다.

하지만 두 소년의 열렬한 구애를 받고도 왜는 언제나 마음을 열지 않았다. 얼음 같은 모습을 유지한 채 그들과 멀지도 가깝지도 않은 일정한 거리를 뒀다.

그러다 세월이 흘러 준은 희를 이어 만물을 관장하는 옥황상제가 되고, 이는 세계의 지식을 관리하는 태상노군이 되었으며, 왜(정위)는 생명체의 꿈을 다스리는 통천교주가 되었다.

세 명은 어긋나는 것 하나 없이, 마치 맞물리는 톱니바퀴처럼 잘 굴러갔다.

수미산은 완벽히 자리를 잡았다. 네 개로 갈라진 세상은 각자 번영을 시작했다.

이러한 번영과 평화는 영원히 이어질 것만 같았다.

하지만 그때까지만 해도 옥황상제는 몰랐다.

통천교주가 여태 마음속에 다른 마음을 품고 있었단 사실을.

"이번에도 허망하게 조약돌과 나뭇가지만 던질 생각인가?"

─그럴 리가.

통천교주는 흑요석처럼 아름다운 깃털을 하나 뽑아 후, 하고 가볍게 입 바람을 불었다.

그러자 깃털은 잘 벼린 검이 되어 옥황상제의 목에 바짝 붙었다.

주르륵.

시퍼런 날이 살갗을 파고들자 핏물이 흐른다.

주변에 있던 근위천병들이 사색이 된다.

"상제!"

"위험하십니…… 크윽!"

"흐흐흐흐흐. 감히 나를 두고 한눈을 팔아? 아직 살 만한가 보구나."

바치는 천병들이 통천교주에게 다가가지 못하도록 모조

리 쓸어버렸다.

옥황상제는 자신의 목숨이 위태로운데도 눈 하나 깜빡하지 않는다. 슬쩍 시선을 아래로 돌려 검을 보고는 그립다는 듯이 웃는다.

"함선검이군."

통천교주를 상징하는 네 개의 검, 사선검 중 하나.

"이것 때문에 상당히 골치를 썩였었는데 말이야."

—그랬겠지.

"하지만 결국 나를 베지는 못했지."

—이번에는 다를 것이다.

"글쎄. 그건 모르겠군그래."

옥황상제가 웃는다.

통천교주가 두 눈을 차갑게 번뜩이며 함선검으로 옥황상제의 목을 치려는 순간,

"권렴. 이제 조금 지루해지는구나."

옥황상제가 작게 툭 내뱉는다.

"다음 장(章)을 열겠나이다."

그때 지옥의 군세를 베어 내던 사오정이 중얼거리더니 핏물이 고인 항요도를 뽑아 하늘로 휘둘렀다.

그러자,

뚝!

거짓말처럼 세상이 정지한다.

의식은 또렷하지만 몸은 움직여지지 않는 찰나의 순간.

악몽으로 뒤덮였던 하늘이 갈라지면서 그 뒤에 숨어 있던 수많은 별들이 총총 빛난다. 헤아릴 수도 없이 많은 별들은 영귀와 삼신산을 비추다 곧 아래로 쏟아지기 시작했다.

수많은 유성군은 악몽을 환하게 찢어 놓으면서 내려와 하나하나가 엄청난 규모를 자랑하는 천군(天軍)이 되었다.

─감히 어느 누가 있어 상제의 면전을 더럽히려 드느냐!

그중 선두에 달리는 이는 왼손에 칼을 높이 들어 말을 타고 대기를 박차며 내려온다. 얼굴이 흉악하게 일그러지고 기세가 흉흉해 마치 마신처럼 보일 정도다.

죽은 다문천왕과 함께 천계를 수호한다는 사천왕 중 하나, 증장천왕.

그는 하나같이 입이 크게 찢어진 아귀, 구반다와 벽협다를 대거 이끌면서 지옥의 군세 한복판에 떨어져 그들을 쓸어내린다.

─마신은 원래 자신들이 왔던 지옥으로 떨어질지어니!

반면에 대지에서는 광목천왕이 나타나 손에 들고 있던

수십 미터나 되는 나삭(밧줄의 일종, 포승줄)을 채찍처럼 휘둘러 광풍을 일으킨다.

그럴 때마다 권속인 용의 일종, 나가가 나타나 혓바닥을 날름거리고, 악취를 잔뜩 뿌리는 부단나가 마구잡이로 날뛴다.

—어찌 같은 신이 되어 손을 잡아 세상을 바르게 이끌어도 모자랄 판국에, 이리도 싸운단 말인가. 참으로 아쉽도다. 아쉽도다.

조금 거리가 떨어진 곳에서는 슬픈 얼굴을 한 지국천왕이 나타나 비파를 뜯는다. 대기가 웅웅 울리면서 마신들 중 일부가 심장을 쥐어뜯었다.

아름다운 음을 흘려 영혼을 정화한다는 화평호음에 맞춰 권속인 건달바는 노래를 하고, 비사사는 귀신처럼 허공에 녹아들어 지옥의 군세를 일일이 베어 나간다.

천군은 그뿐만이 아니었다.

뭇 많은 별들을 다스린다는 신들의 수장, 자미대제를 비롯해 산악과 대지를 다스린다는 청허대제, 물을 관장한다는 동음대제 등 삼계공이 가세하고, 뇌진자가 뇌부의 병사들을 모두 데리고 나타났으며, 여태 한 번도 모습을 보이지 않았던 마지막 삼신장 이랑진군도 삼첨양인도를 뽑아 호쾌하게 마신들을 몰아붙인다.

지호가 천계를 휩쓰는 동안에도 단 한 번도 모습을 드러
내지 않았던 이들.

　그들은 개개인이 너무나 강한 힘을 자랑했다.

　특히 사천왕 세 명은 다문천왕과 비교해도 뒤지지 않았
고, 이랑진군은 그들보다도 더 뛰어난 실력을 발휘해 어느
누구의 접근도 허락지 않았다.

　결국 멈췄던 시간의 수레바퀴가 돌아가는 순간,

　콰콰콰콰콰콰콰콰쾅!

　천군과 지옥의 군세는 다시는 없을 전쟁에 돌입한다.

　"놈을 베어라!"

　"마신, 어느 누구 하나 살려 두지 마라!"

　바치는 높이 뛰어 올라 통천교주를 베려 하던 증장천왕
과 부딪치고, 거라건타는 풍랑을 일으켜 광목천왕의 나삭
에 맞선다.

　혼돈은 자미대제가, 도올은 청허대제가, 도철은 동음대
제가 맡으며, 사흉 중 최강이라는 궁기는 이랑진군과 충돌
했다.

　하늘이 콰릉, 콰릉, 하고 울린다.

　벼락이 쉴 새 없이 쏟아지며 폭우와 태풍이 뒤엉킨다. 먹
구름이 모였다가 흩어지기를 반복하면서 햇살과 별무리를
부숴 나간다.

영귀가 떠다니던 시간의 바다는 수십 미터나 되는 격랑을 계속 일으켰다.

삼신산은 이제 한눈을 팔면 바로 영혼이 찢겨 나가 지옥도가 된 지 오래였다.

설사 신이라 해도 아차 하면 바로 목이 날아가는 곳.

그 중심에서 옥황상제는 마치 오케스트라를 연주하는 지휘자처럼 선 채 크게 웃음을 터뜨렸다.

"이만하면 마치 말세록에나 나올 신들의 황혼으로 충분하지 않겠나, 정위?"

통천교주는 인상을 와락 일그러뜨렸다.

분노를 담아 뭐라 쏘아붙이고 싶지만, 옥황상제를 베려던 함선검은 도중에 뭔가에 가로막혀 꿈쩍도 않는다.

"이 이상 다가오지 마라, 통천교주. 옛 인연을 생각해서 이 정도로 끝내는 것이니."

함선검을 가로막은 한 자루의 검.

그 아래에는 눈가에 주름이 자글자글한 노인이 옥황상제의 옥좌 바로 옆에 나타나 야수처럼 눈살을 좁히고 있었다.

하늘의 별 중 가장 중심에 위치한다는 북극성. 달리 진무대제라고도 불리는 모든 무(武)의 최고신은 통천교주와 아주 잠깐 눈싸움을 벌인다.

하지만 통천교주는 대꾸할 생각이 전혀 없는지 몸을 반

대로 틀면서 왼팔을 휘둘렀다.

쉭! 쉭! 쉭!

깃털 세 개는 각각 주선검, 육선검, 절선검이 되어 진무대제의 가슴팍을 찍었다.

따다다다다다다당!

진무대제는 자신의 보패, 현무검을 안쪽으로 잡아당겨 사선검을 모조리 튕겨 내는 것과 동시에 땅을 거세게 박차 통천교주에게로 쇄도한다.

"지난 인연을 악연으로 끝내고자 한다면 어쩔 수 없는 것이겠지."

이곳은 옥황상제가 있는 자리.

감히 그의 옥체에 조금이라도 상처를 줄 수는 없는 노릇이기에 자리를 벗어나려는 것이다.

퍼버버버버버버벙!

곧 진무대제와 그를 막으려는 사선검, 그리고 통천교주의 격돌이 시작된다.

콰릉! 콰르르르릉! 콰르르르르르르르!

이미 삼신산은 모든 신들의 전장으로 변해 있었다.

*   *   *

라그나뢰크.

말세가 되면 천상의 신과 지하의 괴물이 부딪쳐 세상이 무너지고 신들도 같이 몰락하고 만다는 북유럽 신화의 마지막 문구.

아마 지금 이 상황이 그러하지 않을까?

물고, 물어뜯고, 베며, 베인다.

서로가 서로를 죽이기 위해 달려드는 광경은 처참하기까지 하다.

하지만 비마질다라에게는 전혀 다르게 보였다.

"허허허허허. 보게나. 바로 자네가 그린 그림이라네. 참으로 아름다운 그림이 아닌가? 마치 수미산 때로 돌아간 것만 같구먼."

모두가 자신의 생명과 영혼을 불사르며 끝으로 달려간다.

그것이 설사 멸망만 남을지라도.

황혼.

그래. 황혼이라 하면 아주 어울리리라.

해가 지기 직전, 낮이 밤으로 저무는 핏빛을 닮은 붉은 노을이 잔뜩 깔린 황혼.

그렇기에 비마질다라는 흐뭇하게 웃었다.

이것이다.

오랜 세월 동안 이 순간만을 간절히 기다렸다.

싸움. 전쟁. 투쟁. 격노. 원한. 슬픔.

온갖 감정이 소용돌이치는 지금이야말로 영혼을 찌릿찌릿하게 자극한다.

이제야 겨우 숨을 쉬는 것 같았다!

대검을 꼭 끌어안은 손가락이 간질거린다.

하지만 그는 꾹 눌렀다.

아직은.

아직은 때가 아니다.

조금만. 조금만 더 참고 억누르자.

조금만 더 견딘다면, 폭발했을 때의 쾌락은 다른 것에 비할 바가 아닐 테니.

"어떤가? 정말 손을 잡지 않겠나?"

지호를 보는 비마질다라의 눈에는 광기마저 감돈다.

"자네가 우리의 사상을 마땅치 않게 여긴다는 것쯤은 알고 있다네. 이 일이 끝나고 나면 도로 우리를 봉인시키려 들 것이란 것도 잘 알고 있고."

"……."

"하지만 그 전까지는 자네나 우리나 다 같이 옥황상제의 목을 노리는 동료가 아닌가. 괜히 힘 빼지 말고 먼저 눈에 보이는 목표부터 잡으세."

적의 적은 아군이란 걸까.

비마질다라가 계속 떠드는 동안에도 지호는 말없이 묵묵히 지켜보기만 한다.

"어떤가? 당기지 않나?"

역시나 쳐다보길 한참.

피식.

지호는 바람 빠지는 소리를 내더니 대답했다.

"음. 역시 싫어."

"왜?"

"저 새끼 대가리, 내 거거든."

지호는 여전히 전장을 보는 옥황상제를 가리켰다.

마치 제 주머니 속에 있는 물건을 말하는 듯한 말투.

비마질다라는 눈을 동그랗게 떴다가 이내 따라 웃는다.

"그것만은 안 되겠군."

"그렇지?"

"그렇지. 그렇다면……."

비마질다라는 대검을 안고 있던 팔짱을 천천히 풀었다. 잔뜩 벌어진 입가 사이로 송곳니가 번뜩인다.

"먼저 가야겠군."

쉭!

비마질다라가 몸을 날린다.

하지만 그보다 먼저 지호가 움직이며 여의봉을 휘두르고 있었다.

쐐애애애애애애애액!

여의봉은 가장 앞에 있던 근위천병 다섯을 그대로 후려쳤다.

"컥!"

그들은 청동 갑옷이 박살 난 채로 튕겨 나간다.

쉭! 쉭!

지호와 비마질다라는 방금 전까지 그들이 있던 자리를 단숨에 통과한다.

천군이 나타나 이제야 겨우 한숨 돌릴 수 있나 싶었건만. 근위천병은 지호와 비마질다라가 옥황상제를 향해 달린다는 사실을 깨닫고 아픈 몸을 움직였다.

청동 창과 청동 방패. 푸른빛을 자랑하는 물결이 이곳으로 빛줄기가 되어 날아오는 두 명을 막으려 한다.

"상제를 보호하라!"

"놈들을 막아라!"

하지만 지호와 비마질다라는 다른 마신들보다 더 거세면 거셌지, 절대 모자라지 않았다.

"귀찮네."

"허허허허허. 그래도 이렇게 많은 인파들이 환영을 와

주니 참으로 몸 둘 바를 모르겠구먼. 그만큼 부응에 답을
해야겠지?"

콰콰콰콰콰콰콰!

지호는 여의봉을 휘둘러 시린 황금색 광휘를 잇달아 토
해 내고, 비마질다라는 제 키보다도 더 큰 대검을 한 손으
로 가볍게 흔들어 새카만 검기를 토해 낸다.

공간이 발기발기 찢어지고 땅거죽이 뒤집힌다.

진형을 갖추려던 선두가 단숨에 쓸려 나간다.

화아아아악!

먼지구름이 일어나 단숨에 전장을 가로지른다.

"막아라아아아아! 막아야 한⋯⋯⋯ 커억!"

그중 목에 핏대가 서라 소리를 질러 대던 하급 천신은 가
슴팍을 파고드는 화끈한 고통에 헛바람을 들이켰다.

흔들리는 눈동자로 억지로 시선을 돌린다.

시야를 뿌옇게 흐린 황사 사이로 한 쌍의 화안금정이 도
깨비불처럼 요요하게 번뜩인다. 마치 그 모습이 굶주린 맹
수처럼 날카로워서 말문이 턱 하고 막혔다.

"시끄러."

지호는 싸늘하게 한 마디를 던지고는 신의 목소리로 외
쳤다.

"휘몰아쳐라."

여의봉이 시린 빛을 토해 낸다. 봉 끝에서 불똥이 튀어 오르더니 화염륜이 일어나 단숨에 뒤덮는다.

그리고 일어나는 광풍.

콰르르르르르르르르르릉!

불 폭풍은 천신 진영과 마신 진영 사이사이를 누비고 다니던 황사를 단숨에 찢어발겨 그 자리를 차지한다. 여의봉에 희생된 천신을 조각도 남기지 않고 모조리 불사르면서 사방으로 휘몰아쳐 천군을 누볐다.

"아아아아아아아악!"

"내 눈! 내 누우우우우우운!"

곳곳에서 천병이 날뛰기 시작한다.

몇몇은 눈을 감싸 안으며 고통을 호소하고, 몇몇은 몸에 붙은 불길을 꺼트리기 위해 땅바닥을 구른다. 하지만 다수는 비명을 지르기도 전에 폭풍에 휩쓸려 핏자국도 남기지 못했다.

불 폭풍에서 옮겨 붙은 불꽃은 지호의 의지에 따라 절대 꺼지지 않는 바.

불길은 그들이 입고 있던 청동 갑옷을 단숨에 녹일 뿐만 아니라 그 속에 있던 육신이며 영혼까지 게걸스럽게 먹어

치운다.

지호는 그 위를 짓밟으며 단숨에 질주했다.

"나도 질 수야 없지."

비마질다라는 사람 좋은 미소 속에서도 차갑게 입술을 번뜩이며 대검으로 땅을 세게 내리찍었다.

콰콰콰콰콰콰콰콰콰!

새카만 검기 수십 줄기가 지면을 거칠게 할퀴면서 채찍처럼 사방으로 뻗어 나간다.

검기는 정말 거침이 없었다.

닥치는 것은 모두 쓸어버리겠다는 듯 천병을 베고 또 베어 버린다. 땅거죽이 뒤집힌 자리에는 수많은 시신과 핏물이 끔찍한 광경을 연출한다.

"모두 방패를 앞으로 내세워라!"

근위천병은 달리다 말고 일렬로 서서 청동 방패를 앞으로 내세운다.

하단에서부터 방패가 차곡차곡 쌓이며 탑을 이루고, 근위천병은 그 뒤로 몸을 숨기고 고슴도치처럼 방패 사이사이로 창을 내밀어 충격에 대비한다.

퍼버버버버버버벙!

하지만 그마저도 방패가 모조리 분질러지고 창이 꺾이고

말았으니.

부서진 청동 파편이며 투구가 핏물과 함께 허공으로 튀었다가 힘없이 바닥을 구른다.

쓰러진 천병들은 원통한 마음에 억지로 손을 뻗어 비마질다라의 발목이라도 잡으려 하지만, 비마질다라는 사정없이 발로 놈들의 머리통을 짓밟아 부숴 버렸다.

"크하하하핫!"

천병을 베어 내면 베어 낼수록 비마질다라의 입가에 걸린 미소는 서서히 크게 벌어진다.

어찌 기쁘지 않을 수 있을 쏘냐!

그토록 꾹꾹 억눌렀다가 터뜨리는 쾌감은 이루 말로 표현할 수 없는 것이었다.

살육! 살육! 살육!

오로지 살육!

검을 휘두를 때마다 마치 추수철에 수확을 하듯이 수많은 생명들을 베고 지나는 감촉이 찌릿찌릿하다.

게다가 이들이 누군가.

생전에 하계에서 쌓은 공이 하늘에 닿을 정도라, 옥황상제가 직접 거두어 신위를 하사한 자들이 아닌가.

비록 격이 모자라 신이 아닌 그 아래 급인 기(祇)가 되긴 했다지만, 그렇다 해도 충분히 신을 꿈꾸며 무용담이나 설화 속 영웅이라 부를 만한 자들이다. 그런 이들을 한둘도 아니고 수백씩이나 죽여 대고 있으니!

"하하하하하하하하핫!"

기세에 잔뜩 질려 주춤 물러서던 근위천병 다섯을 모조리 도륙 낸다.

핏물과 살점이 튀어 비마질다라를 덮는다.

비마질다라는 광기 어린 미소를 흘리면서 손등으로 눈가에 묻은 핏물을 닦아 낸다. 그리고 혓바닥을 날름거리며 피비린내를 만끽한다.

"즐겁도다! 즐겁도다! 너무나 즐겁도다!"

두 눈이 번들거리며 조금씩 가까워지는 옥좌 위 옥황상제에게로 꽂힌다.

"과연 저 목을 따면 얼마나 즐거울 것인가!"

생각만 해도 손끝이 찌릿하다.

옥황상제까지 남은 거리는 끽해야 수백 걸음.

이제 얼마 남지 않았다!

입술이 바싹 마른다.

비마질다라는 혓바닥으로 입술을 축였다.

탁!

땅을 다시 거세게 박찬다.

                    *   *   *

    지국천왕은 평화를 노래하고 번영을 추구한다는 건달바
들의 주인이다.

    때문에 그는 싸움을 싫어하고 피를 무서워한다.

    그래서 전쟁이 있을 때면 언제나 한참이나 떨어진 곳에
서 건달바들과 함께 비파를 뜯으며 노래를 한다.

    아군에게는 축복을, 적군에게는 저주를.

    실제로 노래가 전장을 휘감을 때면 언제나 아군은 지친
몸을 이끌고도 승리를 거뒀다.

    이미 지난 수백 년 동안 치렀던 부처 일파와의 내전에서
몇 번이고 경험해 본 일이었다.

    하지만 그렇다고 해서 그가 마냥 유약하기만 한 것은 아
니다.

    그는 실체가 없는 귀신으로 죽은 영혼을 잡아먹는다는
비사사의 주인이기도 했으니.

    한 번 화를 내면 뒤를 돌아보지 않는다.

    싸움?

    피?

    그땐 그런 것 따위 눈에 들어오지 않는다.

    닥치는 대로 죽이고 또 죽인다.

물고, 할퀴고, 잡아 뜯어 버린다.

그러다 가슴속에 쌓인 분노가 완전히 사라졌을 때쯤에야 다시 제정신을 차린다.

그리고 주변을 둘러보면 언제나 온통 피투성이가 된 전황만이 남아 있었다.

그래서 아군이며 적군이며 지국천왕을 아는 사람들은 달리 그를 이렇게 부른다.

양면(兩面), 두 개의 얼굴을 지녔노라고.

지금도 마찬가지였다.

콰콰콰콰콰콰콰!

전장의 끝에서부터 끝. 가장 외곽에서부터 옥황상제가 있는 곳까지는 어마어마한 거리가 있다.

그런데 그곳을 순식간에 돌파하는 두 개의 빛줄기가 있으니.

황금색 빛줄기는 거친 불 폭풍을 일으키며 천군을 마구잡이로 쓸어버리고, 검은색 마기는 땅거죽을 뒤집어 천병을 모두 도륙 낸다.

천신이며 천병, 그 앞길을 가로막는 것들은 모조리 죽어 나가니, 두 빛줄기가 지난 자리에는 수많은 시신과 핏물이 산과 내를 이룰 정도였다.

그런데도 멈출 수 없다는 듯 돌진을 계속하고 있으니.

이대로 있다가는 정말 옥황상제에게까지 위해를 끼칠지 모르는 바.

지국천왕은 더 이상 가만히 있을 수가 없었다.

대추처럼 붉어진 얼굴을 하고서 노호를 지른다.

"건달바는 제자리를 고수하고, 비사사는 모두 나를 따른다!"

대답 따원 들리지 않는다.

이미 분노에 이성이 잠식된 그는 야수처럼 가래 끓는 소리를 내면서 단숨에 축지를 밟았다.

나타난 곳은 비마질다라의 머리 위.

"놈! 감히 이곳이 어느 안전이라 날뛰느냐!"

쉭!

비마질다라는 갑자기 앞으로 공간이 열리며 누군가가 나타나자 달리다 말고 눈이 동그래졌다. 그러다 송곳니가 드러나라 환하게 웃는다.

"허허허허허허! 이제야 제법 손맛을 볼 수 있겠군! 그렇지 않아도 무료하던 참이었는데 말이야!"

비마질다라가 기쁜 마음으로 광소를 터뜨리자, 지국천왕은 인상을 잔뜩 찡그렸다.

감히 아군의 소중한 이들을 농락해?

"네놈의 머리를 잘라 시간의 바다 깊숙한 곳에다 던져

버리리라!"

지국천왕은 비파를 거세게 뜯었다.

두두두두두두둥!

대기가 거세게 진동하면서,

쉬쉬쉬쉬쉬쉬쉭!

음파가 잘 벼린 칼날이 되어 허공을 마구잡이로 난도질
한다.

주변에 있는 것들을 모두 쓸어버린다는 공격.

하지만,

"갈─!"

별안간 비마질다라가 내지른 사자후가 음파를 도중에 삼
켜 부숴 버린다.

그리고,

티티티티팅!

비파를 이루고 있던 다섯 개의 현이 모조리 끊어졌다.

"……!"

지국천왕은 자신의 보패가 망가졌다는 사실에 사색이 되
고 말았다.

순간 머리가 멍해진다.

분노를 터뜨리고 말고 할 겨를도 없다.

이, 이렇게 쉽게 당한다고? 내가?

그러다 비미질다라가 단숨에 간격을 좁혀 오자 비파를 방패 삼아 몸을 내빼려 한다. 동시에 오른손을 잔뜩 웅크리며 손톱을 바짝 세워 대검에 맞선다.

"조금만 더 놀아 보시게. 이것 갖고 어디 성에나 차겠나?"

"흡……!"

촤아아아아아악!

하지만 대검은 단숨에 비파와 함께 지국천왕의 팔, 그리고 몸뚱이까지 한꺼번에 베고 지나갔다. 왼쪽 어깨에서부터 오른쪽 허리까지 대각선으로 혈선이 그어지면서 상체가 그대로 뒤로 넘어간다.

그뿐만이 아니다.

콰콰콰콰콰콰콰콰콰!

대검에서 터져 나온 검은 마기는 비마질다라를 둘러싸려 하던 비사사마저 모두 쓸어버린다.

형체가 없는 귀신이라 한들, 싸움을 위해 살아간다는 아수라를 당해 낼 정도일까.

결국 주변은 초토화되어 뒤집히고 쑥대밭만 남아 있을 뿐이었다.

사천왕 중 한 사람인 지국천왕의 패배.

그것도 너무나 허망하기만 했다!

주변에 있던 천병은 모두 사색이 되어 물러선다.

하지만 비마질다라는 영 성이 안 찬다는 표정이었다.

"에이. 손맛만 버렸군. 괜히 시간만 낭비하지 않았나!"

쯧, 하고 가볍게 혀를 차는데, 별안간 먼 곳에서 뭔가가 지나간다.

"으잉?"

고개를 돌리니 아주 잠깐 지국천왕을 상대하는 동안, 지호는 이미 저만치 앞서 달려가고 있었다.

차라리 재미라도 있었다면 모를까, 그것도 아니었기 때문에 이대로 지호에게 옥황상제를 내주는 게 맘에 들지 않았다.

"흠! 그래서야 재미없는데."

비마질다라는 살짝 미간을 찌푸리며 어떻게 지호를 잡아야 할까 싶다가, 주변에서 덜덜 떨리는 손길로 청동 창을 겨누는 천병에게로 우악스럽게 손을 뻗었다.

그리고 투포환을 던지듯, 멱살을 잡아 지호에게로 냉큼 던졌다.

"아아아아아아악!"

어느 천병의 비명 소리가 소란스러운 전장 하늘을 쩌렁쩌렁하게 울린다.

지호는 앞에 있는 자들을 쓸어내면서 달리다 말고 갑자

기 이쪽으로 날아오는 천병을 발견하고는 살짝 몸을 틀었다.

아슬아슬하게 천병이 옆으로 스쳐 지나가 바닥에 볼썽사납게 뒹군다.

이게 뭔가 싶어 날아온 쪽으로 돌아보는데,

"으아아아아아악!"

"살려 주어어어어어어어어!"

저만치 먼 곳에서 비마질다라가 씨익, 웃으면서 마구잡이로 천병을 던지고 있었다. 어느새 대검을 등에 걸어 놓고서는 다리를 쉴 새 없이 놀리며 닥치는 대로 천병을 잡아간다.

"저 새끼가?"

지호는 짜증이 확 치밀었지만 어떻게 손을 쓸 도리가 없었다.

날아오는 수가 너무 많아도 너무 많다.

피하거나 여의봉을 써 옆으로 쳐 내는 사이, 비마질다라는 어느새 자신을 따라잡아 저만치 앞서기까지 했다. 그러면서 지호에게 먼저 가겠노라고 손을 가볍게 흔들어 주는 여유까지 보인다.

거기다 언제 모였는지 앞에는 더 많은 천병들이 모여들기까지 하니.

"젠장!"

지호는 낮을 잔뜩 일그러뜨리더니,

"비키라고, 이 새끼들아!"

다리에 잔뜩 힘을 주면서 진각으로 지면을 세게 내리찍었다.

콰아아아아아아아아앙!

마치 포탄이라도 떨어진 것처럼 수백 미터 크기의 구덩이가 파이면서 충격파가 땅거죽을 거세게 뒤집는다. 단숨에 눈앞에 있는 것들을 모조리 쓸어버린다.

화아아아아아아……!

대체 얼마나 많은 천병들이 튕겨난 걸까.

수천? 수만?

숫자가 아무럼 어떨까.

누가 있었다 한들 어느 누구도 막지 못했을 것을.

순식간에 지호와 옥황상제 사이에 직선으로 훤한 길이 활짝 열렸다.

*   *   *

곳곳에 있던 천신이며 천병은 모두 침을 꼴깍 삼켰다.

머릿속이 새하얗다.

그들을 가로지르는 지호를 붙잡을 생각도 못한다.

흉신이다! 흉신이야……!

마신은 차라리 대적이라도 할 수 있지, 지호는 아예 재앙을 몰고 오지 않는가.

아수라왕 중 최강이라는 비마질다라도 무섭지만, 제천대성은 그보다 더한 공포를 가져다준다.

'이대로 두면 정말 위험하다!'

남은 사천왕이며 삼신장, 그리고 삼계공까지, 곳곳에 퍼져 있던 상급 무장이며 최고 재상들은 동시에 똑같은 판단을 내렸다.

* * *

가가가가가각!

증장천왕은 검을 세게 아래로 내려찍는다.

하지만 오로지 악력만으로 버티고 있던 바치는 꿈쩍도 않는다. 살짝 칼날이 파고든 살갗 사이로 핏물이 흐르지만 그것마저 웃길 따름이다.

"카카카카카카! 왜? 상제가 죽을 것 같으니 걱정이라도 되는가? 하지만 어쩌나? 네놈은 내 것인데."

바치가 두 눈을 일렁이며 혓바닥으로 입술을 축인다.

흉흉하게 빛나는 눈동자가 희열로 가득 찬다.

증장천왕은 인상을 잔뜩 구기다가 몸을 옆으로 돌렸다.
바치가 균형을 잃어 옆으로 살짝 기울어지는 사이, 재빨리
놈의 목젓으로 검을 찔러 넣는다.

"흥! 가당치도 않는 짓!"

바치는 콧방귀를 뀌며 몸을 뒤로 물려 왼 주먹을 힘차게
내뻗었지만,

"엥?"

휘이이이이.

있어야 할 증장천왕이 없어 애꿎은 허공만 때렸다. 저 먼
곳에 있는 산자락이 무너지는 게 보인다.

재빨리 옆으로 고개를 돌리자, 증장천왕이 축지를 밟아
지호 쪽으로 움직이는 게 보였다.

"감히 내게서 한눈을 팔아?"

바치는 노한 얼굴로 증장천왕의 뒤를 쫓았다.

콰아아아아아아아앙!

휘리리리리릭!

광목천왕이 사용하는 나삭은 마치 풀숲을 조용히 달려

먹이를 재빠르게 낚아채는 뱀과 닮아 있었다. 나삭이 대지를 스치고 허공을 할퀼 때마다 소용돌이가 친다.

하지만 거라건타는 날렵하다.

농염하고 매끈한 몸의 곡선만큼이나 재빨라 나삭에 단 한 번도 걸리지 않았다.

땅을 구르고, 제비를 돌고, 옆으로 몸을 돌려 아슬아슬하게 피하다가 빈틈이 있으면 단숨에 광목천왕에게로 달려든다.

"흥! 이래 가지고 밤에 마누라 등쌀이나 이겨 내겠어?"

속을 박박 긁어 대는 말에도 광목천왕은 눈 한 번 깜빡하지 않는다.

오히려 공격이 잘 통하지 않는다 싶자 이번엔 나삭으로 땅을 세게 두들겼다.

쾅!

모래가 높이 솟구친다.

거라건타는 새로운 공격법일까 싶어 몸을 살짝 물리면서 눈을 반짝이는데,

"역시 단순하군."

"……!"

갑자기 뒤에서 광목천왕이 나타난다.

속았다!

거라건타가 몸을 재빨리 돌려 방어를 하기도 전에 광목천왕은 손을 뻗어 그녀의 목을 우악스럽게 잡아 그대로 뜯어 버렸다.

그리고 양분된 머리와 몸뚱이가 바닥에 닿기도 전에 축지를 밟았다.

쉭!

잠시 후.

두두둑. 두둑.

아무렇게나 바닥에 뒹굴던 머리와 목이 연결되더니 기괴하게 머리가 돌아간다. 착 가라앉은 머리카락 사이로 한쪽 눈이 시린 광망을 토한다.

"감히…… 내 예쁜 얼굴에 손을 대?"

거라건타가 이를 갈았다.

사천왕만 움직이는 것이 아니다.

천계 내 삼대신 다음 서열을 자랑한다는 삼계공.

그들은 상대하고 있던 사흉을 거세게 밀어낸 뒤, 뒤도 돌아보지 않고 움직였다.

나타, 뇌진자, 이랑진군은 곳곳에 흩어져 지옥의 군세를 막거나 궁기에 맞서는 등 싸움을 벌이다 몸을 물리면서 축지를 펼친다.

제아무리 미운 옥황상제라고는 하나, 그는 천계를 유지하는 대들보와 같은 존재.

마신과 지옥의 군세에 짓밟히도록 놔둘 수는 없었다.

* * *

거친 바람이 분다.

곳곳에서 공간이 일렁이는 힘의 물결이 느껴진다 싶더니 단숨에 지호와 비마질다라에게로 모여든다.

삼신장은 비마질다라.

남은 사천왕과 삼계공은 지호.

정지를 모르는 폭주기관차 같은 그들 앞으로 칼바람이 불어닥쳤다.

콰르르르르르르르르르릉!

지호는 훤하게 열린 길을 달리던 중에 옆에서 축지가 열리는 느낌이 들었다.

아무런 거리낌 없이 그쪽으로 뇌벽세를 터뜨렸다.

샛노란 뇌전이 짐승의 포악한 이빨처럼 공간을 짓이겨 놓는다.

단번에 지호의 목을 칠 속셈이었던 두 그림자는 시커멓게 그을음이 남은 채로 몇 발자국 떨어진 곳에 착지를 해야만 했다.

탁! 탁!

증장천왕과 광목천왕의 눈동자가 흔들린다.

만약 도중에 축지를 멈추고 방어를 하지 않았다면 어떻게 되었을까?

태상노군이 특별히 제작해 준 갑옷은 일그러지거나 파손되기까지 했다.

분명 자신들이 들었을 때는 다문천왕도 겨우 꺾을 만큼밖에 안 된다고 했었는데?

대체 어떻게 된 거지?

하지만 의문은 잠시.

그때 다시 지호가 빛줄기가 되어 잽싸게 내달리며 그들에게로 쇄도한다.

쐐애애애애애애애액!

"이대로 둔다면……!"

"앞으로 천계에 재앙만 가져다줄 놈이로다!"

눈빛으로 뜻을 교환한 증장천왕은 좌측을, 광목천왕은 우측을 맡아 지호의 앞을 가로막는다.

그들만 있는 게 아니다.

삼계공도 나선다.

쉭! 쉭! 쉭!

그들은 하늘에서부터 지호를 덮쳤다.

자미대제는 별빛처럼 새하얗게 물든 양손을 후려치듯이 쌍장(雙掌)을 뻗었고, 청허대제는 어깨를 단단히 내밀어 파성추처럼 내달렸으며, 동음대제는 손날을 바짝 세워 검처럼 횡단으로 그었다.

천계 내 최고 장수와 재상이 전력을 다해서 일으킨 합공(合攻).

수많은 빛의 물결에 둘러싸여 지호가 빠져나갈 구석은 어디에도 없어 보였다.

하지만,

"이것들이 진짜 보자 보자 하니까 호구로 보이나?"

지호는 짜증 가득 섞인 말투로 숨을 크게 들이쉬었다.

몸을 따라 여섯 줄기의 광휘가 날개처럼 떠오르면서 화안금정도 환하게 밝아진다.

놈들의 공격이 모두 시야에 담긴다.

그리고 모두 '읽혔다.'

마치 순간 시간이 느려진 것처럼.

왼손을 앞으로 뻗어 채찍처럼 관자놀이를 후려치려던 나삭을 단숨에 낚아챘다.

꽈악.

그대로 안쪽으로 잡아당겼다.

어떻게든 힘으로 버티려던 광목천왕이 단숨에 딸려온다.

지호는 녀석의 얼굴이 경악으로 가득 차건 말건 간에 오른팔을 접어 팔꿈치로 머리통을 후려쳤다.

퍼어어억!

"광모오오오오옥!"

광목천왕은 머리 절반이 으깨진 채로 쓰러졌다.

증장천왕이 분노로 소리를 지르며 검을 깊숙이 찔러 넣는다.

지호는 뇌수와 핏물이 사방으로 튀어 땅에 닿기도 전에 그 사이로 몸을 팽이처럼 돌렸다.

여의봉을 휘둘러 목젖을 찔러 오던 보검을 부러뜨린다.

챙강, 하는 소리와 함께 부러진 검의 파편이 위로 튀어오르고, 땅으로 떨어지기도 전에 이미 왼쪽 손날을 바짝 세워 증장천왕의 목을 베고 지나갔다.

스걱!

여기까지 한 호흡.

푸우우우우!

증장천왕의 머리가 피분수를 일으키면서 튀어 오르는 데 두 호흡.

그리고 세 호흡이 되었을 때, 삼계공의 합공이 면전에까지 다다랐다.

지호는 억지로 막으려 하지 않고 여의봉으로 지면을 세게 내리쳤다.

쾅!

모래 기둥이 높이 치솟아 삼계공을 아래에서부터 덮쳐 시야를 가린다.

쉭!

결국 그들의 공격은 허망하게 아무것도 없는 허공만 가르며 애꿎은 대지를 부수고 지나간다.

어디로 갔지?

원래 있어야 할 자리에 지호가 없다.

삼계공이 사라진 지호를 찾아 몸을 거세게 돌려 주변을 둘러본다. 하지만 시야가 제대로 확보되지 않아 어디로 내빼기라도 했나 싶어 천리안을 연다.

그 순간, 그들의 천리안을 빼곡하게 채워 오는 지호의 얼굴.

지호는 얼마 떨어지지 않은 곳에 있었다.

그들로부터 불과 한 발치 정도만 떨어진 곳에서 여의봉을 거세게 휘두르고 있었다.

차갑게 웃으면서.

"······!"

"······!"

"······!"

삼계공은 지호가 뭘 하려는지 깨달았지만 이미 때는 늦은 뒤였다.

이때가 불과 네 호흡.

촤아아아아아아악!

여의봉에 맺혔던 광휘가 공간을 단절시킨다.

그어진 단층을 따라 핏물이 진하게 배어 나온다. 삼계공은 모두 부서진 심장을 부여잡고 힘없이 쓰러졌다.

털썩.

순간, 천신과 마신, 어느 진영 하나 가릴 것 없이 소리 없는 경악을 내지른다.

두 사천왕에 이어 삼계공까지 당하다니!

그들이 누군가!

최고 재상이며 상급 무장에 해당하던 이들이 아니던가.

그런데도 이렇게 허망하게 당하고 말다니.

하지만 그들이 어떻게 알까.

여태 지호는 빛이라는 최고위 신위를 지니고 있으면서도 제대로 다루는 법을 몰랐다.

하지만 려의 인격이 한 차례 깨어나고 허무도 다룰 수 있게 되면서 빛에 대한 이용법을 알게 되었고, 이것을 이용한 '싸우는 법'도 터득했다.

빛과 제천대성으로서의 힘.

이 두 가지만으로 불과 며칠 전과는 확연히 달라진 것이다.

쿠우우우우웅.

지호가 한 걸음을 내디딘다.

더 올 놈이 있느냐는 듯한 태도.

어마어마한 기백이 사방으로 불어닥친다.

천군은 겁에 단단히 질려 움찔 떨면서 지호의 앞길을 막을 생각을 못한다. 아니, 오히려 줄행랑을 치지 않는 게 신기할 정도로 다급하게 물러선다. 천신들 역시 행여 흉신의 재앙에 닿을까 싶어 기겁을 한다.

결국 지호는 더 이상 아무런 방해도 받지 않고 옥황상제가 있는 곳에 도착할 수 있었다.

"역시. 대단하구만. 하마터면 질 뻔했어."

비슷하게 도착한 비마질다라 역시 거센 혈투를 벌이고 왔는지, 피를 흠뻑 뒤집어쓴 혈인의 몰골로 너털웃음을 터뜨린다.

하지만 바닥에 피를 뚝뚝 흘리면서도 사람 좋아 보이는, 두 상반된 모습이 괴기스럽게만 느껴졌다.

지호는 비마질다라를 한 번 보다 혀를 가볍게 차고는, 여의봉으로 옥황상제의 목을 겨누었다.

"그래도 먼저 목 따는 놈이 임자지."

"그건 그렇구만. 허허허허허."

비마질다라의 대검 역시 서늘한 예기를 자랑하며 목젖에 닿는다.

주르륵!

살갗을 파고들며 피가 흐른다.

옥황상제는 자신이 소환한 장수며 재상들이 모두 죽고 자신마저 위험에 처했는데도 불구하고 여전히 꿈쩍도 않고 있었다.

아니, 오히려 웃고 있었다.

마치 재미난 한 편의 연극을 관람한 사람처럼.

지호와 비마질다라는 약속이라도 한 것처럼 동시에 움직였다.

쉭! 쉭!

대검은 옥황상제의 목을 자를 듯이 횡단하고, 여의봉은 옥황상제의 머리통을 부수기 위해 종단한다.

옥황상제는 어마어마한 공세가 두 개나 쏟아지는데도 눈 하나 깜빡하지 않는다.

그저 가볍게 왼손을 앞으로 내밀 뿐.

그런데 위치나 시기가 너무나 절묘해 대검과 여의봉이 고스란히 손아귀로 빨려 들어간다.

턱!

"……!"

"……!"

옥황상제는 남은 오른팔을 태사의의 팔걸이에 얹어 턱을 가만히 괸다.

"이 정도가 전부라면 실망이군."

옥황상제는 가볍게 왼쪽 손가락을 튕겼다.

퍼버버버버버벙!

대검과 여의봉을 잇달아 때리는 강력한 폭발에 비마질다라와 지호는 널찍이 떨어져야 했다.

멀리 떨어진 곳.

옥황상제는 여전히 턱을 괸 상태에서 다리까지 꼰다.

오만방자하기 짝이 없는 모습에서는, 여유로움보다는 이제 슬슬 지겨워진다는 기색이 느껴졌다.

녀석이 지호를 보며 권태로운 눈빛으로 묻는다.

"이만하면 충분한 유희는 되지 않았나?"

"뭔 소리야?"

"이만 일어나라, 려."

"무슨 개소리냐고!"

지호가 낯을 잔뜩 구기며 으르렁거린다.

옥황상제는 두 눈을 크게 떴다가 알 수 없는 혼잣말을 중
얼거렸다.

"아직도 때가 아니란 거냐? 삼신산을 지났는데도? 아니
면 효마검이 별 도움이 되지 못한 건가? 짜증 나는군. 자꾸
이런 식이라니."

"자꾸 뭐라고 종알종알대는 거야!"

지호는 다시 몸을 날렸다. 비마질다라도 바로 옆에 붙어
대검을 마기에 칭칭 감아 내려친다.

그뿐만이 아니다.

하늘에서부터 마신들도 일제히 하강했다.

궁기를 비롯한 사흉들은 잔혹한 이빨을 들이대고, 비마
질다라의 뒤에 선 아수라왕들은 거칠게 콧김을 내뿜는다.
통천교주를 비롯한 마신들은 눈동자를 반짝이다 일제히 검
은 궤적이 되어 옥황상제에게로 떨어진다.

제천대성과 72마신이 벌이는 합공.

천계가 크게 울린다.

쐐애애애애애애애액!

그 순간,

"그래. 일어나지 않는다면 혼자서 할 수밖에."

옥황상제가 팔걸이를 쥐고 있던 손바닥을 뒤집었다.

그리고,

천지가 역전되었다.

* 　 * 　 *

'어떻게…… 된 거지?'

지호는 순간 어안이 벙벙했다.

분명 아까 전까지만 해도 옥황상제를 잡기 위해서 달리고 있었는데?

그런데 난 왜 이렇게 한참이나 떠밀려 난 거지?

그제야 떠오른다.

옥황상제의 면전에 여의봉이 닿기 직전, 녀석이 가만히 내밀었던 손바닥을 뒤집던 것이.

그러자 갑자기 세상이 마구 뒤섞이지 않았었나?

그래서 본능적으로 광휘로 몸을 두르고 우보를 밟아 몸을 보호하려 했었는데.

하지만 지호는 옥황상제로부터 한참이나 떠밀려 난 상태였다. 그가 지난 자리에는 기다란 고랑이 남고, 앞으로 뻗은 여의봉은 여전히 후들후들 떨리고 있었다.

"큭!"

지호는 심장을 꽉 조이는 고통에 가슴을 세게 부여잡았

다. 내공이 부글부글 끓는다. 억지로 몸을 일으켜 주변을
둘러보다 눈이 커진다.

"크으으으윽……."

"몇 번이고 느껴 본 것이지만 정말 거지같군그래."

아수라왕이며 사흉, 다른 마신까지 모두 피투성이가 된
몰골로 바닥에 주저앉아 있었다.

그나마 온전하게 자세를 유지하고 있는 건 비마질다라와
궁기, 그리고 통천교주가 전부일 뿐.

비마질다라는 대검을 방패 삼아 뒤에서 몸을 살짝 웅크
리며 거칠게 숨을 몰아쉬고 있었고, 궁기는 피로 얼룩진 머
리를 쓸어냈으며, 통천교주는 짜증 섞인 눈빛으로 옥황상
제를 노려본다.

"건곤대나이……."

"오랜만이지 않나, 정위? 그나저나 넷이나 버티다니. 나
도 많이 약해졌나 보군. 다시 누워 있게."

옥황상제는 피식 웃더니 다시 한 번 손바닥을 뒤집었다.

시야가 뒤집힌다.

하늘과 땅의 위치가 뒤집힌다는 듯한 착각이 일어나면서
몸을 유지하고 있던 공간이 마구잡이로 뒤섞인다.

지호는 속이 울렁이고 내공이 진탕이 되려 하자 이번에
도 다시 우보를 세게 밟아 자신을 둘러싼 공간을 유지시키

려 했다.

쿠쿠쿠쿠쿠쿠쿠쿠쿠쿠!

"크윽……!"

세상이 떨린다. 영귀가 울린다.

시간의 바다가 격랑을 일으킨다.

삼신산을 뒤흔드는 건곤대나이의 힘. 천지가 역전되는
이 힘은 오로지 옥황상제에게만 허락된 권능이다. 당연히
피조물인 지호가 거스르기란 힘들기만 하다.

마치 산보라도 하듯이 가볍게 손바닥을 뒤집는 옥황상제
와 다르게 지호는 그래도 어떻게든 버티겠다며 이를 으스
러져라 악문다. 팔뚝을 따라 핏대가 서고 두 눈이 시뻘겋게
충혈 된다.

이미 다른 마신들은 각혈을 하며 바닥에 주저앉은 지 오
래.

"호오. 이번에도 버텼단 말이지? 그럼 이런 건 어떻겠
나?"

옥황상제는 언제까지 버틸 수 있는지 한 번 지켜보겠다
는 듯 웃으면서 건곤대나이를 멈추지 않는다. 그러다 이번
에는 남은 손바닥을 뒤집었다.

"일어나거라, 짐의 아이들아. 짐은 그대들에게 죽음을
허락지 않았나니."

예상과 다르게 이번에는 압박이 거세지거나 하지 않는다. 대신에 다른 결과가 나타났다.

옥황상제가 이번에 뒤집은 건 삼신산이 아니었다.

삼신산을 둘러싼 다른 세상이었다.

끼아아아아아아아!

갑자기 하늘을 따라 일어나는 어마어마한 귀곡성.

지호는 별안간 드는 불안감에 억지로 화안금정을 들어 하늘을 올려다보았다.

'뭐지?'

하늘이…… 열리고 있었다.

은유적인 의미가 아니라 정말 열리고 있었다.

하늘 밖에 있는 거인이 하늘 가운데에 양손을 밀어 넣어 양쪽으로 열듯이, 하늘 중앙에 선이 그어지더니 좌우로 활짝 열린다.

그 너머에는 시커먼 우주가 보이기도 하고, 위에 존재하는 천계가 비치기도 한다.

그리고 그 틈을 따라 수를 헤아릴 수도 없을 만큼 많은 유령과 망령들이 아래로 쏟아졌다.

잿빛으로 된 유령은 거리낌 없이 쓰러진 천신이며 천병

들에게로 스며들었다. 상처가 크게 입은 자들에게는 대여
섯 마리씩 녹아들기도 했다.

그리고,

뚜둑. 뚜두둑.

마치 실에 걸린 망석중이처럼 그들이 하나둘씩 제자리에
서 일어난다.

팔과 머리가 먼저 올라와 기괴하게 꺾인 자세로 일어서
다가 점차 자리를 갖춰 가고, 떨어져 나간 부위가 되돌아와
붙으면서 상처가 봉합되어 천천히 원래의 모습으로 돌아간
다.

죽은 자들을 되살리다니.

꿈에서나 볼까 두려울 정도로 기괴한 광경이지만, 어딘
지 모르게 성스러움과 장엄함마저 풍긴다. 부서진 갑옷이
며 청동 창까지 수선되면서 천군은 다시 제 위용을 갖춰 간
다.

옥황상제는 생사를 주관할지니. 그가 천군의 죽음을 허
락지 않는다면 다시 살아나 그를 위해 싸워야만 한다.

하지만 목숨은 하나다.

부활을 원한다면 그에 상응하는 대가를 내놔야 할 터.

지호에게는 저 하늘 너머에서 전혀 다른 것이 비쳐졌다.

—아아아아악! 살려 줘! 살려 주어어어어어!

—상제시여! 어찌하여 저희들을 버리시나이까!

—이, 이게 뭐야! 떨어져! 떨어지란 말이야아아아!

—꺽. 꺽. 꺽……!

—제발, 제발, 제발 이 아이만큼은……!

천계의 주민들이 비명을 질러 댄다.

제 목을 부여잡고 아등바등하는 사람, 옥황상제에게 살려 달라 비는 사람, 아이를 보호하려 안는 어머니 등, 몇몇 도시에 걸쳐 죽음의 그림자가 드리웠다.

이들을 모두 죽여 천군을 되살린 것이다.

각 도시 위에 떠 있는 성스러운 횃불이 보인다. 두 마리의 용이 감싸고 있는 거대한 청동 향로.

—천공로.

공덕과 악행을 길어 업을 계산하는 화로. 생사를 주관하며 영혼을 불사른다.

"미친 새끼야아아아아아아아아!"

지호는 여전히 움직여지지 않는 몸을 하고서 거칠게 소리를 질렀다.

사람을 죽여 다른 사람을 되살리다니!

이게 말이나 된단 말이냐!

그것도 자신을 떠받드는 신민들을 저렇게 다스려?

하지만 옥황상제는 도리어 지호가 이해가 가지 않는다는 듯 고개를 갸웃거린다.

"왜 그러지? 그대도 짐과 똑같지 않았나? 도시를 물에 담그고 수많은 천군을 무너뜨렸지. 다른 점이 있다면 그대는 학살한 영혼을, 짐은 필요한 데 썼다는 것의 차이이지 않나? 그렇다면 조금 더 유용한 자원에 쓰이는 게 무엇이 나쁜가?"

"……!"

이 새끼는 미쳤어!

지호는 소리를 지르며 어떻게든 건곤대나이를 떨쳐 내려 했지만,

두우우우우우우웅.

오히려 더 가중된 힘에 한쪽 무릎을 지면에다 찍고 말았다.

이번에는 천계뿐만 아니라 다른 곳들도 비친다.

지호에게는 아주 익숙한 동승신주와 남섬부주, 그리고 처음 보는 서우화주며 북구로주, 그리고 극락과 지옥까지 전부.

왜 갑자기 이것까지 보이는 거지?

설마……?

지호가 경악을 하며 옥황상제를 보자,

"이제부터 보여 주마. 짐이 무엇을 하려는지."

녀석이 씩 웃으면서 이번엔 양손을 뒤집었다.

*　　*　　*

그때였다.

신들을 둘러싼 세계가 바뀌기 시작한 것은.

쩌걱. 쩌거거거걱.

삼신산을 따라 균열이 퍼진다.

격랑을 일으키는 시간의 바다 사이사이로 보이지 않던 무언가가 비쳐진다.

과학 문명이 극도로 발달한 콘크리트 숲이 드러나기도 하고, 내공이 발달한 사람이 살아가는 중원이 나타나기도 한다.

온갖 괴물과 이적이 꿈틀대는 세상이 보이기도 하고, 황량하고 거칠기 짝이 없는 세계가 비치기도 한다.

남섬부주와 동승신주를 비롯해 서우화주, 북구로주가 쉴 새 없이 환영처럼 꿈틀거린다.

그러다,

화아아아아아아!

세계수도 언뜻 나타났다가 허깨비처럼 사라졌다.

*   *   *

남섬부주.

"분명히 어디로 가셨을 텐데?"

서은영은 수많은 인파들로 북적대는 스타디움을 몰래 빠져나와 주변을 두리번거렸다.

우승의 기쁨도 지금만큼은 느껴지지 않는다.

같이 나누고 싶은 사람이 있다.

같이 웃으면서 기뻐하고 싶은 사람이 있다.

그래서 언제고 간절히 품어 왔던 '꿈을 이루면 고백하리라'는 마음을 전해 주고 싶은 사람이 있었다.

그런데 친구와 왔던 그 사람은 왜 그런지 갑자기 보이지 않는다.

무슨 약속이라도 생긴 걸까. 아니면 집에 무슨 사고라도 난 걸까.

이 수많은 인파들 속에 섞여 있으면 찾기 힘들다는 걸 알면서도 왠지 모르게 마음이 조급해진다. 지금 놓치면 영영

놓칠 것 같다는 막연한 불안감이 든다.

그때,

쿠릉. 쿠릉.

"비가 오려나. 아까 전부터 하늘이 저러네."

"그러게."

주변 사람들이 소란스럽기만 한 하늘을 올려다보며 웅성거린다.

서은영은 자기도 모르게 고개를 위로 들었다.

먹구름이 몰려들고 있었다.

*　　*　　*

동승신주.

"신녀님! 그런 차림으로 나오시면 주변의 눈이……!"

이나은은 주변 시비들의 만류에도 불구하고 잠옷차림으로 부리나케 뛰어나왔다.

'분명히 손 공자였어!'

갑자기 꿈에서 지호가 나타났다. 아무리 불러도 대답이 없다가 너무나 오랜만에 나타난 얼굴이라 눈물을 흘리며 그를 불렀다.

아니, 부르려 했다.

하지만 그것은 지호이되, 지호가 아니었다.

지호는 햇살처럼 따스한 금색 눈을 가졌지만, 꿈에 나온 지호는 불길처럼 뜨거운 붉은 눈을 지니고 있었다.

그는 나후가 줄줄 흘려 대던 마기를 두른 채 누구를 향해 소리를 질렀다. 그럴 때마다 산천이 울리고 하늘과 땅이 떨렸다.

그리고 누군가와 싸웠다.

붉디붉은 단풍나무 숲에서, 시큼한 철 냄새를 잔뜩 풍기면서.

혹시 지호와 관련된 무슨 계시라도 받은 걸까 싶어서 조바심이 들어 나왔다.

그리고 저기 어딘가에 있을 하늘을 올려다본다.

먹구름이 잔뜩 뭉치고 있었다.

하늘이 까매진다.

마치 일식이 벌어지는 것처럼.

그런데 시커먼 구름 사이사이로 언뜻 뭔가가 보인다.

"뭐…… 지?"

그것은 전혀 생각지도 못한 세상이었다.

그들이 머무는 동승신주와는 전혀 다른 세상.

콘크리트 숲이 울창한 남섬부주가 비쳐지고, 온갖 괴물과 사람을 닮았으되 전혀 다르게 생긴 인간과 평범한 인간이 온갖 이적 속에서 살아가는 세상인 서우화주가 드러나며, 황량한 환경 속에서 힘겹게 인간들이 살아가는 북구로주도 보인다.

같은 세상에서 출발했으되, 흐르는 세월에 따라 전혀 다른 모습을 가지게 된 여러 세상들.

'잠깐만. 나는 왜 이런 걸 알고 있는 거지?'

이나은은 한참 동안 넋을 잃고 하늘을 보다 언뜻 드는 불안한 생각에 정신이 깼다.

전혀 처음 보는 세상이 분명한데. 왜 익숙한 거지?

먹구름 사이로 비치는 광경은 거기서 그치지 않는다.

쑥대밭이 되어 시끄러운 천계가 비쳐지고, 엉망이 된 극락이 나타나며, 유황불이 흐르는 지옥이 보인다.

그럴 때마다 이나은의 눈동자가 흔들렸다.

'당신을 기다렸나이다.'

'왕이시여.'

언뜻 예전의 일이 떠오른다.

환란이 극성을 부릴 당시, 지호와 함께 찾았던 황궁의 깊숙한 지하.

거기서 마주쳤던 해괴하게 생긴 쌍두사.

온갖 망량이 뒤죽박죽 섞여 혐오감을 불러일으키게 생겼음에도 불구하고 이상하게 이나은에게는 친숙하게만 느껴졌던 녀석.

다른 사람들에게는 여태 말하지 않았지만, 이나은은 계속 그때의 기억을 잊지 않고 있었다. 바로 어제 일처럼 아직도 생생하게 기억했다.

그들이 말했던 '왕'이라는 단어 때문에.

'당신은 위대하신 분.'

'언제나 그곳에 계시고, 언제나 위대하시며, 언제나 너그러우신 분.'

'그렇기에 저희는 당신을 기다리나이다.'

'부디 잊지 말아 주시옵소서.'

그런데 지금 그때의 일이 왜 떠오르는 걸까?

이상하게 가슴이 먹먹하다.

"신녀님? 신녀님!"

이나은은 멍하니 있다가 자신을 애타게 부르는 외침에 퍼뜩 정신을 차렸다.

귀엽게 생긴 소녀가 동그랗게 뜬 눈으로 쳐다본다.

품에 하얀 새끼 원숭이를 소중하게 끌어안은 소녀, 아니,

이제는 숙녀라고 해야 할 아이.

유라.

지호와 손오공이 남긴 흔적을 쫓던 중에 우연히 거두게
된 아이는, 언제나 손오공의 분신이라는 하얀 원숭이를 안
고 있었다.

"괜찮으세요, 신녀님?"

"응. 난 괜찮아. 다만 하늘이 조금 이상해서……."

"아, 비가 올 건가 봐요. 하늘이 되게 까마네요. 헤헤. 잘
된 거 같아요. 안 그래도 올해는 비가 너무 적어서 가뭄이
오지 않을까 마을 사람들이 걱정하던데."

이나은은 방실방실 웃는 그녀를 보고 위화감이 들었다.

"넌…… 저게 보이지 않는 거니?"

"예? 뭐가요?"

그제야 이나은은 유라뿐만 아니라 다른 사람들도 의아해
한다는 사실을 깨달았다.

혹시 저 환영, 자신에게만 보이는 걸까?

다시 하늘을 돌아보려는데,

툭!

갑자기 이나은의 머릿속에서 뭔가가 끊어졌다.

그러길 잠시.

"……."

이나은의 눈이 깊게 착 가라앉는다. 오랜 세월을 산 사람처럼 혜안이 자리 잡는다.

아아, 그랬구나. 그렇게 된 것이었어.

그녀는 그제야 깨달았다.

진실이 무엇인지.

왜 망량과 쌍두사가 자신에게 왕이라 불렀는지.

어째서 하늘이 저렇게 흔들리고 있는 건지.

천계에 무슨 일이 벌어지고 있는지.

그리고…… 여태 자신이 잊고 있던 게 무엇이었는지.

이나은은 칠흑빛처럼 어둡기만 한 눈으로 유라의 품에 안긴 손오공의 분신을 보며 말한다.

"언제까지 그리 잠만 자고 있을 텐가, 제천대성?"

착 깔린 낮은 목소리.

어딘지 모르게 위엄에 가득 차 있다.

유라는 왠지 모르게 존경하던 신녀가 바뀐 것 같다는 생각이 들었다.

그 순간, 품에 안겨 있던 원숭이가 꼼지락거린다. 몇 년을 넘도록 줄곧 감겨 있던 눈이 사르르 열린다.

어? 하고 당황해하기도 전에 아기 원숭이는 유라의 품에서 훌쩍 벗어나 이나은의 어깨에 올라탄다. 녀석은 우끼끼, 가볍게 웃으면서 이나은의 귓가에다 얼굴을 갖다 붙이며 이렇게 속삭였다.

"드디어 일어났군, 염라."

*　　　*　　　*

"대체 뭘 꾸미는 거냐!"

지호는 기겁을 했다.

그럴 수밖에 없다.

아까 전부터 기분이 싸하다 싶더니, 주변을 둘러싼 세상이 변하기 시작한다.

아주 익숙한 남섬부주가 보였다 사라진다. 그 뒤에는 동승신주가, 처음 보는 서우화주가, 북구로주가 잇달아 겹쳐졌다가 사라진다.

그 뒤로도 계속 무대는 바뀌었다.

태상노군이 허탈한 미소를 흘리며 앉아 있는 천계가 비치기도 하고, 엉망이 된 극락과 지옥도 연이어 나타난다.

그러다 다시 삼신산으로 되돌아온다.

이건 단순한 환영 따위가 아니다.

삼신산은 세상의 경계에 위치한 곳.

이데아로부터도 동떨어져 있어 접속하는 게 거의 불가능하다.

그런데도 수많은 세상이 비쳐진다는 것이 의미하는 뜻은 단 하나.

단절되어 왕래가 없던 여러 세상이 뒤죽박죽 섞이고 있었다!

하지만 어떻게든 막아 보려 해도 지호가 당장 할 수 있는 일이 없었다. 여전히 자신을 둘러싼 공간을 뒤집으려는 건 곤대나이를 버티는 것만 하더라도 숨이 벅차다.

뚜둑. 뚜두둑.

실핏줄이 끊어지고 근육이 터지면서 곳곳으로 핏물이 흘러나온다.

"세상을 도로 하나로 합치기라도 할 생각이냐?"

옥황상제가 비릿한 웃음을 흘린다.

"못할 것도 없지."

"미친 새끼가!"

"그 소리를 얼마나 듣는지 귀에 딱지가 앉겠군."

지호는 어이가 없을 지경이었다.

분리되어서 수천 년도 지나 다르게 발전한 세상을 서로 다시 합치겠다고?

"나는 모든 것을 수미산 때로 되돌릴 것이다."

옥황상제의 두 눈가에 광기가 살짝 일렁인다.

"그리한다면 이딴 소꿉장난 같은 짓도 그만둘 수 있겠

지. 네가 깨어난다면 더욱 손쉬울 것을, 왜 그리도 꾸물거리는 것이냐, 려?"

"넌 미쳤어!"

"미쳤지. 미쳤다마다. 남들이 보면 손가락질을 할지도 모를 일이지. 하지만 우매한 천것들이 어찌 짐의 숭고한 이상을 알까. 드높은 의지를 짐작이나 할 수 있을까. 그저 지금은 당장 힘들다 여길지 모를지언정, 나중에 가서 돌이켜본다면 어렴풋하게나마 짐작은 할 수 있을 것이다."

옥황상제가 비릿하게 웃으며 말을 잇는다.

"그리고 말하였지만. 려, 그건 네놈이 짐에게 할 말은 아니니라."

지호는 깨달았다.

이 놈은, 절대 생각을 바꾸지 않을 것이다.

위험해도 너무 위험하다.

마신은 세상을 뒤집으려 하지만, 이놈은 아예 개판으로 만들려고 한다.

절교가 환란을 부리도록 놔둔 것도. 천계가 다문천왕에 의해 어지러워지던 것도. 저승에서 염라왕이 사라져 시끄러워진 것도.

모두 이놈 때문이다.

왜 그런 것인지, 이유 따윈 모른다.

알고 싶은 마음도 없다.

하지만 한 가지는 확실하다.

이 여의봉에다 놈을 봉인하지 않으면 정말 큰일이 벌어진다는 것!

콰아아아아아아아아!

지호는 공력을 억지로 끌어 올렸다. 청룡이 위험하다며 소리를 지르지만 뒤를 보지 않는다.

세상과 세상이 합쳐진다는 건 너무나 달라진 조각들을 억지로 아교로 붙인다는 말밖엔 되지 않는다. 거기다 천계와 저승까지 이어 버린다면 산 자와 죽은 자가 뒤죽박죽 섞이는 혼란 가득한 곳밖에는 되지 않는다.

이대로 뒀다가는 가족들이 살아가는 남섬부주가, 이나은이 소중하게 일군 동승신주가 망가지고 마는 것이다.

그렇게 둘 줄 알고?

누구 마음대로!

지호의 머리가 새하얗게 물든다. 몸 위로 푸른 용의 비늘이 돋으면서 힘이 거세진다.

그리고 걸음을 옮긴다.

아주 조금이지만, 건곤대나이를 꺾고 처음으로 움직인다.

쿵.

천지가 들썩인다. 지호를 둘러싼 공간이 휘청인다.

다시 걸음을 옮긴다.

쿵. 쿵. 쿵.

셋, 넷, 다섯······.

걸음을 옮길 때마다 세상이 요동친다. 당장 멈추라면서 거센 압박이 지호를 옭아매어 간다. 온통 피투성이가 되고, 혈인의 몰골이 되어도 걸음을 멈추지 않는다.

옥황상제의 한쪽 눈썹이 꿈틀거린다.

다시 한 번 양손을 뒤집으면서 건곤대나이를 증폭시켰다.

지호의 걸음이 처음으로 살짝 멈췄다.

그러다 다시 옮긴다.

쿵.

여섯 번째 걸음.

우보의 영역이 계속 확장된다.

옥황상제가 건곤대나이로 합치려는 각 세상들을 떨어뜨려 놓기 위해 나아간다. 삼신산의 세상을 묶어 아교를 걷어내려 애쓴다.

콰콰콰콰콰콰콰콰콰콰!

합쳐졌다가 분리되길 수차례.

여러 개의 세상은 언뜻 나타났다가 사라졌다 하기를 반

복하고, 세계수 역시 흩어졌다가 진해졌다가를 계속 반복한다. 시간의 바다를 중심으로, 네 개의 세상은 겹쳐지려다 분리되기도 하는 등 격랑을 멈추지 않는다.

우보와 건곤대나이.

공간을 구속하는 힘과 공간을 뒤섞는 힘이 서로 반발을 반복하다, 지호는 우보의 마지막 걸음을 위해 발걸음을 떼려 했다.

하지만,

두우우우우우우웅.

"……!"

소리 없는 압박이 다시 지호의 어깨를 누른다. 발이 움직이다 말고 멈춘다.

세상의 합치가 거의 다 이뤄져 가고 있었다.

무릎이 다시 지면을 찍으려 한다.

"젠장……!"

그래도 어떻게든 버틴다. 이를 악물며 일어서려 한다.

하지만 버티는 게 전부. 이대로는 걷는 것도 움직이는 것도 하지 못한다.

다른 방법이 없을까?

정말 이대로 두고만 봐야 하는 걸까?

지호는 어떻게든 타개책을 찾으려 했다.

옥황상제는 건곤대나이를 펼치며 세상을 합치려 하느라 다른 손을 쓰지 못한다. 그렇다면 빈틈이 있을 것이다.

하지만 움직이지 못하고서야 어떻게 놈을 잡을 수 있을까.

더구나 되살아난 천군이 계속 이쪽을 예의 주시한다. 옥황상제에게 방해가 될까 싶어 움직이지 않지만, 지호가 다른 반응을 보이면 바로 달려들 태세다.

정녕 이렇게 끝내야만 하나?

'잠깐.'

지호는 뭔가에 생각이 꽂혔다.

빈틈이라고?

합쳐지는 세상. 봉합되는 수미산. 환원되는 빛…….

지호는 고개를 억지로 들었다.

화안금정 안으로 해와 달이 비쳐졌다.

네 개의 세상이 합쳐짐에 따라 네 개였다가 하나로 합쳐지는 해와 달이.

콰르르르르르르르르르—!

하나로 합쳐지는 세상은 멈추질 않았다.

압박이 길어질수록. 흐르는 피가 많아질수록. 원념이 강해질수록. 격랑이 심해질수록. 영귀의 구슬픈 비명이 시끄러워질수록.

환상처럼 나타났다 사라지던 각 세상들의 환영이 머무는 시간은 점차 길어진다. 그러다 그 위로 새로운 세상이 더해지고, 또 더해지면서 하나로 맞물리려 한다.

그러다 이데아에 숨겨져 있던 세계수가 조금씩 모습을 드러낸다.

까마득할 정도로 높은 세계수는 시간의 바다에다 뿌리를 박고도 영귀에다 울창한 그림자를 만들어 낼 만큼 어마어마한 크기를 자랑한다.

세계수는 굵은 뿌리를 통해 바닷물을 급속도로 빨아들인다. 거대한 바다가 소용돌이를 그리며 흡수될수록 세계수는 더더욱 크기를 더해 갔다.

울창했던 나무의 기세가 더 거세지고, 나뭇잎이 더 밝아진다.

굵어진 뿌리는 하계에 있는 네 개의 세상으로 뻗어 나가 단단히 옭맨다. 일부는 저승에까지 닿는다.

모든 세계가…… 세계수에 얽힌다.

그럴수록 옥황상제를 휘감는 붉은 기운이 선명해진다.

쏴아아아아아아.

세계수의 감각이 옥황상제에게로 닿는다.

'그래. 이것이지.'

옥황상제는 지호와 치열한 격전을 벌이면서도 자신의 영혼이 끝도 없이 커지고 있다는 것을 느꼈다. 영혼이 세계수 그 자체가 되어 간다.

세계를 이루는 요소 하나하나가 손끝으로 느껴진다.

사고가 확 트이면서 세상 전체를 뒤덮는다.

그럴수록 세계수를 중심으로 한 각 세계의 통합도 이뤄진다.

한 겹, 한 겹, 차곡차곡 쌓이듯이 동승신주는 남섬부주와, 서우화주는 북구로주와 엮이고, 저승과 천계가 뒤섞인다.

그렇게 옥황상제라는 그릇 안에 모든 세상이 담기려 한다.

옥황상제가, 수미산이 되어 간다.

'조금만. 조금만 더……!'

옥황상제는 열의에 잠겼다. 두 눈은 광기가 감돌았다.

비록 려를 깨우지 못한 것은 아쉽지만, 자신으로도 능히 수미산을 다시 만들어 낼 수 있으리라!

분리되었다가 겹쳐지기를 반복하던 세상이 드디어 하나가 되어 간다.

세계수를 중심으로 시간의 바다가 깔리고, 그 위로 동승신주가 놓인다. 다시 그 위로 콘크리트 숲을 자랑하는 남섬부주가 놓였다가, 온갖 이적이 가득한 서우화주가 겹쳐진다. 그리고 황량한 북구로주도 같은 자리에 합쳐지면서 겉으로 보기엔 너무나 이상한 세상이 만들어진다.

각 세상의 사람들은 유령처럼 서서히 나타나기 시작하는 다른 세상의 사람을 보고 놀란다. 곳곳에서 건물이 무너지거나 하늘이 흔들리는 등 이상 현상이 벌어진다.

그렇게…… 그렇게 하나가 되어 간다.

세계수가 수미산이 되어 간다.

또한, 수미산은 옥황상제가 되어 간다.

옥황상제는 자신의 영혼을 가득 채우는 무한한 가능성을 느꼈다.

그리고,

두우우우우우우우웅.

엄청난 범종 소리와 함께 세상이 하나로 합쳐졌다.

수미산이 만들어졌다.

                    *   *   *

그 순간, 해와 달도 합쳐졌다.

빛이 밝아졌다.

　　　　　*　　　*　　　*

　그 아래, 지호가 고개를 들었다.
　같은 자리, 손오공이 고개를 내렸다.

　　　　　*　　　*　　　*

　그 순간, 옥황상제는 합쳐진 세상에서, 수미산에서, 세계
수에서 자신의 바로 앞에 서 있는 한 사내를 보았다.
　수천 년 만에 숙원을 이루고도 기뻐할 수가 없었다.
　분명 이곳에 있어서는 안 될 녀석이 차갑게 웃으며 자신
을 보고 있었으니까.
　하얀 머리. 금색 눈. 악동 같이 개구진 미소.
　손오공.
　다 죽어 가던 놈이 어떻게 여기에 있는 거지……?
　피식.
　손오공은 옥황상제를 보며 바람 빠지는 소리를 내더니
몸을 반대로 돌린다.
　"아, 시끄러워서 도통 잠을 잘 수가 있어야지. 이게 뭐하
는 짓이냐?"
　지호가 살짝 자세를 웅크린 어정쩡한 자세로 고개를 든

다. 식은땀에 흠뻑 젖은 채 조금 힘겨운 얼굴이다. 그러면서도 짜증 섞인 얼굴로 대답한다.

"그러게 이렇게 될 때까지 누가 잠이나 쳐 자래요?"

"난 네가 잘할 줄 알았지."

"이거 전부 오공이 저질러 놓은 거거든요?"

"하여간 애새끼가 잘하는 게 없어요."

"그럼 오공이 어떻게 좀 해 보던가!"

"아, 귀찮은데."

손오공은 새끼손가락으로 귓구멍을 후벼 팠다. 그러다 굳은 얼굴로 이쪽을 노려보는 옥황상제를 보며 비웃었다.

"일단 저 새끼 면상이나 구겨 놓고 이야기하자."

손오공이 지호에게로 손을 뻗는다.

지호는 짜증을 부리다가도 어쩔 수 없다는 듯 손오공의 손을 맞잡아 일어섰다.

탁!

그리고 빛무리가 터졌다.

화아아아아아아아악!

옥황상제가 다시 눈을 떴을 때, 주변은 온통 새하얀 빛무리로 가득한 세상이었다.

세계수도, 수미산도, 합쳐진 세상도 보이지 않았다.

그저 있는 거라고는 그와 그를 마주한 다른 한 사람.

하얀 머리. 금색 눈. 익살맞은 미소.

분명 겉으로 봤을 때는 손오공을 닮았다. 하지만 다른 각도에서 보면 그는 지호를 닮기도 했다.

지호이되, 지호가 아닌 존재.

손오공이되, 손오공이 아닌 존재.

지호이면서 손오공이고, 손오공이면서 지호인 존재.

빛의 화신(化神).

"넌…… 려이되, 려가 아니군."

옥황상제가 눈을 가느다랗게 좁히며 중얼거렸다.

화신이 살짝 입을 벌리며 말한다. 지호의 생각과 손오공의 의중을 담아 한마음 한뜻으로 말한다.

"우리는 우리일 뿐, 려가 아니니라."

"이번에도 짐을 방해할 셈이냐?"

"언제나 그렇듯, 인과율은 늘 반복되지 않던가.
그대는 그 오랜 삶을 살고도 아직 모르는가?"

"……그렇군. 빌어먹을 여와 같으니."

이를 바득 가는 옥황상제를 앞에 두고서,

쿵!

화신은 우보의 마지막 일곱 번째 걸음을 옮겼다.

빛이 더더욱 하얗게 밝아진다.

온 세상이 빛으로 환하게 물든다.

수미산을 옥황상제가 거머쥐었다고는 하나, 이데아는 화신의 손으로 떨어졌나니.

화신은 이데아를 움직여 다시 세상을 움직인다.

손을 뻗어 톱니바퀴를 돌린다.

그리고 시작한다.

절지천통을.

"있으라."

빛이 갈라지면서 주변이 온통 드러난다.

마신이 쓰러지고 천신이 되살아난 곳. 지옥의 군세와 천군이 서로 칼날을 겨누는 곳으로 양손을 뻗어 마치 문을 열어젖히듯이 활짝 벌린다.

그러자 지옥의 군세와 천군을 둘러싸던 각각의 공간이 결박되더니 양측으로 밀려난다.

지옥의 군세는 좌측으로, 천군은 우측으로.

마신이고 천신이고 가릴 것 없이 경악을 내지른다. 하지만 소리는 없다. 시간은 어느새 정지되고 공간은 속박되어 지호의 손바닥 위에 올라와 있었다.

"위의 것은 위로."

오른손을 펼쳐 손바닥을 위로 했다.

그러자 천신과 천군을 중심으로 한 천계가 세계에서 그대로 뜯겨 나가면서 위로 향한다. 천신들이 어떻게든 버티려 발버둥치지만 예외란 없다.

하늘이 활짝 열리면서 너머로 사라지고, 다시 저절로 닫힌다.

"아래의 것은 아래로."

이번엔 왼손을 뒤집어 손바닥을 아래로 한다.

마신과 지옥의 군세 역시 저승과 함께 묶여 아래로 떨어진다. 놓으라는 소리 없는 절규에도 아랑곳하지 않고, 활짝 열린 시간의 바다 저 아래로 묻혀 보이지 않는다.

"있던 것은 있던 곳으로."

　지호는 뒤집고 올렸던 양손을 바로 하면서 가슴 정중앙 앞으로 붙여 합장을 취했다. 마치 부처가 인사를 하는 듯한 공손한 자세.
　탁!
　박수 소리에 맞춰 시간의 바다에 겹쳐졌던 네 개의 세상도 떨어져 나간다.
　동승신주는 동쪽으로, 서우화주는 서쪽으로, 남섬부주는 남쪽으로, 북구로주는 북쪽으로.
　하나하나씩 분리될 때마다 억지로 엮었던 세계수의 잔가지들도 통째로 찢어진다. 세계가 들썩이는 소리가 들리지만 아랑곳하지 않는다.
　세계수의 크기도 점차 줄어들다 희미해진다.
　그동안 삼켰던 시간의 바다를 도로 토해 내면서 이파리의 색이 점차 옅어지다가 곧 이데아 저편으로 다시 조용히 숨어든다.
　쿠쿠쿠쿠쿠쿠쿠쿠쿠!
　떨리는 세상. 요동치는 바다.
　지호는 분리되는 세상 곳곳에 다시는 연결이 될 수 없도록 장벽을 쳤다.

완전한 단절을 시도한다.

**"하늘은 하늘에 있기에 하늘이고, 대지는 대지
에 있기에 대지일지니. 대지의 것이 하늘에 닿지
않고, 하늘의 것이 대지를 범하지 않아야 할 것이
니라."**

천계와 시간의 바다를 잇던 곳에 보이지 않는 장벽이 설
치되어 하늘이 떨어져 나간다. 저승으로 연결되던 공간을
틀어막아 땅이 아래로 꺼진다.

세상과 세상이 서로 연결되어 방해가 가지 않도록 주변
을 오롯이 독립시킨다.

신은 신으로서. 인간은 인간으로서. 망자는 망자로서.

각자가 살아가는 터전에서 벗어날 수 없도록 울타리를
둘러친다.

수미산을 낱낱이 해체시킨다.

화신이 시도하는 것은 또 다른 법칙이 되어 이데아에 단
단히 새겨지고, 세계수의 기록에 작성된다. 이로써 법칙은
진리가 되어 버린다.

이 모든 것이 일사천리로 벌어진다.

수미산을 복원하기 위해 그토록 고생을 했던 옥황상제는

방해를 할 생각을 않는다. 그저 허망하니 보고만 있을 뿐. 입가에는 쓴웃음만이 걸린다.

"예나 지금이나 여와는 언제나 짐을 이리도 비참하고 또 비참하게 만드는구나."

그가 여기서 할 수 있는 일은 없다.

이미 이데아가 저쪽으로 넘어간 이상 무엇을 할 수 있을까.

그저 예전과 마찬가지로 다음을 기약하는 수밖에는.

"그리고 그건 그대도 마찬가지로구나."

완성된 진리가 구현된다.

옥황상제의 형체가 점점 흐릿해진다.

그 역시 하늘의 것. 당연히 진리를 거스를 수 없으니 원래 있던 곳인 하늘로 되돌아가려 한다.

"옛날의 려가 그러하였지. 우도 그러했고. 손오공도 그러더니 이번에는 네가 그러는구나. 너희 제천대성이란 것들은 언제나 이렇지. 번번이 짐의 앞길을 막아서려고만 하고 있으니. 쯧."

가볍게 혀를 차면서도 어딘지 모르게 여유가 보인다.

"하지만 그걸 아느냐? 전에는 오천 년이 걸렸다면 다음에는 삼천 년, 이번에는 천 년도 채 걸리지 않았느니라. 그 다음에는 몇 년이나 걸릴까?"

살짝 미소가 감돈다.

"반씩 줄었으니, 오백 년? 아니면 더 빨라져서 이백 년? 백 년? 아, 어쩌면 내일일 수도 있겠군. 우리가 살아온 생에 비하면 참으로 짧은 시간이지."

그리고 서서히 사라진다.

"그러니 조금만 더 기다리려무나. 짐은 언제나 그 자리 그대로 그곳에 있음이니."

그 말을 끝으로,

파아아아아아.

옥황상제는 더 이상 보이지 않았다.

그리고,

쿠쿠쿠쿠쿠쿠.

화신을 둘러싼 세상 역시 외곽에서 밀려오는 어둠에 묻혀 사라져 간다.

이곳은 세상과 세상의 단층에 위치한 곳.

절지천통이 이뤄졌으니 더 이상 존재할 수 없다.

그렇게 화신도 원래 있던 곳으로 되돌아갔다.

42장

염라대왕의 화신

지호가 다시 눈을 떴을 때 하늘에는 달이 떠 있었다.

하나가 되어 밝은 달이 아닌 분리되어 살짝 흐린 달.

동승신주였다.

"아……!"

지호는 드디어 오고 싶었던 세상에 돌아왔다는 사실에
살짝 눈이 커졌다.

그리고 그 아래 나부끼는 깃발.

명(明).

자신을 기리는 나라가 세운 국명.

그렇다는 건?

"손 공자!"

그때 누군가가 달려와 지호의 품에 와락 하고 안겼다.

지호는 얼결에 안았다가 곧 전해지는 따스한 체온과 박하 향기에 그녀를 꼭 끌어안았다.

어떻게 잊을 수 있을까.

이제는 너무나 소중한 사람인데.

"으흑흑흑흑."

이나은은 지호의 가슴팍에 얼굴을 묻고 얼굴을 떼지 못한다.

지호는 그런 그녀를 더더욱 세게 안았다.

이렇게 작았었나.

나에게 흐른 시간은 얼마 되지 않았는데.

닿지 않는 먼 곳에서 자신을 오매불망 기다린 여인에게는 너무 많은 시간이 흘렀다.

전지의 문을 열었기에 보인다.

5년이다.

자그마치 5년.

정말 사랑한다고 하는 연인이 헤어져도 그만큼 오래 만나기가 힘든데, 이 여인은 언제 만날 수 있을지도 모르는 자신을 그렇게나 오랫동안 기다렸다.

미안하고 또 미안해 품에서 놓을 수가 없다.

그러다 이나은이 살짝 고개를 든다. 눈가에 눈물이 그렁그렁 맺힌다. 어깨 부근까지 내려온 머리카락이 손끝에서 매만져진다.

"머리가 좀 길었네."

"흐흑."

지호는 그녀의 눈물을 어떻게 멈출까 싶다가 그윽한 눈망울에 자기도 모르게 빨려 들어갔다.

입술을 부딪친다.

말랑말랑하면서도 부드러운 촉감.

지호는 그녀를 놓기가 싫었다.

그렇게 얼마나 있었을까.

조심스레 입술을 뗀다. 다시 눈을 마주치다가 다시 입술을 부딪친다.

격정적인 재회가 끝났을 무렵에는 말없이 서로를 끌어안기만 한다.

이나은은 그제야 조금 진정이 된 듯싶었다.

지호도 그녀의 머리를 쓰다듬으면서 체온을 만끽하다가 어느새 주변으로 사람들이 모여드는 걸 느꼈다.

웅성대는 관료들이며 신하들은 밤새 먹구름이 몰리고 지진이 극심하게 일어나 혹여 또 환란이 일어난 게 아닐까 싶어 허겁지겁 입궐을 하던 차였다.

그런데 감히 신녀를 끌어안은 불경한 작자를 만나고 말았으니. 그가 누군지 몰라 경계를 하다가, '혹시?' 하는 생각에 지호의 얼굴을 확인하려 했다.

이들에게 얼굴을 보여서는 왠지 골치가 아파질 것 같다는 생각이 든 지호는 축지를 밟았다.

"신인이시다!"

"신인이 강림하시어 신녀님을 모시고 가셨다!"

"빨리 신인을 찾아라!"

궁궐에 때 아닌 혼란이 벌어진다.

갑자기 하늘에서 하강한 신인과 그를 맞이한 신녀.

당연히 소문이 급속도로 퍼질 수밖에 없고, 신하들이며 금의위는 빨리 신인과 신녀를 찾기 위해 대궐을 샅샅이 뒤졌다.

몇몇은 신실한 신녀를 신부로 맞아 하늘로 데려가기 위해 신인이 잠깐 내려온 게 아닌가 하는 말을 조심스레 꺼내기도 할 정도였다.

하지만 지호는 그다지 멀리 벗어나지 않았다.

대궐이 한눈에 내려다보이는 건청궁 용마루 위에서 아래를 슬쩍 내려다보다가, 병사와 눈이 마주칠 것 같자 얼굴을 거둔다.

"사람들이 저렇게 손 공자를 찾아다니잖아요. 얼굴을 비치시는 게 좋지 않을까요?"

여전히 품에 꼭 끌어안겨 있는 이나은이 살짝 웃으면서 묻는다.

지호는 검지로 살짝 붉어진 볼을 긁적였다.

"만나면 뭐해. 할 말이 뭐 있다고."

지호는 이나은에게서 지난 5년 동안 있었던 일들에 대해서 많은 이야기를 들었다.

그쳐진 환란. 명을 국교로 받들며 만들어진 나라. 황제에 등극한 이승경. 황실이 된 대장군가. 황녀이자 신녀가 된 이나은.

대부분 세계수의 기록에서 봤던 것들이지만 그녀에게서 직접 생생하게 듣는 건 또 느낌이 달랐다.

달빛 아래, 눈을 마주치며 조잘조잘 이런저런 이야기를 듣는다. 그러다 마음이 동하면 입술을 마주치기도 하고, 품에 안겨 잠시간 대화 없이 체온을 느끼기만 하기도 한다.

여느 연인과 다르지 않게 이 밤이 영원할 것처럼 떨어지질 못한다.

그러면서 이야기를 듣는 내내 지호는 조금 낯간지러웠다.

자신이 한 것이라고는 그저 다친 손오공을 구하기 위해

뛰어다니고 보기 싫은 절교 놈들을 부수고 다닌 것밖에는 없는데.

이들은 그런 자신을 신이라며 떠받들어 주고 종교까지 세운다.

조금 미안했다.

이들은 자신을 숭고한 사람이라고 여길지 모르지만, 자신은 너무나 평범한 사람이었으니까.

"바보 같긴."

이나은은 지호의 말을 듣고 살짝 웃어 버린다.

"당신 스스로는 그렇게 여길지 몰라도, 그 도움을 받은 우리들은 더 잘 알아요. 손 공자가 얼마나 힘들게 그 일들을 해냈는지. 그리고 그 결과가 우리에게 얼마나 많은 축복을 가져다주었는지."

손을 뻗어 지호의 뺨을 쓰다듬는다.

"그러니 조금 더 어깨를 펴도 좋아요."

지호는 지난 시간 동안 자신도 모르게 받았던 압박이며 스트레스가 모두 사르르 녹아내리는 것 같았다.

보상이 주어진다면 그녀의 달콤한 이 한 마디가 보상이 아닐까.

지호는 다시 그녀의 입을 맞춰 갔다.

             *   *   *

그 뒤에는 무슨 일이 있었는지 기억이 드문드문 날 뿐이다.

정신을 차려 보니 어느새 그녀의 방이었고, 그녀의 침상 위였으며, 정신없이 그녀를 탐하고 있었다. 마치 잡아먹으려는 듯 격정적이기도 하고, 같이 구름 위를 놀듯이 부드럽게 안기도 한다.

경지에 올라 얼마든지 정신을 제어할 수 있을 텐데도 그러지 않았다. 아니, 오히려 억제했다.

지금은 그저 그녀를 느끼고 싶을 뿐이었다.

하나가 되어 간다는 느낌이 그저 좋았다.

그러다 동이 틀 무렵에야 그녀는 쌔근쌔근 깊은 잠에 들었다.

보여 주기 부끄럽다며 자면서까지 이불을 꼭 끌어안는 모습은 귀엽기만 하다.

이런 여자를 두고 누가 얼음이래?

지호는 흐뭇한 미소로 이나은을 내려다보다가 볼에 살짝 입술을 맞추고 그녀가 깰까 싶어 조심스레 침상에서 내려왔다.

바닥에 아무렇게나 벗어 놨던 바지를 대충 걸쳐 입고 창가로 향한다.

활짝 여니 밖에는 손오공이 창틀에 엉덩이를 붙이고 앉아 씩 웃고 있었다.

"좋냐?"

"예. 좋네요."

지호도 손오공을 따라 활짝 웃었다.

지호를 보는 손오공의 눈길에는 애틋함이 담겼다. 살짝 슬픔도 감돌지만 얼핏 나타났다가 사라졌다.

"그런데 언제부터 있었어요?"

"뭘?"

"관음증이요."

"이걸 콱! 아무것도 안 봤거든?"

지호가 피식 웃는다.

"알아요. 보려 했으면 제가 가만히 있었겠어요?"

"가만히 있지 않으면?"

"붙어야죠."

지호가 슬쩍 소매를 걷어붙인다.

손오공은 콧방귀를 꼈다.

"어쭈? 이놈 보소?"

"제가 이제 힘은 좀 씁니다."

"하! 많이 컸다. 애송이 주제에?"

지호와 손오공은 서로 잘났다는 듯이 으르렁거리다, 이내 손오공이 등을 창틀에 붙이면서 피식 웃는 걸로 분위기를 풀었다.

"그동안 수고했다."

"이제 정말 끝난 겁니까?"

"그 새끼 면상 못 봤냐? 잔뜩 일그러져서는. 센 척한답시고 좋알대는데. 푸하하핫!"

손오공은 시원한 사이다라도 마신 듯한 표정이었다.

지호도 가만히 고개를 끄덕인다.

불과 몇 시간 전에 있었던 일.

아직도 떠올려 보면 손끝에서 방금 전의 감각처럼 생생하다. 진한 여운이 몸을 감돈다.

충만하게 차오르던 신기(神氣).

무엇이든 해낼 수 있을 것 같던 힘과 권능.

정말 영혼 그 자체가 빛이 된 것 같았다. 빛이 닿는 모든 곳에 감각이 닿았고, 구석구석에 의지를 실을 수가 있었다.

하지만 그건 손에 넣기엔 너무 위험한 힘이기도 했다.

전지(全知)하며 전능(全能)하다는 사실을 넘어 완전(完全)하기까지 했으니까.

"대체 려가 누구예요?"

"우리의 근본. 혹은 기원. 이 영혼이 손오공으로 있기 전에, 손지호로 있기 전에 있던 존재지. 하지만 그는 그일 뿐 우리와는 달라. 나는 나. 너는 너. 안 그래?"

지호는 고개를 끄덕였다.

손오공의 말 중에 틀린 건 없었으니까.

같은 영혼을 공유했다고 한들, 그들은 태어난 시대도 다르고, 자란 환경도 다르며, 지닌 가치관도 다르다.

서로 다른 개체로서 살아온 생이 너무 길기에 같은 사람이 될 수도 없다.

지호와 손오공. 그들 둘만 하더라도 너무나 다른 지향점을 보고 있으니까.

"그럼 그놈은 왜 려를 깨우려는 겁니까? 옛날에 자기한테 물 먹였다면서요."

"난들 알겠냐. 예전에도 나한테 그러다 욕 개 같이 처먹고 그만뒀었는데."

손오공은 어깨를 으쓱거렸다.

"뭐, 하고 싶은 말이 잔뜩 있는가 보지. 아니면 우리는 모르는 사연이 있던가. 그리고 있으면 뭐해? 우리랑 상관도 없는데. 그냥 잊어, 잊어. 그게 마음 편해."

지호는 피식 웃어 버렸다.

그게 마음 편하다라.

확실히 손오공다운 말투다.

하지만 어딘지 모르게 손오공이 뭔가를 알고도 숨기고 있는 것 같다는 생각이 드는 건 왜일까.

그래도 굳이 묻지는 않는다.

그의 말마따나 이미 예전의 일이니 알아 둘 필요도 없거니와, 옥황상제가 다른 꿍꿍이를 벌인다 해도 절지천통이 이뤄진 이상 다시는 하계에 개입할 수 없을 테니.

그러려면 절지천통에 들어간 힘이 미약해질 때쯤인데. 그 세월만 하더라도 족히 천 년은 거뜬히 넘는다.

그때쯤이면 지호도 신으로서 원숙해져 옥황상제가 다른 수를 쓴다 해도 충분히 막을 수 있을 테지.

"위의 것은 위로. 아래의 것은 아래로."

지호는 문득 손오공과 동화되었을 때에 했던 말을 떠올렸다.

자신은 신으로서 각성을 마쳤지만 천계에 입적한 것이 아니기 때문에 원래 있던 하계로 내려왔다. 그렇다면 강림한 신으로 인해 하계에는 어떤 변화가 주어지지는 않을까?

나후가 무리하게 강림을 하다가 남섬부주에 수많은 망량들을 낳았듯, 자신 역시 그런 흉터를 남기는 건 아닐까 하는 생각이 문득 들었다.

사오정도 그와 비슷한 말을 했었으니까.

하지만 고민은 잠시.

지호는 생각을 정리해야만 했다.

파아아아—

그 순간, 웃고 있던 손오공의 모습이 흐릿해져 가기 시작한다. 바깥 하늘에 깔린 붉은 하늘이 손오공에 살짝 맺힌다.

"벌써 이렇게 되었나? 하여간 융통성이라고는 눈을 씻고 봐도 찾을 수가 없어요."

손오공이 살짝 낯을 일그러뜨렸다.

지호의 눈동자가 흔들렸다.

"가는…… 겁니까?"

"왜? 막상 보내려니까 아쉬워? <u>흐흐흐흐.</u> 이거 진짜 애송이잖아?"

손오공은 한참 나이 차이가 나는 동생의 엉덩이를 두들기며 달래듯이 호쾌하게 웃었다.

하지만 지호는 따라서 웃을 수가 없었다.

네 개의 해와 달이 합쳐지던 때. 빛도 강해지면서 동승신주 어딘가에서 손오공이 눈을 떴다. 그리고 덩달아 그가 깊은 잠에 들면서 느리게 흘렀던 수명 역시 다시 제시간을 밟았다.

그 후엔 무엇을 했던가.

지호와 함께 절지천통을 이뤘다.

옥황상제와 같은 주신 급은 되어야 겨우 이룰 수 있는 거대한 선술, 아니, 이적을.

그렇다는 건 그나마 남은 수명마저 빠르게 돌렸다는 뜻.

이미 손오공에 허락된 일수는 '0'이었다.

지호는 문득 이예가 준 애기살을 떠올렸다.

"저⋯⋯!"

"하지 마."

손오공은 지호가 무슨 말을 꺼내기도 전에 딱 잘랐다.

"너랑 내가 여태 한 게 뭐라고 생각하냐? 있는 건 있을 곳에 그대로 있는 게 가장 아름다운 법이다. 그건 운명도 다르지 않아."

손오공은 다른 어느 때보다도 단호했다.

"살 사람은 살고, 죽을 사람은 죽는다. 그게 맞는 원리지. 안 그래?"

"⋯⋯."

"대답 안 하냐? 안 그래?"

"⋯⋯맞아요."

"그래. 그러니까 쓸데없는 짓일랑 하지 마라. 알았지?"

지호는 묵묵히 고개를 끄덕인다.

그사이 손오공은 더더욱 흐려지고 있었다.

"그럼."

손오공은 창틀에서 내려와 손으로 엉덩이를 탈탈 털었다. 지호가 아닌 뒤쪽에 침상에 누워 있는 이나은을 보며 외친다.

"어이, 염라. 언제까지 꾸물대고 있을래? 이제 가야지."

그 순간, 이나은이 스르르 몸을 일으킨다. 비단 이불이 살짝 내려와 뽀얀 어깨가 드러나려 했지만 손으로 붙잡아 이불을 몸에 두른다.

그리고 천천히 고개를 든다.

이나은과 눈을 마주친 순간, 지호는 느꼈다.

그녀는 이나은이되, 더 이상 이나은이 아니었다.

영혼 깊숙한 곳에서 잠들어 있던 존재가 깨어났다.

깊디깊은 눈.

끝없이 깊은 수많은 세월을 살아오고, 수많은 망자들에게 재판을 내리며, 하나의 세상을 이끌던 영도자로서의 기품이 저절로 풍긴다.

염라대왕.

그녀가 무미건조한 목소리로 고혹적인 입을 연다.

"그래. 때가 되었군."

　　　　*　　　*　　　*

　처음 염라왕이 실종되었다는 말을 들었을 때, 지호가 가장 먼저 떠올린 사람은 사실 이나은이 아닌 서은영이었다.

　수많은 망량들이 왕이라며 떠받들던 여인.

　이예조차도 위대한 자의 것이었을 거라며 혀를 내두르던 영혼.

　그만한 존재라면 염라왕밖에 없지 않을까 싶었다.

　그런데 아니었다.

　이나은이 염라왕이었을 줄이야.

　세상이 겹쳐지면서 손오공을 만났을 때에 어렴풋이 흘러온 사념으로 사실을 알기는 했으나, 그래도 아니었으면 하는 마음이 컸다.

　그런데 하늘은 그런 바람을 들어주지 않으려는 모양이었다.

　"나도 저 아이가 염라일 줄은 생각도 못 했다. 알았다면 처음 만났을 때부터 이야기를 했겠지."

　손오공은 가볍게 혀를 차며 이나은, 아니, 염라왕을 봤다.

　잠들었던 그를 안고 유라가 이나은을 찾은 것은 정말이지 우연이었다. 이나은이 지호로부터 손오공의 분신에 관한 이야기를 듣고 무너진 섬과 거기서 탈출한 사람들을 수소문한 끝에 찾았기 때문이었다.

"아마 뭔가로부터 자신을 철저히 숨기기 위해 깊숙한 곳에 잠든 게 아닐까 싶을 뿐. 화안금정으로도, 전지의 문으로도 읽을 수 없었으니 말 다한 셈이지."

"상제로부터 달아나려 했던 것이다."

염라왕은 뭔가 마음에 안 든다는 듯 고혹적인 눈썹을 살짝 좁혔다.

옥황상제와 무슨 일이 있었는지는 말하지 않는다.

단지 눈가엔 쓸쓸함이 감돈다.

"그리고 언젠가 그대들이 오기를 기다렸지."

손오공이 알겠다는 듯이 고개를 끄덕이고, 지호가 되묻는다.

"나…… 를?"

염라왕이 크게 고개를 주억거린다.

"그래. 기다렸다. 그대들은 절지천통을 이루거나 이룰 존재들. 그대들만이 상제를 다시 저 하늘에다 가둘 수 있을 테니까."

하지만 자신들을 어떻게 만날 줄 알고……?

지호는 얼핏 그런 생각이 들었지만 묻지 않았다.

예전에도 비슷한 일이 있었으니까.

나후와 묘성.

둘은 언젠가 강림할 시기를 가늠하면서 서로를 옭아맬 함정을 파고 또 팠다.

예지였다.

하지만 지호도 겪었듯이 예지란 완벽한 것이 아니다.

수많은 연산 끝에 어디까지나 가장 높은 가능성을 도출하는 것일 뿐, 몇 가지 변수에 따라서 충분히 변할 수 있었다.

그런데도 믿고 기다렸다는 걸까.

염라왕은 지호의 마음을 안다는 듯이 고개를 크게 끄덕였다.

"물론 실패할 수도 있을 테지. 하지만 그렇다면 닿을 때까지 기다리고 또 기다리면 될 일이었다. 상제는 상제 나름대로, 교주는 교주 나름대로 생각이 많은 시기였으니."

그러다 살짝 웃는다.

"여하간 고맙구나. 그대들이 있어 겨우 이리 되돌아갈 수 있게 되었으니. 하지만 이후의 일은 어디까지나 내가 풀어야 할 것. 이 이상은 나의 업이니 내가 풀겠다."

지호는 염라왕이 선을 긋는다는 느낌을 받았다.

아니, 긋는 게 맞았다.

그녀는 이제 왔던 곳으로 되돌아가야 했으니까.

저벅.

염라왕이 천천히 이곳으로 다가오기 시작한다. 몸을 둘렀던 이불이 스르르 내려온다.

나신은 아니었다. 어느새 몸엔 검고 붉은 장포가 둘려 있다. 저승의 왕이자 지옥의 군주인 그를 상징하는 의복이었다.

염라왕은 지호를 스쳐 지날 때 아주 잠깐 멈칫거렸다.

머리가 살짝 아프다. 영혼 저 안쪽에서 또 다른 인격인 이나은이 뭐라고 소리를 친다. 가지 말라고, 떠나지 말아 달라고 애원한다.

하지만 염라왕은 두통을 억지로 누르며 그냥 스치려 했다.

"만약에."

지호가 툭 내뱉은 말에 염라왕의 걸음이 살짝 멈춘다.

"만약에 너와 내가 평범한 인간으로 만났었다면. 그때는 어땠을까?"

잠시간 적막이 흐르고,

"……아마도 다른 가정처럼 혼인을 하여 아이를 낳고 행복하게 살았겠지."

염라왕이 겨우 운을 뗀다.

"그래?"

지호와 염라왕은 서로 등을 돌린 채 담담히 이야기를 나눌 뿐, 얼굴을 보지 않았다.

그러다 염라왕은 살짝 아랫입술을 깨물며 걸음을 성큼 옮긴다. 손오공에게 다가온 후에야 걸음을 멈춘다.

손오공이 지그시 눈을 감는다.

염라왕은 검지를 들어 그의 미간을 톡, 하고 건드렸다.

스스스.

손오공은 끝내 허공에 녹아들어 일곱 줄기의 황금색 기류가 되어 염라왕을 감쌌다.

그리고 조용히 자취를 감췄다.

"......"

지호만이 홀로 남은 방.

그는 한참 후에야 고개를 겨우 들 수 있었다.

*   *   *

지호는 동이 서서히 트는 길을 걸었다.

만약 그녀와 혼인을 했다면. 아이를 낳았다면. 가정을 이뤘다면.

그다음에는 무엇을 했을까?

그런 작은 의문을 품고 걷기 시작한다.

'세상을 여행하며 다니지 않았을까?'

그녀가 소중하게 아꼈던 이 땅을 여행한다.

떠오르는 태양에 감사하고, 지는 달에 애정을 쏟는다. 산에 올라 화려한 경관을 즐기고, 숲을 지나 상쾌한 바람을 느낀다. 발목을 타고 흐르는 시냇물을 본다.

'그리고 불쌍한 사람이 있으면 발 벗고 도와줬겠지.'

여행을 하다가 아픈 환자가 있다는 말이 들리면 그곳으로 가 치료를 해 준다. 일손이 부족한 집이 있으면 며칠 머물면서 농사일을 도와주고, 혼자 사는 노인이 있으면 언제고 말벗이 되어 준다.

'이따금 장난도 칠 테고.'

물장구를 치며 노는 아이들이 있으면 어느덧 거기에 어우러져 같이 논다. 그러다 해가 져서 저만치 먼 곳에서 밥을 먹으라는 어머니의 말에 아이들이 집으로 돌아가면 그것을 흐뭇하게 본다.

'아이가 자라는 걸 보고 기뻐하겠지.'

이 땅은 그녀가 낳은 것과도 같은 아이.

이 땅이 다시는 아파하지 않도록 가슴에 품는다.

그녀와의 추억을 떠올리면서 세상을 돌아다닌다. 사람들과 어울린다. 웃음을 터뜨린다. 가볍게 술을 한잔한다. 그들의 애환을 나눈다.

그들 속에 녹아 그들이 되어 간다.

한 발자국 떨어진 곳에서, 그들이 변하는 모습을 지켜본다.

그리고 기뻐한다.

그녀처럼.

'그리고 노인이 되면 손을 잡고 햇살을 즐기겠지.'

할아버지와 할머니가 그러하셨듯이.

*   *   *

그렇게 세월이 흘렀다.

*   *   *

"선배? 선배!"

지호는 자신을 흔드는 손길에 천천히 눈을 떴다. 엎드려 있어서 그런지 살짝 팔이 저리다.

서은영이 다급해하는 얼굴로 부른다.

"지금 콘서트 시작하려는데 자고 있으면 어떡해요! 스태프들이 선배 찾느라고 얼마나 뛰어다니는 줄 알아요? 어서 나와요! 어서!"

"어. 알았어. 미안."

지호는 서은영과 함께 대기실을 나와 복도를 뛰기 시작했다.

"대체 무슨 꿈을 그렇게 꾸셨던 거예요?"

"응? 아냐. 아무것도."

지호는 피식 웃으며 대충 얼버무렸다.

서은영이 살짝 고양이 눈으로 째려보지만 지호는 웃기만 할 뿐이다.

어떻게 이야기할 수 있을까.

꿈이지만 꿈이 아닌 이야기를. 너무나 길어서 말 못할 이야기를 말이다.

뭐, 말해도 믿지 않을 테지만.

이제는 아름다운 옛 추억이 된 기억을 잘 갈무리해 마음 한편에다 묻어 둔다. 처음에는 생각도 많이 났지만, 이제는 많이 희석되어 담담하게 웃을 정도는 된다.

이쪽은 삼 년. 저쪽에서는 꽤 많은 시간이었으니까.

한 부부가 아이를 낳고 조용히 눈을 감을 정도?

그렇다고 해서 잊은 건 아니다.

추억은 추억으로 남아 있으니까.

그리고 여차하면 만날 수도 있잖아?

더 이상 살기 귀찮아질 때쯤이면 신의 자리를 버리고 그냥 그쪽으로 가면 될 일이다. 손오공이 그랬듯.

그러니까,

'그 전에 조금만 더 놀지, 뭐.'

지호는 스테이지로 향하는 문을 활짝 열었다.

와아아아아아아아!

지호를 비추는 스포트라이트와 함께 수만 명의 함성이 일제히 쏟아졌다.

43장

그 후

좌아아아.

물살을 가르는 배 한 척.

옛날 옛적에나 썼을 법한 작은 배에 뱃사공 노인이 열심히 노를 젓는다. 조금 지쳐 땀이 흐를 때면 맞은편에 앉은 노파가 손수건으로 정성스레 닦아 주었다.

너무나 정겹게 나이를 먹은 노부부다. 하지만 그들은 혹여 뒤쪽에 앉은 두 사람에게 방해가 되지는 않을까 싶어 조심스레 움직였다.

삼도천을 건너는 뱃사공이라는 현의옹과 탈의파.

둘은 근 백 년 만에 돌아온 왕과 오래전에 지옥에서도 큰 사고를 쳤던 악당의 눈을 마주치지 않도록 행동에 있어 조심에 조심을 기울였다.

"뭘 그렇게 생각하냐?"

돛단배 뒤쪽에 난 공간.

가볍게 운동을 끝낸 손오공이 의자에 엉덩이를 깔고 앉으며 묻는다.

가장 뒤편에서 턱을 괴고 출렁이는 강물을 보던 염라왕이 천천히 시선을 돌린다. 무뚝뚝한 까만 눈동자에서는 아무런 감정조차 느껴지지 않는다.

그저 눈빛으로 뭐냐? 라고 물을 뿐.

보통 사람이었으면 오금이 저릴 정도로 싸늘한 눈빛이다.

거참, 무뚝뚝하다니까.

손오공은 속으로 혀를 가볍게 찼다.

염라왕이 뒤집어썼던 이나은이라는 껍데기. 그 아이도 처음에는 참 무뚝뚝하더라니. 아마 염라왕의 이런 모습이 투영된 게 아닐까.

하지만 실제 염라왕은 그것보다 훨씬 차갑다.

누군가는 정말 감정이 있는 걸까 궁금해 할 정도로 매사에 있어 철두철미하고, 냉철한 판단을 내린다. 그녀가 내리는 선택이며 행동 어디에서도 사적인 감정은 일절 투영되지 않는다.

그렇기에 그녀 아래에 있던 수많은 관리들이 그녀를 두려워했고, 그녀를 호종하는 다른 명부시왕도 다르지 않았다.

오죽하면 사람 좋기로는 둘째가라면 서러워할 지장보살조차도 그녀와 대화를 나눌 때는 바짝 긴장할까.

어쩌면 세상에 알려진 차갑고, 근엄하고, 무서운 염라왕의 이미지는 이런 면모 때문에 생긴 건지도 모른다.

하지만 따지자면 그럴 법도 하다.

염라왕은 저승이 처음 만들어질 당시, 최초로 발을 디뎠다 하여 왕이 된 자.

그렇기에 저승이 탄생된 이래, 그곳을 거쳐 간 수많은 망자들을 모두 지켜본 유일한 사람이다.

그들의 생애를 일일이 확인하고, 법칙에 맞춰 판결을 내리고, 극락으로 보낼지 지옥으로 보낼지를 결정한다.

그녀가 내리는 판결에는 한 치의 실수도 없다.

자칫 잘못 내린 결정 하나가 돌이킬 수 없는 상처를 줄수 있으니.

그러니 자연스레 스스로를 보호하기 위해 방어기제로써 마음의 둘레에다 벽을 친 건지도 모른다. 누구를 상대하건간에 공적인 일로만 다투며, 그 외에는 일절의 접근도 허락지 않는다.

처음 손오공과 만났을 때도 그랬었다.

이름을 지워야 하니 사생부를 내놓으라며 난리를 쳐 대는 손오공을 두고 딱 한 마디를 던졌었지.

"말하는 모양새가 딱 돌 원숭이로군."

그 뒤로 뿔이 단단히 난 손오공이 저승에다 깽판을 치고 다른 명부시왕들이 염라왕 몰래 사생부를 가져다주는 걸로 사건이 마무리되긴 했지만.

당시 염라왕이 싸늘하게 내뱉은 한 마디는 저승에서 천계까지 고루 퍼져 손오공을 가리키는 별명 같은 게 되어 버렸다.

지금 돌이켜 보면 참 철이 없었구나, 싶은 일.

그래도 손오공은 꽤 유쾌했던 추억으로 기억한다.

무엇보다 소문으로만 듣던 염라왕이 여자란 사실에 놀라기도 했었고.

염라왕은 자신을 불러 놓고 가만히 보기만 하고 아무 말도 하지 않는 손오공을 보며 눈살을 살짝 찌푸렸다.

씩!

손오공이 익살맞게 웃자, 보기 싫다는 듯이 다시 고개를 삼도천 쪽으로 돌리려 한다.

"너, 애송이 녀석 생각하고 있었지?"

그때 불쑥 손오공이 한 마디를 툭 내뱉었다.

염라왕은 이전보다 더 미간을 찡그린 얼굴로 손오공을 노려봤다. 그러고는 대꾸하기도 싫다는 듯 다시 고개를 돌린다.

하지만 손오공은 건수를 잡았다는 듯 실실 웃으면서 뒤로 다가간다.

꼭 어린 시절에 여자 아이를 괴롭히는 악동 같이.

"야야. 뭐라고 말 좀 해 봐. 오빠가 이렇게 묻잖아."

"……"

"아냐? 아니면 무슨 생각을 그리 골똘히 하는데?"

"……"

"맞지? 맞네. 맞구만! 크으! 우리 애송이, 참으로 장하도다. 장해. 수천 년 동안 얼음땡이였던 노처녀를 이렇게 살살 녹일 줄이야. 다른 놈들이 봤으면 다들 뒤집어지겠는데?"

"……"

"그래서 어떤 건데? 야, 심심하니까 뭐라고 말 좀 해. 그놈이 뭐라고 하디?"

"……"

"응? 응? 말해 봐. 말해 보라니까."

"……."

꼭 바나나를 들고 날뛰는 원숭이처럼 뒤에서 자꾸 알짱거리기만 한다.

아랫입술을 살짝 깨문 염라대왕은 속이 부글부글 끓는 얼굴이었다.

손오공은 그게 더 재미있었다.

그리고 신기했다.

원래 염라왕이라면 코웃음만 칠 뿐, 예전이었다면 반응도 없을 테니까.

거 봐. 내 말이 맞다니까?

"어디 가서 소문 안 낼 테니까. 조금만. 응?"

"……."

콰직.

염라왕의 팔꿈치를 디디고 있던 난간이 살짝 부서진다.

조금만 더 살살 긁으면 되겠다는 생각에, 손오공은 염라왕의 귓가에 입술을 살짝 붙이며 작게 중얼거렸다.

현의옹과 탈의파가 들을 수 없도록.

"……야마."

"……!"

순간, 염라왕이 차갑게 눈을 번뜩이더니 살의를 가득 담아 손날을 휘둘렀다.

"으차!"

퍼어어어어어엉!

손오공이 가볍게 점프하는 것과 동시에 아슬아슬하게 발 밑으로 충격파가 터진다.

순간, 삼도천이 크게 출렁이면서 물 벽이 높이 솟구쳤다.

"으아아아아아!"

"영감, 뭐하슈! 어서 바로잡지 않고!"

현의옹과 탈의파는 혹시 배가 뒤집어질까 싶어 허겁지겁 노를 젓거나 해서 균형을 잡으려 했다.

삼도천은 영혼마저 녹일 정도로 강한 산성을 자랑하는 데다 물살도 빠르다. 여기에 빠져서는 헤어 나오기도 전에 급류에 휩쓸려 바로 맛이 갈 수도 있었다.

탁!

손오공이 가볍게 착지를 하면서 휘파람을 분다.

"후우우우! 큰일 날 뻔했네. 뭐야, 몸 상태 안 좋다더만 다 뻥이었잖아?"

염라왕은 여전히 이글대는 눈빛으로 손오공을 노려본다.

한 번만 더 말을 지껄이면 뒤도 안 돌아본다는 투.

그래도 손오공은 아랑곳하지 않고 실실 웃으면서 맞은편에 반쯤 기대듯이 걸치고 앉아 두 다리를 쭉 뻗었다.

"거 봐. 그렇게 반응하니까 얼마나 보기가 좋냐? 내내 인상을 찡그려 봤자 좋을 거 하나도 없어요. 피부에 주름만 늘지. 너도 이제 슬슬 걱정해야 하는 나이라고."

"……."

염라왕은 아주 잠깐 고민했다.

이 놈을 때릴까, 말까.

손오공은 피식, 입가로 바람 빠지는 소리를 냈다.

정말 변한 거 맞네.

그래도 놀리는 건 여기서 끝낸다.

정말 염라왕이 폭발했다가는 육지에 발을 붙이기도 전에 삼도천에 휘말릴 테니까.

"자, 그럼 놀리는 건 여기까지 하고."

손오공은 머리 뒤쪽으로 손을 갖다 대 깍지를 끼고는 물었다.

"앞으로 계획은 뭐야? 지금 저승 개판이라며."

염라왕은 여전히 뭔가 못마땅한 눈치였지만, 이 이상 해 봤자 골치만 아프기 때문에 손길을 거뒀다. 그래도 앙칼진 눈빛은 사그라지지 않는다.

"있다면 뭐가 있을까. 죄인에게는 벌을 주고, 혼란은 그치게 한다. 단지 그뿐."

손오공은 어이없다는 투로 물었다.

"정말 그 나이 먹고 그게 말처럼 쉬울 거라 순진하게 믿는 건 아니지?"

이 놈은 왜 자꾸 아까 전부터 나이를 건드리는 거지? 염라왕의 한쪽 눈썹이 꿈틀거리다 길게 숨을 고르는 걸로 부글부글 끓는 속을 진정시킨다.

"마신들이 지옥으로 돌아간 것 때문에 그러나?"

"그것뿐이면 말을 안 하지. 다른 시왕들도 개판이라면서?"

"다른 자들은 상관없다. 어차피 그네들이야 돌아가는 상황에 맞춰 이리저리 달라붙는 박쥐에 지나지 않으니까."

염라왕은 가볍게 코웃음을 친다.

"하지만 둘은 경계를 해야 하지."

"대충 알 것 같긴 한데…… 정확해야 하니까. 누군데?"

"진광왕과 오도전륜왕."

"역시."

명부시왕 중 첫 번째 자리에 앉은 진광왕과 마지막 자리에 앉아 있는 오도전륜왕.

그들은 각각 힘과 인(忍)을 상징한다던가.

"그 새끼들은 전에도 꼴불견이더니 똑같나 보네?"

"사람은 쉽게 달라지지 않으니까."

"하긴."

"여하튼 그들이 지옥의 일부를 차지하고 절교가 나머지를 차지해 극락을 위협하고 있는 형태일 것이다."

"그렇다면 어디부터 건드리면 되는데?"

손오공이 눈을 가느다랗게 좁히며 은근히 묻는다.

"아무런 준비도 없이 저승으로 온 건 아닐 것 아냐?"

"흠. 그건……."

염라왕이 뭐라고 말을 하려던 차였다.

손오공이 갑자기 인상을 굳히더니 손을 뻗는다.

"잠깐."

염라왕도 뭔가를 느꼈는지 한쪽을 시선을 돌린다. 그리고 눈살을 찌푸린다.

저만치 먼 곳.

잔잔하게 출렁이던 물살이 갑자기 높아지기 시작한다. 삼도천을 몽땅 뒤집어 놓는 게 아닐까 싶을 정도로 어마어마한 크기의 해일이 밀려온다.

어마어마한 악의가 실린다.

"쯧. 하여간 새끼들, 성격은 급해서. 절대 죽어도 양반은 못 돼요, 그치?"

손오공은 정신 사납게 돌아다니는 현의옹과 탈의파를 좀 가만히 있으라고 구석에다 몰아넣고는 주먹을 세게 말아 쥐었다.

콰아아아아아아아아앙!

그곳으로 주먹을 세게 내뻗었다.

＊　　　＊　　　＊

"감사합니다!"

수많은 함성 속. 대형 스크린에 비친 지호가 손을 흔들며 고개를 숙인다.

그렇게 전국 투어 콘서트가 성황리에 끝났다.

"으아아아아아! 야, 누구 여기 놔둔 물 못 봤냐? 대체 어디로 갔어?"

"덥다아아아. 미치겠네, 진짜. 나도 좀 줘."

"야! 그만 좀 마셔! 물 부족하다고!"

파김치가 되어 소파에 널브러진 멤버들 사이로 스태프들이 바쁘게 돌아다니면서 물을 나눠 준다. 멤버들은 벌컥벌컥 물을 들이키고도 부족한지 바로 다음 페트병을 땄다. 옷은 땀으로 푹 젖었다.

지호는 문가에 서서 그들을 보고 쯧쯧, 혀를 찼다.

"하여간 새끼들, 엄살은."

보통 때였으면 벌떡 일어나서 노발대발했을 하동률은 일

어날 기력도 없이 반쯤 널브러진 상태로 삿대질을 해 댔다.

"아, 진짜! 몇 번을 말해요! 형이 괴물이라고요!"

"내가 뭘?"

"몰라서 물어요? 인간이 두 시간이 넘도록 뛰어다녔는데 어떻게 아무렇지 않을 수가 있어요?"

지호는 콧방귀를 꼈다.

"아무렇지도 않은데?"

"아오, 진짜!"

하동률은 억울해 죽을 지경이었다.

지난 3주 동안 짧으면 이틀, 길어도 일주일에 한 번 꼴로 계속 전국을 순회하면서 콘서트를 열었다.

당연한 소리지만 매 콘서트 때마다 좌석은 매진이고, 한 번 공연을 하면 신나게 놀다 관객이 먼저 지쳐 나가떨어진 다는 악명 아닌 악명이 나돌 정도로 멤버들은 매번 최선을 다했다. 그럴 때마다 심력이며 체력을 몽땅 쏟아 부어서 진이 다 빠졌다.

그런 걸 계속 벌여 대고 있으니 이제 멤버들은 아예 지치다 못해 스스로 제 생명을 갉아먹는 느낌이었다.

이제는 어느 정도 대규모 공연에서 체력을 아끼는 법이나 노하우를 터득할 때도 됐다지만, 그렇게 하지 못하는 이유는 순전히 리더이자 메인 보컬인 지호 때문이었다.

'저 형은 진짜 괴물이야, 괴물!'

정말이지 지호는 매번 스테이지에서 '날아' 다녔다.

농담이 아니라. 진짜로.

스테이지 곳곳을 누비면서 관객들과 눈을 마주쳐 소통을 하기도 하고, 갖가지 퍼포먼스를 선보이기도 한다. 그러면서도 스피커가 이대로 터지는 게 아닐까 싶을 정도로 고음 역대의 노래를 쉬지 않고 질러 대고 있으니.

보통 락 밴드들의 공연이 대개 그렇지 않은 게 없다지만, 그래도 지호는 정도가 심했다.

이따금 멤버들이 조금 휴식을 취하자는 제스처를 보내도, 지호는 본 척도 하지 않고 짓궂은 장난을 치듯이 다음 노래로 들어가 버린다.

다음 퍼포먼스를 준비하기 위해 스태프들이 분주하게 뛰어다니며 잡담을 떨 때에나 조금 쉴 수 있을 뿐.

그때에도 혼자서 기타 음 하나 없이 노래를 불러 주기도 하니, 저게 정말 사람이 맞나 싶을 정도였다.

듣기로는 요즘 기획팀이든 음향팀이든 밴드 월의 공연을 맡아 달라고 하면 죄다 학을 뗀다던데…….

그런 지칠 줄 모르는 에너지를 관객들이 싫어할 리 만무하니, 어느새 멤버들과 관객들이 한데 어울리는 이런 즐거운 분위기는 밴드 월 특유의 문화가 되어 버렸다.

아, 하나만 정정하자.

멤버들이 아니라, 저 괴물 같은 형만 즐기는 거지.

하동률은 속으로 고개를 절레절레 흔들었다.

그런 녀석을 보면서 지호는 씩 웃었다.

네 머릿속은 훤히 들여다보인다는 듯이.

"수고하셨어요, 선배."

문이 열리면서 서은영이 들어온다. 그새 옷을 갈아입었는지 가벼운 추리닝 복장이다. 땀에 젖었던 생머리는 뒤로 묶어 가냘픈 목선이 보인다.

"그래. 너도 고생 많았어. 힘들었을 텐데."

"제가 뭘요. 노래하느라 선배가 고생하셨죠."

서은영이 가볍게 눈웃음을 짓는다.

지호는 그런 후배가 귀여워 머리를 가볍게 쓰다듬었다.

그런 모습이 배알 꼴렸는지, 하동률은 낯을 잔뜩 일그러뜨리면서 이죽거렸다.

"아아! 못해 먹겠네! 지금 남녀 차별하는 거죠? 맞죠?"

"꼬우면 너도 여자하던가."

"진짜 이참에 확 떼 버릴까?"

"내가 잘라 줄까? 성전환 비용 비싸던데."

"아아아아악! 진짜! 한 마디도 안 져! 나도 몰라! 그냥 쉴래! 쉴 거라고! 이제 다 끝났다! 다 끝났으니까 내 세상이다! 만세! 와아아아아아!"

하동률은 더 이상 대꾸할 기력도 없는지 소파에 벌러덩 나자빠져서는 마트에서 장난감을 사 달라는 아이처럼 악다구니를 질러 댔다.

지호가 비웃음을 던진다.

"못 쉴걸?"

"누가요! 누구도 날 방해할 수 없……!"

"실례합니다."

그때 가벼운 노크 소리와 함께 무대 스태프가 허겁지겁 들어오더니 고개를 숙인다.

"지금 밖에 관객들이 앵콜을 더 해 달라고 요청하는데 한 곡만 더 해 주시면 안 될까요?"

하동률이 벌떡 일어나서는 안 된다고 소리치려 한다.

하지만 지호가 먼저 딱 잘랐다.

"예. 바로 나갈게요."

지호는 스태프를 보내고 따라 나서면서 멍하니 있는 하동률에게 비웃음을 날렸다.

"아무래도 너만 열심히 더 뛰어야 할 것 같다?"

"아아아아아악! 빌어먹으으으으으을!"

하동률은 관자놀이를 쥐어뜯으면서 비명을 질렀다.

$$*\qquad*\qquad*$$

앵콜을 3곡이나 더 부르고서야 공연을 모두 끝낼 수 있었다.

모든 뒷정리도 끝난 뒤.

탁.

지호는 멤버들이 모두 탄 밴의 문을 닫으면서 스태프들에게 일일이 허리를 숙이며 인사했다.

"모두 수고하셨습니다."

"정말 괜찮으시겠어요? 제가 운전을 해도……."

매니저가 안절부절못한다.

하지만 지호는 웃으면서 손사래를 친다.

"너는 먼저 들어가 봐. 애기가 많이 아프다면서?"

"그래도 좀 있다 실장님이 오신다고……."

"실장님은 안 쉬냐? 괜찮으니까 먼저 들어가. 악기들 잘 챙기고. 그럼 다들 내일 뒤풀이 때 봬요!"

"아, 그래도……."

지호는 매니저를 몇 번이고 다독인 뒤에야 운전석에 앉아 시동을 걸 수 있었다. 백미러로 죄다 쓰러져 자는 멤버들을 확인하고는 대로 쪽으로 밴을 몰았다.

"안 피곤하세요?"

조수석에 앉아 있던 서은영이 조심스레 묻는다. 그녀도 잠이 오는지 조금씩 눈이 감긴다.

"괜찮다니까. 내 체력 몰라?"

"알긴 알지만……."

서은영은 말을 하다 검지로 볼을 긁적였다.

확실히 지호의 체력은 요즘 들어 불가사의하다고 느낄 정도였으니까.

하지만 지호는 가볍게 웃기만 할 뿐이다.

사실 그는 연습을 하거나 공연이 있어 시간이 조금 늦으면 이따금 멤버들을 집까지 일일이 데려다주곤 했다.

오랜 시간을 저쪽에서 보냈기 때문일까.

아니면 남들은 짐작할 수 없는 삶을 살았기 때문일까.

요즘 들어 지호는 이쪽 세상에서 즐기는 시간을 단 한 번도 허투루 다루지 않았다.

멤버들도 마찬가지였다.

시간만이 아니라 여기서 만나는 인연이 모두 소중했다.

그래서 하루하루에 충실했다.

"뭘 그렇게 뚫어져라 쳐다봐? 얼굴에 뭐 묻었어?"

지호는 가만히 자신을 쳐다보는 서은영을 힐끔 보고 가볍게 웃었다.

서은영은 고개를 흔들었다.

"아뇨. 그냥요. 요즘 좀 달라진 거 같아서요."

"뭐가 달라졌는데?"

"음. 말하기가 좀 힘든데…….'"

서은영은 끙, 하고 앓는 소리를 내면서 작게 중얼거렸다. 삼 년 전부터 계속 저러시네, 라고.

지호는 다시 도로 쪽을 보면서 웃을 수밖에 없었다.

'시간 참…….'

내가 보낸 시간은 훨씬 오래되었건만. 여기는 삼 년이라.

언제나 느끼는 거지만 남섬부주와 동승신주 간의 시간 괴리는 쉽게 적응이 되질 않는다.

동승신주에서의 몇 년에 해당하는 시간도 남섬부주에서는 하룻밤 사이에 불과한 짧은 시간.

그렇다고 해서 시간 비율이 정확하게 상대적인가 싶으면 그것도 아니다. 때로는 남섬부주에서 보낸 1년이 동승신주에서는 5년 정도밖에 안 될 때도 있으니까.

자기 멋대로인 것이다.

그에 따라 지호도 홀로 겪는 세월이 많아지고, 신위에 대해 점차 원숙해지면서, 선술을 다루는 깊이도 예전에 비해 훨씬 깊어졌다.

현재의 시간 차이는 손오공이 생전에 지호를 위해 조절해 놓은 것.

그걸 다룰 수 있게 된 것이다.

이를테면, 다른 세상에서 보낸 아주 긴 시간이 이쪽 세상에서는 반나절에 불과하다. 혹은 거의 차이가 없는 찰나까지 좁힐 수도 있다.

덕분에 지호는 이쪽과 저쪽을 마음대로 오고 가면서 자신에게 주어진 시간을 만끽했다.

그러니 서은영이 말하는 삼 년 전도 이들에게는 이상한 것이 아니다.

'그때…… 뭘 했었더라?'

지호는 꽤 긴 시간을 동승신주에서 보냈다.

이나은이 떠나 버린 땅. 하지만 이나은과의 소중한 추억이 어린 땅.

그곳을 소중하게 일구고 싶었다.

자신을 신인이라 부르는 사람들에게 조금이라도 도움이 되어 주고 싶었다.

그래서 매번 정체를 바꿔 가면서 떠돌고, 떠돌고, 또 떠돌았다.

인연이 닿으면 어디든 몸을 담았다.

유림의 어느 대학자에게서 가르침을 받아 보기도 하고, 무림을 떠돌면서 다양한 병기를 들어 보기도 했다.

상계에서 장사를 하다가 바가지를 써 보기도 하고, 조정에서 나라가 어떻게 돌아가는지 구경하기도 했으며, 관부를 지나 일반 촌부며 어부, 의원들의 삶을 살아 보기도 했다.

곳곳에서 배울 게 있었고, 깨닫는 게 있었다.

전지하며 전능한 게 신이라지만, 머리로 아는 것과 직접 체험해 보는 건 또 다른 묘미가 있었다.

하지만 그렇게 미친 듯이 돌아다니는 이유 한편엔 뭔가를 잊고 싶다는 생각도 있었다.

그녀가 있던 땅에 있으면서 그런 생각을 하니 어불성설이면서도, 뭔가에 집중을 하면 이따금 떠오르는 추억과 감정을 억누를 수 있었다.

그러다 정말 잊히지 않을 때가 있었다.

보고 싶다는 생각.

감정이 또 솟구친다는 생각이 들 때가.

아마 그때였을 것이다.

정말 간만에 이쪽 세상으로 돌아왔다.

신이 되어 아기였을 시절의 일도 선명하게 떠올릴 정도로 기억력이 좋아져 어떤 상황에서 사라졌는지는 기억했다. 하지만 시간이 꽤 지나 조금 낯설게 느껴지기도 해서 도로 한가운데에 멍하니 서 있었다.

그러다 와락, 팔을 붙잡는 손길이 있었다.

어딜 그렇게 뛰어다녔는지 상당히 지친 얼굴에 거칠게 숨을 몰아쉬던 서은영.

그녀는 마치 어디론가 사라지는 사람을 붙잡는 것처럼 옷깃을 단단히 붙잡고 놓아주지 않았다.

그러다 물었다.

"어디…… 갔다 오셨어요?"

"어? 아. 일이 좀 있어서. 경연은?"

"우승했어요."

"그럴 줄 알았어."

지호는 마치 방금 전에 헤어진 사람처럼 유쾌하게 웃었다.

하지만 서은영은 한참이나 지호를 뚫어져라 쳐다봤다.

뭔가를 하고 싶은 말이 가득한 모습.

하지만 입만 벙긋거릴 뿐, 아무 말도 하지 않는다.

그저 지호의 눈만 바라봤다.

그러다 거짓말처럼 비가 내렸다.

소나기였는지 꽤 굵직했다. 길거리에 있던 사람들이 모두 건물 안으로 뛰는데도 둘은 가만히 서 있었다.

"저 이상한 걸 봤어요."

"뭘?"

"갑자기 세상이 깜깜해졌어요."

지호의 눈이 커졌다.

허무를 기억했던 걸까?

"그런데 이상한 건 시간이 전혀 흐르지 않았다는 거예요. 그냥 노래 중이었고…… 어디선가 선배 목소리도 들었던 것 같은데 객석을 보니까 선배는 사라졌고. 이상하게 그게 마음에 걸려서……."

비가 내린다.

옷이 젖는다.

바람도 불면서 조금 추워지지만, 서은영은 아랑곳하지 않는다.

"그래서 이렇게 한참 뛰어다니는데 이번에는 갑자기 지진이 일어났어요. 막 땅이 흔들리고 하늘에는 이상한 게 보였어요. 그런데 또 웃긴 건 뭔지 아세요? 다른 사람들은 아무렇지 않게 그냥 돌아다니는데, 저만 그러고 있었다는 거예요."

"그거 아마 결승 스트레스 때문에……."

"그런데!"

"……."

"그런데 하늘에서 선배가 보였어요. 이상한 바다에, 커다란 거북이가 있고, 또 거기에 산이 있는데…… 하여간 좀 이상한 사람들 하고 선배가 있었어요."

지호는 더 이상 아무 말도 할 수가 없었다.

"그리고 다른 게 떠올랐어요. 예전에 숙소에서 선배랑 문자를 하다가, 하늘을 봤는데 선배가 막 이상한 것들하고 있었어요. 그래서 뭔가 싶어서 밖에 나갔다가 다친 선배를 만나고…… 그런데 선배가 손을 대더니 갑자기 기억이 지워지고……."

서은영은 혼란스러워했다.

"이게 대체 뭘까요? 그냥 꿈일까요? 아니면……."

서은영은 뒷말을 잇지 않았다.

하지만 그게 뭘 의미하는지 지호가 어떻게 모를까.

눈빛이 말했다.

진실은 말해 주지 않아도 된다.

단, 이번에는 기억을 지우지 말아 달라.

쏴아아아아아.

빗줄기는 더 거세졌다.

그래서였을까.

지호는 이상하게 눈물이 흘렀다.

정신을 차려 보니 서은영의 품에 안겨 울고 있었다. 한참 동안. 소나기가 그칠 때까지.

그 뒤로 지호와 서은영은 그날의 일에 대해서 더 이상 언급하지 않았다.

서은영은 평소 대하던 대로 지호를 대했고, 지호 역시 마찬가지였다.

　그러면서도 가슴에 여태 응어리졌던 게 모두 풀림을 느꼈다.

　보다 더 밝아진 마음으로 하루하루를 날 수 있었고, 그 뒤로는 이나은에 대한 마음도 정리했다. 그리움은 남아 있되, 언제든 볼 수 있으니 오늘을 즐기자는 생각이 들었다.

　그리고 오늘에 이르렀다.

　조금 더 즐기자는 생각.

　하루하루를 즐기고 소중하게 여기자는 생각에.

＊　　＊　　＊

　끼익.

　뺀은 멤버들을 모두 바래다주고, 밴이 언덕을 오르다 어느덧 멈춘다. 예전에 서은영을 업고 올랐던 오르막길.

　"잘 가라. 오늘은 푹 쉬고, 내일 보자."

　지호는 서은영이 내리는 걸 보며 손을 흔들었다.

　서은영은 잠깐 머뭇거리다 창가로 고개를 불쑥 내밀면서 말했다.

　"선배."

"왜?"

"라면 먹고 갈래요?"

서은영의 몸이 거칠게 흔들린다. 거친 숨결을 내뱉는 입
가에서는 저절로 뜨거운 단내가 흐른다.

그 격정적인 흔들림 속에서 서은영은,

으득!

이를 갈았다.

"……나쁜 새끼! 진짜 라면만 먹고 가냐!"

그녀는 분노를 가득 담아 팔이 빠져라 수세미로 냄비를
박박 문질러 댔다.

*   *   *

밴드 월, 전국 투어로 또 한 번 들썩이다.

지난 3일을 대구를 시작으로 부산, 울산, 광주, 수원,
성남, 그리고 30일, 31일 마지막 서울 올림픽공원 체조
경기장에 걸쳐 총 9번에 걸쳐 진행되었던 콘서트가 드디
어 성황리에 피날레를 장식했다.

'월의 이야기'라는 이번 타이틀에 맞게 월은 보다 선
명한 노래를 통해 관객들에게 따스한 마음을 전달했고,

특히 보컬 손지호와 서은영의 각자 색이 담긴 여러 무대를 통해 다양한 볼거리를 제공해 콘서트를 찾은 관객들의 반응은 다른 어느 때보다도 뜨거웠다.

특히 마지막으로 진행되었던 올림픽공원 체조경기장에서는 모든 공연이 끝나고도 앵콜을 외치는 관객들의······.

이영수 기자. yys@kpopnews.com

4집에 이어 콘서트까지. 그들의 종착역은 어디일까?

지난달 30일 자정, 3년 동안 공을 기울여 탄생했다는 4집 앨범 '스토리뷰(Story View)'가 5개 음원 차트를 석권하고 줄 세우기까지 하면서 국내외 여러 락 팬들의 가슴을 들뜨게 한 것은 물론, K—POP 시장까지 요동치게 만들었던 밴드 윌이 이번에는 전국 투어 콘서트까지 성공리에 끝마쳤다.

기존에 음악 방송에 출연을 하지 않겠다는 발표 때문에 여러 빈축을 샀던 것과 무관하게 그들은 티케팅을 시작한 지 3분도 되지 않아 전석이 모두 매진되는 기염을 토해 내면서······.

조윤 기자. j—yoon@jsports.com

올해의 10대 가수상은 누구의 것?

오는 다음달 7일 K대 문화회관에서 거행될 백상문화
예술대상의 노래 부문에……

이제는 앨범과 콘서트에 이어 영화 시장까지?

전국 투어 콘서트가 끝나고 여러 이슈가 한창인 이
때, 밴드 월의 소속사 트리플제이 매니지먼트에서는 한
중 합작 영화 '서리(중국명 수빙樹氷)'의 OST를 밴드
월이 맡게 되었다고 발표해 대중의 이목을 집중시키
고……

*   *   *

수많은 사람들이 오고 가는 번화가.

차로를 따라 길게 늘어선 전봇대며 가로등에 똑같은 포
스터가 걸려 이목을 집중시킨다. 지호와 밴드 월이 공연장
에서 노래를 부르는 한 장면.

얼마 전 성황리에 끝난 전국 투어 콘서트를 알리는 포스
터였다.

거기서 얼마 떨어지지 않은 대형 백화점의 옥외 광고판
도 마찬가지다.

마치 007 시리즈의 제임스 본드처럼 말끔한 슈트를 입고서도 야수 같은 눈매를 자랑하는 남자 모델, 지호와 최근 드라마의 선풍적인 인기로 일약 스타로 떠오른 어느 여배우가 서로를 애틋하게 바라보고 있다.

최근 가장 감각적인 연출이라며 호평을 받았던 TV광고의 한 장면이다.

백화점은 이 광고를 통해 수많은 손님을 확보해 얼마 전 국내 1위 매출의 자리를 탈환했다던가.

그 때문일까.

지호의 모습은 여기저기서 쉽게 볼 수 있었다.

백화점에서 고개를 조금만 돌리면 높다랗게 선 마천루 위로 대형 스크린 역시 다른 광고를 보낸다.

험한 황무지 위를 달리는 SUV차량 한 대. 바다를 품은 것 같은 임페리얼 블루 색상을 자랑하는 SUV는 바퀴를 굴릴 때마다 굵직한 스키드 마크를 남기고, 그 위로 노란 모래를 흩날려 묘한 멋을 자아낸다.

차량은 저 앞에 낭떠러지가 있는데도 불구하고 멈추지 않고 오히려 가속을 하더니, 도중에 핸들을 꺾어 깔끔한 드리프트와 함께 절벽 끄트머리를 따라 휙 하고 돈다.

그리고 창문을 활짝 열며 지호가 나타나 즐거운 얼굴로 바람을 만끽한다. 곧 화면이 암전되면서 'Your first

Story'라는 카피라이트가 올라왔다.

그러다 이어지는 다음 광고.

아프리카 빈민촌. 영양 결핍으로 깡말랐지만 배만 불뚝 나온 아이들이 줄을 서고, 마른 우물로 눈물을 흘리는 여인들이 비쳐진다.

그들 사이로 지호와 자원봉사자들이 다급하게 뛰어다니는 모습이 보이면서 하단에 도움을 필요로 한다는 문구가 떠오른다.

지호는 내레이션과 함께 이들을 도와 달라는 애틋한 눈빛을 보낸다.

그 외에도 곳곳에 지호가 비치지 않는 광고를 찾기가 힘들다.

냉장고, 신발, 옷, 커피 광고까지 보인다.

지호는 이미 상업광고 외에 이미지가 가장 중요하다는 공익광고까지 섭렵하며 최근 가장 흥하게 떠오르는 광고계의 블루칩이었다.

*　　*　　*

오디션에서 우승을 하고 난 뒤, 한창 소속사를 알아보던 와중에 백정연PD의 주선으로 계약하게 된 곳, 트리플제이

엔터테인먼트.

트리플제이는 3대 기획사처럼 크게 알려져 있지는 않아도 공연 기획이나 외국 가수의 앨범 유통권 상당수를 가지고 있는, 꽤 큰 규모를 자랑하는 곳이었다. 실제로 국내 최대 음원 사이트를 보유 중이기도 했다.

특히 CEO인 차 대표는 40세가 갓 넘은 젊은 나이로 공격적인 마케팅을 통해 회사의 규모를 늘리고, 국내 수많은 공연과 콘서트 진행을 통해 음악 문화계를 한 층 더 업그레이드시켰다는 평가를 받곤 했다.

덕분에 밴드 윌은 그의 도움을 많이 받았다.

처음 만났던 자리에서는 팬이라면서 얼마나 호들갑을 떨던지.

그래도 촐싹 맞은 듯한 첫인상과 다르게 확고한 주관과 경영 마인드가 있어 끌렸었다. 그래서 계약을 했고, 서로 간에 원—윈(win—win) 게임이 되었다.

당장 부임하자마자 처음 실적을 내야 했던 차 대표에게는 커리어가, 밴드 윌에게는 전폭적인 지원이 쏟아진 것이다.

그중 하나의 일환이 바로 3년간 철저한 준비 끝에 탄생된 4집 앨범과 전국 투어 콘서트였다.

지호는 각종 예능에서 활약을 하며, 밴드 윌은 오디션 프로그램에서 당당히 우승을 거머쥐면서 이미 대중에 알려진 적이 있었다.

특히 밴드 윌은 지호와 함께 인디에서 활동하며 냈던 1,2집에 이어 3집을 바로 발매하면서 선풍적인 인기를 끌었다.

각종 음원 차트에서 줄 세우기를 했고, 타이틀 곡이었던 '별 아래에서'는 두 달이 넘게 10위권 내에 안착할 정도였다.

보통 경영진이라면 밴드가 한창 인기 있을 때에 이런저런 예능을 많이 내보내려 했겠지만, 차 대표는 오히려 반대되는 전략을 추구했다.

예능에 소질이 있어 보이는 하동률과 백동준을 주로 활동시키고, 지호는 비밀 전략을 내세웠다. 그러면서도 이따금 예능에 출연해 이목을 집중시키고, 서은영을 하나의 마스코트로 부각시켰다.

그리고 4집 앨범 제작에 있어 3년이라는 긴 시간을 투자해 최고의 장비와 최고의 인력을 투입해 다시 한 번 음원 시장을 석권했다.

왜 빨리 앨범을 내주지 않냐고 성화를 부리던 팬들이 화들짝 놀랄 만큼 대단한 결과물이었다.

곧이어 전국 투어까지 성공리에 돌게 하면서, 밴드 윌은 이제 일약 하나의 브랜드가 되었다.

그뿐만이 아니었다.

차 대표는 한 가지를 더 추가했으니.

"밴드 윌은 곧 월드 투어를 돌 예정입니다."

대변인을 통해 발표한 기자 회견에서 그렇게 밝혔다.

"작년 이맘때쯤에 LA차트의 리처드 스미스로부터 콘서트의 오프닝을 장식하는 데 도움을 주었으면 한다는 제안을 받고, 이를 바탕으로 월드 투어를 계획하였습니다."

기자들은 하나같이 크게 놀라고 말았다.

리처드 스미스는 최근 미국에서 가장 큰 인기를 구가하는 가수였다. 영국 아일랜드 출신으로, 가난하고 알코올 중독자인 아버지로부터 학대를 받았던 불우한 가정에서 태어나 미국을 대표하는 최고 가수가 된 남자.

각종 시상식을 석권하고 여러 할리우드 여배우들과 염문설을 뿌리기도 했던 악동.

하지만 노래에 대한 애착은 대단해 요즘 가수들은 벙어리에 불과하다는 독설까지 내뱉던 그와 같이 투어를 돌아다닌다니.

하지만 따지고 보면 이상한 일도 아니었다.

이미 작년에 지호가 자신을 스타로 만들어 준 '페이드헤븐'이란 곡을 영어로 번안해 불렀던 것이, 유투브에서 상당한 인기를 끌어 해외 차트에 오르기도 했으니.

"일정은 올해 말부터 시작이며, 리처드 스미스와 함께 미국 투어를 끝마치고 나면 본격적으로 21개 도시를 따라 해외 투어를 돌 예정입니다. 이에 따라 연말까지 준비를 위해 밴드 월은 잠정적 휴식에 돌입……."

댓글은 대게 호의적이었다.

─와. 씨. 미친. 그 미친 뽕쟁이 스미스가 월을 직접 불렀다고? ㅎㄷㄷ

─거기다 이미 LA차트 쪽이랑 신곡 녹음도 준비 중 이라잖아? 이제는 미국까지 씹어 먹으려는 건가?

─역시 갓지호. 이제는 의리남이 아니라 갓리남임.

─위에 국뽕 놈들 왜 이렇게 많냐? ㅅㅂ. 야 딱 보면 견적 안 나오냐? 당연히 언플이지 멍청이들아. 저렇게 설레발치다가 망한 놈들이 한둘이냐? 그리고 똥양인들 은 암만 쳐 불러도 락으로 천조국 형님들을 못 이겨요.

└ㅇㅇ동감임. 저건 스미스가 그냥 월을 이용하는 거 임. 요즘 아시아 시장이 떠오르니까 이름 알리려고 저런 거. 월이 일본에서도 인기가 좀 있잖음?

─그리고 말이 좋아 해외 투어지ㅋㅋㅋㅋ 그거 낍해 야 교민들 상대잖아?ㅋㅋㅋ ㅅㅂ. 외국에 좀 나가 봐라.

케이팝은 팝이 아니라 밥이에요. 케이밥.

　　ㄴ이 새끼 멍청돋네.

　　—사대주의 쩌는 놈들 왜 이렇게 많아? 그냥 잘되라
고 응원만 해 주면 되는 거지.

　　ㄴ동감임. 진짜 이해가 안 가는 것들.

　　ㄴ너무 그러지 마셈. 다들 부러우니 저런 거ㅋㅋㅋㅋ
ㅋ 방구석 폐인 새끼들

　　ㄴ스미스랑 같이 음악도 제작 중이란 거 안 보이나
보네. 사시들이 ㅋㅋㅋㅋㅋ

　　—근데 난 이참에 손지호가 스미스한테 음악보다는
연애하는 법 좀 배웠으면 좋겠다.

　　ㄴ동감임. 우리 은영이 보면 불쌍해 죽겠ㄲㄲ

　　ㄴ응? 갓지호 고자 아니었음?

　　ㄴ응? 갓지호 게이 아니었음?

　　ㄴ응? 게지호 갓자 아니었음?

　　ㄴ1절만 해라. 새끼들아. 재미없다.

"우와. 댓글 쫙쫙 올라온다."

하동률은 연습을 하다 말고 소파에 벌러덩 누워 휴대폰
을 올리다 학을 뗐다.

"뭔 댓글창이 죄다 갓지호야? 옛날에는 의리남이라고 그렇게 놀려 댔으면서."

옆에 앉아 베이스 줄을 만지던 백동준이 피식 웃어버린
다.

"왜? 그게 싫어?"

"당연히 싫지! 우리를 이렇게 노예처럼 부려먹기만 하는
악덕 사장님인데! 콘서트 끝난 게 언제라고 또 불러서 연습
을 시켜! 시키긴! 으아아아아아아악!"

하동률은 머리를 쥐어뜯으며 발악을 해 댔다.

그럴 수밖에 없다.

힘겹던 전국 투어를 끝낸 게 불과 사흘 전.

그동안 앨범 준비하랴, 콘서트 준비하랴, 너무 바빴던 탓
에 몸이 녹초가 되었던 멤버들은 이제야 겨우 쉴 수 있나
싶었다.

하지만 지호는 그런 멤버들에게 사악하게 웃으면서 물었
다.

누구 맘대로? 라고.

"사람들도 알아야 돼! 밖에 보이는 거 저거 죄다 가식이
란 거! 다들 속고 있다고!"

지호는 심심하면 멤버들을 불러 연습을 시킨다.

연습에 정도는 없다. 한계도 없다.

그냥 막 시킨다.

너무 많이 연습을 해서 손이 부르튼다 싶으면 대체 무슨 수를 쓰는지 상처까지 말끔하게 낫게 만들어 버린다. 그리고 말한다. 다시 연습하라고.

절대음감? 하여간 말로만 듣던 걸 정말 갖고 있기라도 한지, 조금이라도 박자가 틀리거나 음이 이탈한다 싶으면 귀신 같이 알아차린다.

완벽하게. 또 완벽하게.

그런 구호 아래에서 멤버들은 오디션을 끝내고 났을 때보다 훨씬 실력이 좋아졌다지만, 반면에 그들은 나날이 피폐해져 갔다.

"그래도 지호 형 덕분에 우리 인생이 핀 것도 사실이잖아?"

"그건 그렇지만…… 그래도 이젠 좀 정도껏 해도 되잖아! 하아아아."

하동률은 땅이 꺼져라 한숨을 내쉬다 눈살을 좁히면서 주변을 두리번거렸다.

"그런데 잔소리 대마왕들이 아까 전부터 안 보인다?"

지호와 서은영을 말하는 것이다.

"두 사람, 아까 전에 녹음실에 들어갔잖아. 요전에 부탁받은 OST 때문에."

"아. 중국에서 제의 온 거?"

"어."

"그거 부탁했던 여주인공이 그렇게 예쁘다던데. 우리 팬이라면서? 한 번 볼 수 있으려나. 헤헤헤. 혹시 아냐. 므훗한 썸이라도……."

"꿈 깨라."

"왜?"

"잊었어? 그 여자, 지호 형 팬이었잖아."

하동률은 인상을 와락 찌푸리면서 소리쳤다.

"니미! 불공평한 세상! 하여간 있는 것들이 더해요!"

*   *   *

매니지먼트에서 밴드 윌을 위해 특별히 마련한 스튜디오. 한쪽에 위치한 녹음실.

유리벽 밖, 프로듀싱을 하던 지호는 자꾸만 음이 어긋나는 서은영을 보면서 크게 호통쳤다.

"야, 서은영! 너 똑바로 정신 안 차릴래?"

녹음에 들어갈 때, 지호는 사람이 달라진다.

신경이 너무 예민해서 평소 깐족대는 걸 즐기는 하동률도 이때만큼은 조용하다. 서은영도 기가 죽어 지호의 눈치를 살피기 바빴다.

하지만,

"……."

"……뭘 그렇게 봐?"

웬일인지 서은영이 헤드폰을 내려 목에다 걸더니 가만히 지호를 노려본다.

"몰라서 물어요?"

"당연히 모르니까 묻지."

"그럼 모르는 대로 계세요."

"……."

지호는 가만히 서은영을 보다 피식 웃었다.

대충 뭐 때문인지 짐작이 간다.

며칠 전에 그냥 라면만 먹고 간 것 때문일 테지.

아마 그녀의 입장에서는 지호가 밉기도 할 것이다.

3년 내내 철벽만 치고 있는데 지칠 법도 하겠지.

하지만 지호로서도 어쩔 수 없었다.

"장난은 그만 치고, 제대로 불러. 영화 크레딧에 들어갈 음인데 틀어지면 어떻게 해?"

"……알았어요."

서은영은 뭔가 말하고 싶은 맘이 굴뚝같아 보였지만, 지호는 모른 척 다시 녹음에 들어갔다.

스피커를 통해서 노래가 흘러나온다.

이미 먼저 녹음되었던 백동준의 부드럽고 단조로운 기타 리프. 마치 빗방울이 뚝뚝 떨어지는 듯한 느낌을 담으면서 시작된다.

그 위로 지호의 목소리가 나지막하게 깔리면서 속삭이듯 시작되고, 여기에 맞받아치듯이 서은영은 애절한 목소리로 노래한다.

그 뒤를 따라 천천히 박민상의 베이스와 하동률의 드럼이 들어간다. 살짝 가라앉았던 분위기가 반전되어 마치 산자락을 걷듯이 빠르게 박자가 달렸다.

헤어진 연인이 서로를 떠올리며 부르는 노래. 가사 하나하나에 상대방을 그리워하기도 하고, 원망하기도 하면서도 다시 옛날로 돌아가고 싶어 하지만, 그럴 수가 없는 애틋한 느낌이 물씬 풍긴다.

그러다 클라이막스 부분에서 지호와 서은영의 목소리가 한데 어우러져 화음을 풀어냈다.

탁!

노래가 모두 끝났을 때, 지호는 스페이스바를 눌러 파일을 정지시켰다.

같이 노래를 듣던 하동률과 백동준, 박민상은 멍하니 중얼거렸다.

"……헐. 대박."

"편곡만 조금 더 손대면 앨범에 넣어도 될 것 같은데?"

"야. 근데 생각해 보면 좋은 게 당연한 거 아니냐. 우리를 그렇게 갈아 넣었는데……."

"그건 인정."

"형. 근데 이거 그냥 넘길 거예요?"

4집 앨범 곡들을 뽑아낼 때도 이렇게 중얼거렸었지. 그렇게 만든 60여 개가 넘는 곡 중에서도 고르고 또 골라 단 9개만이 앨범에 수록될 수 있었다.

하지만 단언컨대 이건 그중에서도 손꼽힐 정도다.

몇 달만 일찍 나왔으면 앨범에 넣을 수 있었을 텐데.

"당연히 그래야지. 괜찮은 거 같아?"

"예. 좋아요. 엄청! 와아."

"형, 그런데 이거 그냥 OST로 넘길 수 있어요? 중국 영화라면서요? 한국어면 못 알아듣지 않나?"

"한중 합작이니까. 한국에서 개봉할 때 올라갈 거야. 중국어 버전은 저쪽에서 가사를 번안해서 주면 그때 재녹음할 거고."

"영화는 어때요? 괜찮아요? 그냥 날리면 아까울 텐데."

이따금 터지는 드라마나 영화 OST 문제가 그거다.

OST는 드라마나 영화 저작권 분류에 포함되기 때문에

저작권료 분배에 있어서도 상당한 차이가 있다.

영화가 성공해서 OST가 덩달아 흥행한다면 대박이지만, 영화가 망하고 OST만 뜨는 경우도 왕왕 있다.

그럴 때는 저작권자 입장에서 속이 쓰릴 수밖에 없다.

특히 지호가 이번에 만든 노래는 단순한 OST가 아닌 주제곡. 편곡을 통해 메인 테마곡으로도 쓰일 예정이기 때문에 묻는 게 조심스러울 수밖에 없다.

"좋던데? 성공할걸? 그리고 이거 아까워하지 마라. 영화를 보고 딱 떠오르는 걸로 만든 거니까."

처음 감독이 직접 찾아왔을 때까지만 해도 지호는 거절을 하려 했다.

이따금 소속사로부터 요청을 받아 짤막한 CF송이나 배경음을 제작하는 경우는 있었지만, 영화에 들어갈 주제곡과 배경음을 맡아 달라고 하니 콘서트 준비로 한창 바쁠 때라 도저히 시간이 나질 않았다.

하지만 영화를 보고 나서 결정해 달라는 몇 번의 부탁을 받고 나서 어쩔 수 없이 영화를 봤을 때는 생각이 확 바뀌었다.

해 보고 싶다.

그런 생각이 강하게 들었다.

한창 일제 침략으로 시기, 난징대학살 때문에 고향에서

도망치다시피 한 여인이 독립운동을 위해 만주로 피신한 조선인 남성과 애틋한 사랑을 나눈다는 이야기.

신파극으로 치달을 수도 있는 소재였지만, 쓸쓸한 배경이나 카메라 앵글 구도, 배우 연기 등이 너무 가슴에 와 닿았다.

그래서 대답했다. 맡겠노라고.

단, 시간이 조금은 걸릴 수 있다고.

전지의 문을 쓰면 영화가 성공할지 안할지, 어울리는 노래는 뭐가 있을지 확실히 알 수 있을 테지만, 지호는 굳이 능력을 쓰지는 않았다.

저쪽 세상을 떠돌며 이것저것을 배울 때부터 전지와 전능은 되도록 삼가자는 생각에서였다.

그래도 '감'은 날카로워서 이따금 떠오르는 게 있으면, 감독이 남기고 간 영화를 몇 번이고 돌려 보면서 영감을 가다듬어 곡 하나를 만들었다.

그렇게 나온 것이 바로 '겨울이 부는 밤'.

"너희들도 모두 좋다고 하면 몇 가지만 더 수정하고 바로 보낸다."

"예."

"저흰 괜찮아요."

"저도요."

"은영이는?"

아까 전부터 말없이 모니터를 빤히 쳐다보던 서은영이 불쑥 몸을 앞으로 내민다.

"저는요. 이 부분이 좀 더……."

지호는 완성된 파일을 이메일로 송신하고, 바로 감독에게 전화했다.

고맙다면서 한국에 들어가게 되면 꼭 보자는 감독과 이런저런 대화를 나누다 겨우 전화를 끊을 수 있었다.

지호는 휴대폰을 테이블 위에 아무렇게나 던져 두고 의자에 반쯤 몸을 기댔다.

가볍게 기지개를 편다.

"으으. 끝났다."

물론 정말 정신적으로나 육체적으로 힘들어서 이러는 건 아니었다.

뭐랄까. 이번에도 뭔가를 해냈다는 뿌듯함?

무엇을 하더라도 성취감이라는 건 무시할 수가 없다. 경험을 통해 쌓이는 지식이며 감성들은 신위와 신격을 풍족케 하는 데도 도움이 된다.

그건 지금도 마찬가지.

쏴아아아아.

지호는 영혼을 따라 감도는 기운이며 한 층 더 성숙해지는 공력을 느끼면서 살짝 웃었다.

또 한 번 신위가 발전한 모양이다.

요즘 이 맛에 살지.

지호는 음악 외적으로도 기회가 되면 이런저런 일을 많이 해 보곤 했다.

CF, 모델, 예능 등은 물론이고, 작곡이며 작사, 음악 감독이나 프로듀서 같은 걸 골고루 맡기도 했다. 때로는 자원봉사를 한다면서 아프리카 오지나 중동의 전쟁 지역으로 직접 가기도 했다.

그리고 몇 번의 시행착오 끝에 괜찮은 성과를 이뤘다.

이런 것 하나하나가 지호에게는 놀이였다.

즐겁게 산다.

언제나 잊지 않는 최고의 좌우명이었으니까.

그리고 일에 너무 치여서 조금 지겹다 싶어지면 관심사를 다른 곳으로 돌린다.

이미 소속사 대표에게도 연말에 있을 월드 투어 전까지 좀 놀러 다닐 테니, 정말 급한 일이 아니면 가급적 연락을 말아 달라고 하기도 했고.

"성아."

─응?

여태 심연에서 꾸벅꾸벅 졸고 있던 청룡이 슬그머니 고개를 든다. 여전히 잠이 오는지 눈이 감긴다.

"여행이나 갈까?"

—정말?

청룡의 눈이 번쩍 뜨였다.

청룡은 지호와 여행을 하는 걸 좋아했다.

음악을 할 때면 계속 제자리만 맴돌아서 따분해하지만, 여행을 하면 많은 걸 볼 수도 있고 즐길 수도 있으니까.

하지만 가장 좋아하는 이유는 따로 있었다.

지호의 여행은, 언제나 특별했다.

"그럼."

—정말이지? 정말정말저어어어엉마아아아알이지이이?

"어. 정말정말 정말로 끝났어."

—그럼 이제 갈 수 있는 거야?

"어."

—만세! 빨리! 빨리빨리 가자!

"알았어. 너무 재촉하지 마."

—너무 가고 싶어서. 헤헤헤헤헤.

*　　　*　　　*

터키, 이스탄불. 아타튀르크 공항.

작렬하는 햇빛이 한국보다 훨씬 따갑지만 습기는 없어서 그늘진 곳에 들어가니 시원하다.

지호는 입국 심사를 끝내고 공항을 나오면서 멋들어지게 선글라스를 썼다. 한 손에는 백팩, 다른 한 손에는 캐리어. 셔츠는 알로하 셔츠에 아래는 반바지다. 딱 전형적인 여행객 차림이다.

출국하기 전에 인천공항에서 로밍을 끝내 뒀던 휴대폰을 13시간 만에 켜니 메시지가 미친 듯이 울렸다. 단체 메시지 방에는 '300+'라고 달려 있다.

—하동률: 헐? 형 뭐예요? 우리 버리고 튀었어요?

—하동률: 그렇게 같이 가자고 졸랐는데!

—박민상: 그래. 또 튀실 줄 알았지……

—하동률: 형. 형. 대답 좀 해 봐요. 은영이가 부글부글 끓어하는데요?

—백동준: 예전에는 이렇게 여행 좋아하시는 거 같지도 않더만. 요즘엔 왜 이렇게 돌아다니신대?

—백동준: 형! 꼭 선물 사 와요!

—박민상: 그거 뭐지? 터키 아이스크림이 그렇게 맛있다던데 저는 그거요!

—하동률: 형. 은영이가 미친 듯이 웃는데요? 쟤 왜 저래? 무서워.

—하동률: 악! 형! 뭐라고 대답 좀 해 봐요!

—하동률: 은영이가 자꾸 우리한테 화풀이……!

—서은영: 재미있게 놀다 오세요.

지호는 메시지를 쭉 읽고 한 마디만 딱 남겼다.

—한 달 뒤에 보자.

—하동률: 미친! 지금 우리보고 한 달 동안 이 마녀한테

지호는 귀신 같이 올라오던 메시지를 보다가 도중에 휴대폰을 껐다.

때마침 이곳으로 터키인이 차를 몰고 안쪽으로 들어오고 있었다. 4륜 구동의 오프로드카.

"Rent car?"

"Yes."

지호는 문에서 내려 건네는 차 열쇠를 받았다.

"그럼 가 볼까, 성아?"

—응응!

가 볼 곳이 많았다.

지호가 차를 몰고 가장 먼저 이동한 곳은 보스프루스 해협에 바로 맞닿아 있는 톱카프 궁전. 바다에서 적이 쳐들어와도 충분히 막아 낼 수 있다는 오스만투르크의 오만함이 서려 있는 곳이었다.

지금은 박물관으로 쓰이고 있어서 궁전 외곽에 위치한 각 방에는 옛 술탄들이 썼던 다양한 장신구나 큼지막한 보석, 무기 등이 전시되어 있었다.

하지만 지호는 줄을 따라 이동하면서 그런 걸 대충대충 넘길 뿐, 큰 관심을 두지 않았다.

그러나 유물이 전시된 방에 들어가자, 눈동자가 살짝 빛을 발했다.

선지자 무함마드가 남겼다는 발자국이나 삼베옷의 조각, 술탄들이 썼던 칼, 다 낡은 코란 등이 있었다. 가까이 다가가지 못하도록 총을 든 군병이 문가에서 매의 눈으로 지켜보기까지 한다.

모두가 하나같이 터키에 있어 가장 소중한 보물이라 할 수 있는 것들.

하지만 정작 지호의 이목을 끄는 건 따로 있었다.

다른 유물에 비해 비교적 홀대를 받는지 한쪽 구석에 박혀 있는 칼.

청동으로 만들었는지, 너무 낡아 날이 많이 무뎠다.

제대로 알아볼 수는 없지만 검면을 따라 새겨진 문양은 어딘지 모르게 날개를 가진 새를 닮았다.

설명서에는 투르크족이 동쪽에서 건너와 아나톨리아에 정착하기 아주 오래전부터 이미 오스만 가문에 대대로 내려오던 보물이라 적혀 있었다.

양식은 현재 고비사막보다도 더 북쪽에서 유행하던 것이며 청동기 시대 초창기라고만 되어 있을 뿐, 정확한 내력에 대해서는 언급되지 않았다.

하지만 지호에게는 보였다.

세월의 풍파에 따라 무뎌지고 무뎌진 칼. 그 겉면을 따라 흐르는 푸르른 기운을.

"깨어나라."

신의 목소리로 말하는 지호의 입가에 살짝 미소가 걸렸다.

파아아아!

갑자기 건물 내부로 강한 바람이 불어닥치기 시작한다.

잿빛을 머금은 바람.

전시를 해 둔 유리문이 크게 흔들릴 정도로 강하다. 마치 지진이라도 난 것 같은 흔들림에 줄을 서고 있던 사람들은 일제히 바짝 엎드렸다.

군병들이 침착하라며 사람들을 달래는 동안, 지호의 눈
길은 천장으로 향했다.

청동 칼을 따라 아지랑이처럼 올라오던 잿빛 기운이 벽
을 타고 천장으로 올라가는 게 보였다.

팟!

지호는 사람들의 이목이 흔들리는 틈을 타서 축지를 밟
아 건물 지붕에 착지했다. 혹시 다른 사람들이 볼 수 있어
선술을 둘러 비가시(非可視) 상태로 전환한다.

잿빛 아지랑이는 지붕에서 더 이상 올라가지 않고 저들
끼리 한데 응어리지기 시작하다, 곧 수백 배 크기로 몸을
부풀리면서 사방으로 터져 나갔다.

끼아아아아아아!

찢어지는 귀곡성과 함께 망량 수백 마리가 만들어져 밖
으로 튀어나간다. 곳곳에 존재하는 먹이들을 먹어치우려
아가리를 쩍 벌린다.

하지만 지호는 일말의 당황도 없이, 아주 익숙하다는 듯
이 손날을 바짝 세워 가볍게 허공을 그었다.

샤샤샤샤샤샥!

칼바람이 불어 닥치면서 망량을 도중에 모조리 도륙 낸다.

찢긴 기운의 잔재들은 와류를 크게 그리다 지호에게로

스며들었다.

공력이 아주 조금 차오른다. 하지만 그래 봐야 바다 위에
물 한 동이를 뿌린 것밖에 차이나지 않을 만큼 별 차이도
없다.

대신에 지호의 시선은 방금 전 기운이 올라와 있던 옥상
에 고정되어 있었다.

파스스스스.

공간 위로 사람의 형태를 띤 뭔가가 서서히 굴절된다 싶
더니 이내 색을 갖춰 간다.

유령처럼 흐릿해서 반대쪽이 훤히 보인다. 금방이라도
흩어질 것 같지만 얼굴 생김새는 알아볼 수 있었다.

마치 황금을 두른 듯 황금색 머리칼을 자랑하는 중년 사
내.

입고 있는 옷은 이상하게 투르크 계통이 아닌 옛 중국식
복장에 가까웠다.

그는 뭔가 혼란스러운 듯 주변을 마구 두리번거리다가,
이내 지호가 자신을 빤히 쳐다보고 있는 걸 깨닫고 이맛살
을 좁혔다.

「그대는 누구인가?」

머릿속을 울리는 목소리. 심어다.

"제천대성."

「제천대성?」

"당신은 모를 겁니다. 제가 누군지. 당신이 눈을 감고 나서도 한참 후에 이 땅에 태어났으니까요."

「내가 눈을 감고 나서……?」

사내는 두통이 심한지 이맛살을 더 좁히다 문득 낯을 일그러뜨렸다.

「내가 잠에 들었었나? 언제 잠들었었지? 그리고 여긴 어딘가? 내가 알던 곳이 아닌데? 아니 그보다…….」

사내는 혼란스러운 듯 혼자서 뭐라 중얼거리다, 자신의 손을 내려다보면서 묻는다.

「나는…… 누구지?」

자아를 잃어버린 영혼.

아니, 영혼의 조각, 혹은 사념의 일부라고 해야 할까.

그런 불쌍한 망자에게 지호가 말했다.

"당신은 신입니다."

「신?」

"예. 신. 오래전에 이 땅에 잠든 신이요."

*　　*　　*

신은 쉽게 죽지 않는다.

신앙이 곧 신에게 있어서는 힘이나 마찬가지기 때문에, 정말 존재가 위태로워지는 큰 충격이 가해지거나 하지 않는 이상에는 약해질지언정 죽지는 않는다.

때문에 옛날의 우도 72 마신을 어쩌지 못하고 신진철에다 가둔 게 아니었던가.

하지만 그렇다고 해서 정말 신이 죽지 않을까?

꼭 그렇지는 않았다.

신이 죽는 경우도 왕왕 있었다.

다문천왕이 상희를 죽였을 때처럼 영혼이 성립하지 못하도록 압도적인 힘으로 찢어 '소멸'을 하는 경우.

혹은 허무나 흑암에 묻혀 존재가 '삭제' 되는 경우.

또 다른 경우는,

'신앙이 사라진 경우.'

아주 오랜 옛날. 수미산이 높다랗게 선 세상에서 사람들은 마치 두건으로 눈을 가린 것처럼 아무것도 할 줄 몰랐다.

당연히 그들은 번개나 비, 바람, 구름, 해, 달과 같은 자연 현상에 일일이 인격적 요소를 부여해 신으로 삼았고, 인근에 커다란 바위나 산, 나무가 있으면 영험한 요소를 심어 역시나 신으로 모셨다. 때로는 자신들을 다스리던 왕이나 조상들을 신으로 모시기도 했으니, 이 땅에는 수많은 신들이 난립할 수밖에 없었다.

헤아릴 수도 없을 만큼 많은 신과 인간, 그리고 요괴들이 서로 어우러지며 살아가는 시대.

하지만 신들 사이에도 서열이 정해지고 진영이 갖춰지며 계보가 완성되고, 인간들은 어느 신을 추종하느냐에 따라 질서를 재편하여 부족과 나라를 만들었다.

그리고 서로 뒤엉키게 되었다.

그것이 천신과 마신의 전쟁이 아니던가.

하지만 이는 한편으로 질서에 편입되지 못해 누락된 신들도 있다는 걸 뜻하게 되었으니.

세월이 흐르면서 인간들은 점차 천신과 마신들을 받들며 개종을 하게 되었고, 오래전 조상들이 모시던 다른 신들은 서서히 잊게 되었다.

그런 신들은 과연 이 땅에 있었는지도 싶을 정도로 조용히 사라졌다.

하지만 그들이 남긴 영향까지 모두 사라진 건 아니었으니.

그들을 기리던 문화나 유물에는 잔재가 남아 있을 수밖에 없다.

이러한 잔재는 달리 말하자면 잊힌 신의 파편, 혹은 영혼의 잔상이라 할 수 있으니.

지호는 그동안 수많은 여행을 하면서 그런 잊힌 신들을 찾아다녔다.

'아직 나는 여러모로 부족하니까.'

지호는 나날이 자신의 신위가 차오르는 걸 느끼고 있었다.

동승신주에서는 자신이 남긴 신화 때문에 자신을 기리는 신도들이 많고, 옥황상제와 다퉜으며, 전생이 제천대성이라 세상에 남긴 영향이 지대했다.

무엇보다 그의 신위는 빛.

등급만 따진다면 옥황상제와 견주어도 절대 뒤지지 않는 최상위인 바.

해와 달이 있는 한 그의 신위는 시간이 지날수록 강해질 수밖에 없었다.

하지만 문제는, 아직 지호의 수양이 거기에 못 미친다는 점이었다.

영혼은 따라갈지언정, 정신은 한참 닿질 못하니.

이와 같은 간극이 요즘 들어 조금씩 지호를 괴롭히고 있었다.

이대로 둔다면 신위에 영혼이 잡아먹힐지도 모르는 일.

과거 태초의 빛을 품었던 이가 신위를 감당하지 못해 묘성과 나후라는 두 신으로 잘게 쪼개졌듯, 자신 역시 그렇게 되지 말라는 법이 없었다.

그래서 지호는 생각을 바꿨다.

부족하다면 메우기로.

'세상에서 잊혔다고 해도 신은 신이니까.'

잊힌 신들을 만나 그들로부터 생각을 배운다.

이것만 하더라도 세계수에서 공부를 하는 것보다 훨씬 값진 보람이 있었다.

덕분에 동승신주에서는 긴 세월을 여행하면서 많은 신들을 만나곤 했다.

그들은 하나같이 바뀐 세상에 씁쓸해하면서도 이렇게라도 자신을 찾아 주는 존재가 있다는 사실에 아주 기뻐했었지.

그리고 그건 남섬부주에 와서도 다르지 않았다.

우연히 TV에서 나오는 다큐멘터리를 보다 터키 쪽에서 뭔가가 느껴져 찾아 온 것인데.

'조금 잘못 짚었나?'

이번 신은 평소와는 조금 달랐다.

「신이라고? 내가?」

이 금발의 신은 크게 혼란스러워하며 스스로를 떠올리지 못한다.

보통 스스로를 기억하지 못하더라도 '나'를 깨달으면 어렴풋하게나마 자신이 누군지는 떠올렸었는데.

이번에는 그렇지가 못하다.

너무 오랫동안 잠들었기 때문일까.

간혹 이런 경우가 왕왕 있다.

잊히기 전에도 존재감이 너무 없을 정도로 약했을 경우, 존재 대부분이 자연 속에 녹아내려 떠올리지 못하는 경우가.

하지만,

'이번엔 그런 건 아니야.'

지호는 눈을 가느다랗게 좁혔다.

'존재감은 강해. 잊히기 전에는 아주 강했던 게 분명해. 최소 장(長), 아니면 제(帝)까지도…….'

분명 영혼 중 다수를 소실했을 텐데도 불구하고 그토록 많은 망량을 뿌려 댄 것도 그렇고, 지금 방황하는 동안에도 그에게서 나온 기운으로 지호의 피부가 따끔거릴 정도다.

지호는 이 신이 스스로를 떠올릴 때까지 기다리려다 도저히 안 되겠다 싶어 말을 걸었다.

하지만,

「아아. 그래. 이곳이 원래 내가 있던 곳이 아니라 그런 건가?」

사내는 지호가 뭐라고 말을 하기도 전에 갑자기 행동을

뚝 멈추더니 고개를 들어 태양을 바라본다.

그러다,

파스스스.

나타났을 때처럼 허공에 녹아 다시 사라져 버렸다.

"헐."

지호는 그를 잡아 보려 했지만 이미 없어진 뒤였다.

다른 곳으로 이동한 것도 아니다.

그냥 사념 자체가 없어졌다.

"아쉽네."

스스로를 자각했다면 이것저것 배울 게 많았을 것 같았는데.

지호는 볼을 긁적이다 훌쩍 지붕에서 몸을 띄웠다.

아쉽긴 해도 이곳에 퍼진 신의 파편이 여기에만 있는 건 아니었다.

*　　*　　*

지호는 굳이 축지를 사용하지 않고 렌트카를 몰아 터키를 누볐다.

터키가 있는 아나톨리아 지역 자체가 워낙에 큰 땅이고, 예로부터 수많은 민족들이 탐을 내고 거쳐 갔던 곳이라 그런지 볼 것도 즐길 것도 아주 많았다.

이스탄불에서 야경과 곳곳을 구경하다가 차를 몰고 해협을 따라 내려간다.

갈리폴리에서 트로이를 지나면서 주로 유적지를 구경했는데, 곳곳에서 여러 신의 파편을 마주할 수가 있었다.

「응? 벌써 시간이 그만큼 흘렀다고?」

「그래그래. 그렇다니까. 그때 내가 그 여자가 준 술만 마시지 않았어도…….」

「여기서 보는 바다가 참 멋있긴 하지. 이 도시를 차지하기 위해 백성들과 함께 말을 몰아 얼마나 달렸는지, 그대는 짐작이나 가는가?」

「시간이 흘러 그들이 나를 잊었다면. 태양의 주인으로서 내가 아닌 그대를 택하였다면. 그런 것이겠지.」

「허허허허. 후회란 있냐고? 있을 리가.」

마주친 잊힌 신들은 하나같이 유쾌했다.

보통 망령이었다면 자신을 깨워 달라고 그렇게 애절하게 호소를 했을 텐데.

그들은 이렇게라도 잠깐 눈을 뜨고 새로운 세상을 보고, 갈라진 다른 세상의 이야기를 듣고, 이렇게 지호와 마주하는 것만으로도 충분히 즐거워하는 듯했다.

어떤 신은 당장 술을 사 오라고 시켜 놓고서는 사흘이 지나도록 한 자리에서 대작을 나누기도 했다.

"아니, 영감님. 육체도 없는 양반이 어떻게 술을 마시겠다는 겁니까?"

「못할 게 뭐가 있어! 그냥 여기다 부어!」

"뭔 그런 어거지가……."

「어거지는 무슨 어거지! 어서 부으라니까! 술맛 좀 보자. 이것아.」

신주(神酒)라고 해서, 동서고금을 막론하고 어느 제사든지 간에 신에게 술을 바치는 경우가 태반이긴 하지만, 그래도 맛도 못 보면서 어서 부으라고 닦달을 해 대니 기가 찰 수밖에.

그래도 지호는 그들이 해 달라는 걸 일일이 해 주려고 했다.

피부색이나 눈동자 색은 달라도, 서로 간에는 연결되는 뭔가가 있었다.

그렇게 한참이나 그들이 살아온 생애, 진짜 신화와 전설을 들을 때마다 지호는 맞장구를 치기도, 같이 웃어 주거나 화를 내 주기도 하면서 어울렸다.

그러다 끝에 다다를 때면 물었다.

"성불을 하시고 싶으십니까? 아니면……."

뒷말은 붙이지 않는다.

그것만으로도 그들은 그게 무슨 의미인지를 알았다.

「그러지 말게.」

「우리는 이미 잊힌 존재가 아닌가.」

「언제나 그랬듯이.」

「그냥 이 속에 녹아내리고 싶다네.」

「어차피 신이란 이 세상을 구성하는 요소. 우리가 그중 일부가 된다 한들 달라지는 건 없는 것이니. 한낱 인격적 부여 따위야 뭐가 필요하겠는가?」

「편히 잠 좀 자게 해 주게.」

지호는 그때마다 웃으면서 고개를 끄덕였다.

"예. 알겠습니다."

그러면서 가볍게 합장을 하며 고개를 숙인다.

불교에서나 하는 인사.

이쪽 문화권과는 전혀 어울리지 않는 의식이라지만, 추구하는 바는 똑같기 때문에 그들 모두가 만연에 미소를 띠며 자연 속으로 녹아내렸다.

한 마디 말과 함께.

「고맙네…….」

어쩌면 이들은 아주 기나긴 시간 속에서 홀로 잠들어 있으면서 마지막으로 누군가와 이야기를 했으면 하는지도 몰랐다.

신이란 신앙 없이는 절대 살 수가 없는 존재들.

아무도 기억하지 못하는 억겁의 세월에서 자신들을 찾아준 지호가 고맙고, 또한 마지막 이 땅에 남은 미련을 털 수 있어 감사했을 것이다.

그리고,

화아아아아아악!

지호는 그럴 때마다 가슴속에서 차오르는 뭔가를 느꼈다.

몸이 나른해지고, 금방이라도 떠오를 것 같은 기분.

처음 신이 되었을 때에 느꼈던 충만감이 저절로 느껴진다.

신의 파편들이 사라지면서 업(業)을 그대로 지호에게 넘기는 까닭에 생기는 변화였다.

업을 계승한다는 것.

그것만으로도 신격은 나날이 상승한다.

지호는 몸을 감도는 수많은 황금색 광휘에 몸을 맡기며 눈을 감았다.

*　　*　　*

메마른 황무지만 가득한 카파도키아.

만화 스머프 마을에 영감을 주었다는 버섯 모양의 바위

석상들이 가득한 곳 위로 살짝 까무잡잡한 피부에 금발, 푸른 눈, 코카서스 계통의 이목구비를 가진 여인이 올라선다.

다양한 인종이 섞인 듯한 여인은 마치 흑표범처럼 날렵한 자세로 저만치 아래에서 홀로 자리를 깔고 앉아 있는 지호를 내려다보면서 중얼거렸다.

"……어. 찾았어. 주로 신업(神業)을 원하는 것 같군. 우리 쪽에서도 그만한 준비는 해야 하지 않을까? 그쪽은 어때? 그래. 그럼 그러도록 하지."

여인은 누군가와 대화를 나눈다 싶더니 곧 허공 속으로 녹아 사라졌다.

*　　*　　*

탁!

"나 이제 끝내려고."

서은영이 건배와 함께 술잔을 탁상에 세게 내려놓으면서 툭 하고 내뱉은 말 한 마디.

간만에 홍대 근처에서 술 한잔을 걸치고 있던 멤버들의 눈이 커진다.

"무슨 소리야?"

"짝사랑 끝낸다고."

"……!"

"……!"

멤버들의 눈이 저절로 커진다.

옆에 앉아 있던 하동률이 다급하게 물었다.

"갑자기 뜬금없이 왜?"

"뜬금없는 거 아냐. 오래전부터 생각했던 거야."

이제야 겨우 소주 두 잔이 들어갔다. 서은영이 지호와 비교해도 절대 뒤지지 않는 술고래라는 걸 떠올려 본다면 절대 취해서 하는 말은 아니었다.

그저 몇 년을 같이 한 동료들에게 허심탄회하게 말하고 싶어서 내뱉은 말.

몇 번이고 고민에 또 고민을 했을 것이다.

"솔직히 삼 년 전만 해도 이제 다 끝났다고 생각했거든? 선배도 내 마음을 짐작하고 있었고. 나도 계속 대쉬를 했고. 어느 정도 받아 주는 것 같았단 말이야."

서은영의 얼굴에 수심이 어린다.

"그런데 갑자기 변했어."

목소리가 울적하다.

"처음에는 무슨 일이 있어서 거리를 두려는 건 줄 알았어. 우리는 막 경연이 끝났고, 선배도 이제 이름 좀 얻으려고 했으니까. 괜히 멤버들 간에 연애 문제가 생기면 안 될 것 같아서 거리를 둔다고 생각했어. 선배라면 그럴 수도 있으니까."

멤버들은 고개를 끄덕일 수밖에 없었다.

제멋대로 사는 것 같아도 다른 것보다 멤버들을 가장 우선시하는 사람이 지호다. 거기에 대해 부담감이 생겼을 수도 있다.

"그런데 그게 아니었어. 그냥…… 그냥…… 그걸로 끝이었던 거야."

대체 언제부터였을까.

이제야 겨우 기나긴 짝사랑이 끝나고 이뤄진다고 생각했을 때. 지호가 갑자기 다가오지 못하게 한 것은.

'그때야. 비 오던 날.'

그래. 그때다.

경연이 끝나던 날.

소나기가 마구 쏟아지던 날.

갑자기 사라진 지호를 찾아 서은영이 바쁘게 돌아다니던 그때.

하늘에 이상한 게 보이고, 지호가 눈물을 흘리던 때.

그날부터 지호는 바뀌었다.

그렇게 삼 년이 지났다.

그에게 말 못 할 사정이 있다는 것쯤은 짐작하고 있었다.

그 때문에 방황하고 있다는 사실도, 마음을 다잡지 못해 일에 열중한다는 것도 알고 있었다.

하지만 이제는 지쳤다.

보이지 않는 벽. 그리고 거리.

몇 년씩이나 이뤄지지 않은 짝사랑은 그녀를 너무 지치게만 했다.

뭐랄까,

'다른 사람을 마음에 두고 있는 것 같은…….'

분명 지호에게 다른 여자가 없었다는 것만은 안다. 늘 옆에 붙어 있었으니까.

그런데도 마치 보이지 않는 누군가에게 밀리는 듯한 인상을 계속 받았다.

증거 하나 없지만, 여자의 감이라면 감이었다.

"그래서 끝내려고. 어차피 메아리 없는 소리만 질러 대봤자 나만 피곤해지니까."

연애에 있어 을의 위치에 있는 사람은 언제나 힘들다. 그것이 잘 이뤄지지 않는다면 자괴감이 들고, 언제나 스스로가 초라해진다.

서은영은 더 이상 볼품없이 작아지는 스스로를 보기가 싫었다.

분위기가 숙연하다.

멤버들 중 누구 하나 뭐라 말할 생각을 못한다.

그들이야말로 바로 옆에서 서은영과 지호가 잘 되기를 바랐던 사람들이기에 안타까움을 감출 수가 없었다.

서은영은 샐쭉하니 입술을 삐죽 내밀었다.

"말한 건 난데 왜 너네들이 그런 표정 지어? 어디 초상 났냐? 나 이래 봬도 얼마 전에 정민우한테 술 한 잔 같이 하자고 연락도 받았던 여자거든? 이 서은영, 아직 안 죽었어!"

정민우라면 요즘 가장 핫한 중화권 스타다.

멤버들은 죄다 비웃음을 날렸다.

"미친 소리 하네."

"꿈 꿨냐?"

"우리 외삼촌이 정신과 전문의인데 소개시켜 줄까?"

"이것들이?"

멤버들의 술자리는 곧 평소처럼 왁자지껄하게 변했다.

그러다 하동률이 슬쩍 장난스레 말을 던진다.

"아, 그러고 보니 지호 형 요즘 여자 생긴 거 같던데."

"뭐? 어떤 년이야!"

서은영은 탁상을 치면서 벌떡 일어났다가 주변 시선이 다 모이자 아무렇지 않은 척 다시 조용히 앉았다.

"아니, 아니지? 뭐, 그래! 생길 수도 있지. 어차피 나랑

사귄 것도 아닌데 무슨 상관이야? 근데…… 어떤 여잔데?"

멤버들은 피식 웃어 버렸다.

이번에는 백동준이 슬쩍 미끼를 던진다.

"아냐. 여자가 생긴 게 아니라 요즘 어디 좀 아픈 거 같던데. 꼭 3년 전에 밴드 탈퇴할 때 같잖아."

"뭐? 아프다고? 어디가? 또 목이 아프신 거야? 어디가 어떻게 안 좋으신 건데?"

사색이 되어 벌떡 일어선다. 다시 시선이 모인다.

"아, 아니. 같은 멤버로서 걱정이 되잖아. 그, 그러니까……."

"아. 눼이눼이. 알겠슴돠."

"진짜라고! 다 잊었어!"

다른 멤버들은 그저 고개만 주억거렸다.

그래. 네가 그게 쉽게 됐으면 아직까지 그러고 있겠니.

"야! 진짜라니까!"

"자, 다 같이! 우리 마녀님의 새로운 사랑을 위해 건배!"

"건배!"

서은영이 얼굴이 새빨개진 채로 소리쳤다.

"야!"

시끌벅적한 테이블에서 조금 떨어진 거리.

더벅머리로 얼굴을 가리고 있어 생김새를 알 수는 없지만, 까무잡잡한 피부나 언뜻 드러난 날렵한 콧날이 인상적인 사내가 가만히 중얼거렸다.

　"……그래. 이쪽도 찾았다. 저승의 열쇠를."

* 　 * 　 *

　지호는 보름이 넘도록 터키 곳곳을 누비고 다녔다.

　해변을 따라 만들어진 옛 로마의 도시와 유적지를 일일이 훑고 다녔던 그는 이제 서서히 안쪽 내륙으로 들어가고 있었다.

　터키는 좌우로 넓은 땅만큼이나 다양한 기후를 품고 있는 곳.

　서쪽 해변 지역은 여러 로마 도시나 트로이 같은 그리스 도시국가가 들어설 정도로 따스한 해양성 기후와 비옥한 땅을 자랑하지만, 내륙으로 들어갈수록 카파도키아와 같이 메마른 황무지 같은 곳도 허다하다.

　특히 개중에는 옛날 종교 박해를 피해 동쪽으로 피신했던 이들이 머무는 땅굴 도시 같은 곳도 있어 여러 가지로 볼거리가 많았다.

　물론 최근 문제가 되는 쿠르드 반군과 같은 위험 지역도 있었지만, 지호에게 큰 무리는 없었다.

잊힌 신을 품고 있는 유적지나 유물이 있으면 그들을 깨워 수많은 이야기를 나눈다.

기원전부터 아나톨리아 지방을 바탕으로 활동하던 여러 민족들이 모시던 신들, 그리스 도시 국가들이 모시던 신들, 유일신을 신봉하는 비잔틴 제국과 오스만 투르크를 거쳐 사라진 신들, 혹은 지방 곳곳에 풍습으로 남아 있는 신의 잔재들을 일일이 깨워 만나기도 했다.

그러다 언제부턴가 뭔가 이상하다는 낌새를 알아차렸다.

낯이 익은 신의 파편을 또다시 마주한 것이다.

「그대는……? 그렇군. 그때 그자로군. 제천대성이라고 했었던가?」

톱카프 궁전에서 마주쳤던 그 신이다.

이번에 지호가 발견한 것은 칼이 아닌 그냥 일반 구리 동전일 뿐인데. 새가 그려진 동전.

'새?'

지호는 뭔가가 짚이는 것 같았다.

그때 그 청동 칼에도 검면에 새와 비슷한 게 그려져 있었으니까.

「그때와 달리 머리는 조금 맑구먼. 그래도 여전히 모르겠어.」

그러면서 그는 혼자서 뭐라 중얼거린다.

「대저 나는 얼마나 먼 길을 온 것일까……?」

그리고 그 말과 함께 사라져 버린다.

하지만 지호는 굳이 그를 붙잡지 않았다.

두 번째로 만난 신의 파편이다. 그렇다는 건 얼마 가지 않아 또 만날 수 있을 거란 생각이 들었다.

아니나 다를까.

「음? 또 그대인가? 이거 참. 나도 계속 잠에서 깨어나니 뭔가 기분이 묘하구만.」

파묵깔레의 어느 커다란 바위 새 문양에서도.

「그래도 뭔가 내가 다시 만들어지는 것 같아서 나쁘진 않아.」

쉬린체의 아름다운 마을에서 본 큰 나무 위, 작은 새 조각에서도.

「반가우이. 이번에는 무슨 일이신가?」

셀축의 투르크 유적지에서도.

「이곳의 햇살은 참으로 따스하군그려. 내가 있던 고향과 비슷하면서도 달라. 바다가 있고 숲이 있었지만, 이곳은 바다는 있어도 드넓은 대지밖에는 없으니.」

심지어 아폴로 신전의 태양의 문양에서도 마주친다.

「이것저것 잡다하게 떠오르는 건 있는데, 내가 누군지가 영 떠오르질 않으니. 으음. 거참 골치구만.」

터키 유적지 곳곳에 흔적을 남긴 신.

이만한 신이라면 절대 쉽게 잊히지 않을 텐데 어째서 사라진 걸까.

대체 정체가 뭘까?

지호는 몇 번이고 그를 마주하다 보니 몇 가지 특색을 추려낼 수 있었다.

그가 나타난 유품이나 유적이 대게 청동이라는 것. 원래 아나톨리아 지방의 신이 아닌 투르크 민족을 따라 동쪽에서 넘어왔다는 것.

그리고 새를 숭상하며, 태양을 상징한다는 것.

그가 그려진 문양은 정말 다양했다.

불길에 타오르는 매, 밤을 요요히 밝히는 부엉이, 하늘을 가르는 수리, 세 발 달린 까마귀, 화려한 꼬리를 펼치는 공작새, 죽었다 부활하는 새.

대개 이쪽 지방에서는 잘 쓰지 않았을 새 토템 신앙이었다.

중국에서도 극동 지방인 산둥 반도 인근에서 쓰이던 것들.

'하! 하! 이 땅은 너무 답답하기만 해. 이곳은 어느 누구도 주인이 없으니 우리는 이대로 서쪽으로

간다!'

'하지만 그곳은 신께서 거부하신 땅이 아닙니까?'

'무슨 멍청한 소리를 하는 거냐? 서쪽은 서왕모가 사는 땅. 풍요롭기가 이곳과는 비교도 할 수 없을 터. 비록 지금 우리가 있는 이 땅은 황무지에 벼 이삭 하나 자랄 수 없을 정도로 메말랐지만, 저 사막과 고원을 넘어가면 약속된 새로운 땅이 펼쳐질 것이다.'

'보아라. 신께서 자리 잡은 저 태양은 동에서 뜨고 서로 지지 않느냐. 우리는 동에서 일어났으니 당연히 서로 달려야만 하지.'

'신께서 함께하실 것이니 크게 걱정 마라.'

메마른 열사의 땅.

그 위를 내달리는 수천 마리의 말.

유목 민족들은 뜨거운 태양 아래 마유주로 갈증을 달래고, 추운 밤하늘을 피해 움막을 지어 잠을 청한다.

그렇게 태양이 지는 서쪽을 따라 달리고 또 달리면서, 새가 하늘을 날듯 땅을 내달리면서 약속된 땅을 찾아 달리다 끝내 새로운 바다가 있는 곳에 도착한다.

'자, 보아라! 조상님들께서 그러셨듯이, 신께서 약조하셨든 듯이 새로운 땅이지 않으냐!'

'따스한 햇살, 풍요로운 도시, 맑은 바다! 이 모든 것이 우리에게 주어진 신의 은총이 아니면 또 무엇일까!'

'자, 형제들아 칼을 들어라! 신의 은총을 노래하라! 저 새의 자유를 닮으라! 저곳을 차지하여, 우리의 땅으로 삼는 것이다!'

그를 만날 때마다 마주치는 수많은 잔상이며 사념들.

비록 잊힌 신은 세상에서의 '인식'에서 벗어나 전지의 문으로 읽을 수는 없지만, 그것을 둘러싼 주변 사념을 읽어 들이는 것쯤은 어느 정도든지 할 수 있었다.

극동에서 극서로, 메마른 사막을 내달리고, 수백 년에 걸쳐 수없이 많은 이름을 바꾸면서 도착한 땅.

이들은 태양을 숭배한다.

이들은 창공을 맘껏 활보하는 새를 존경한다.

태양을 품은 새는 이곳에 둥지를 틀어 새로운 시대를 구가한다.

지호는 오랫동안 이 세상 저 세상을 떠돌아다닌 덕분에

이제 예부터 전해지는 신의 계보에 대해서 대부분 통달한 상태. 덕분에 그가 누군지 짐작할 수 있었다.

「아아. 이제야 어렴풋이 떠오르는군. 하지만 전혀 연고 지도 없는 이런 곳에서 눈을 뜰 줄이야. 나의 아이들은 참 으로 나를 닮아 한 곳에 가만히 있질 못하는구만.」

"당신은…… 설이군요."

설.

잊힌 옛 태양의 신.

그리고 수많은 새를 품고 다니던 왕.

「맞네. 옛 수미산을 호령하던 108개의 나라 중 청양이라 는 곳의 임금이자 신이었다네. 달리 소호 금천이라고도 불 렸었지.」

소호 금천.

상고 시대, 수미산에서 수많은 제왕들이 난립하던 가운 데 최고를 구가했던 오제(五帝) 중 한 사람.

「그리고 이 기억이 틀리지 않았다면…….」

소호 금천이 지호를 보며 웃었다.

「자네의 옛 친구였다고도 할 수 있겠구만.」

*   *   *

황제, 소호, 전욱, 당요, 우순.

보는 시각이나 시대에 따라 한두 명 이탈하거나 추가되는 등 변화가 있긴 하지만, 대개 이들을 거론하면 모든 신들은 고개를 끄덕이곤 한다.

이들이야말로 당대 천계를 장악한 천신들의 조상이자 뿌리라 할 수 있는 이들이니.

특히 소호, 청양의 설은 수미산의 동쪽을 크게 다스리던 왕이었기에 그의 후손을 자처하거나, 그의 뜻을 이었다고 주장하는 자는 수없이 많았다.

그런 존재가 머나먼 이국의 땅에 있을 줄이야.

더구나 그가 주는 의미는 지호에게도 적지 않았다.

려.

지호의 근본이자 기원이 되는 인물의 몇 안 되는 벗 중 하나이기도 했으니.

"그렇군요."

「또한, 자네의 적이기도 했지.」

"그렇습니까?"

「호오. 놀라지 않는 겐가?」

"놀랄 일을 한두 번 경험하는 게 아니라서요."

지호는 웃어 버렸다.

그동안 수많은 잊힌 신들을 만났고, 그들로부터 수많은

이야기를 들었으며, 이를 통해 잊힌 신화며 전설을 머릿속에 담았으니까.

그중에는 당연히 려라고 짐작되는 효마와 관련된 것들도 아주 많았다.

소호 금천은 눈가를 둥글게 말았다.

참 재미난 친구를 만난 것처럼.

「예나 지금이나 달라진 것이 없구만. 한데…….」

소호 금천은 주변을 쓱 훑어보고, 하늘을 올려다보더니 의아함을 드러낸다.

「드디어 절지천통이 이뤄진 것 같네만. 어째서 자네는 불완전한 겐가?」

"……?"

이건 무슨 뜻일까.

그러다 소호 금천이 눈을 가늘게 좁힌다.

「그렇군. 절지천통은 이뤄진 것이 아니라, 아직도 이뤄져 가는 중인 겐가? 아직 여와의 뜻을 거스르지 못한 것이로군그래.」

뭔가 납득을 했다는 듯이 고개를 끄덕인다.

「하면 내 자네의 옛 벗이자 적이었던 이로서 한 가지만 충고를 함세.」

소호 금천이 뒷짐을 쥐며 짐짓 인상을 굳힌다.

「석가와 척을 지지 말게.」

지호의 눈이 살짝 휘둥그레졌다.

「완전해질 때까지는.」

그리고 그 말을 끝으로.

스스스.

소호 금천은 여태껏 그랬던 것과 마찬가지로 표홀히 사라졌다.

"뭐야, 이거?"

지호는 이제야 겨우 몇 마디 나누나 싶었는데 또 훌쩍 사라져 버린 소호 금천 때문에 낯을 잔뜩 구겼다.

수수께끼 같은 말만 툭 던지고 가다니.

뭔 이런 경우가 다 있을까.

그래도 그냥 무시하기에는 찝찝하다.

불완전하다는 건 무엇이고 완전하다는 건 또 무엇일까? 그리고 여기서 뜬금없이 갑자기 석가여래에 대한 이야기는 왜 나오는 것이고?

하지만 어렴풋하게나마 뜻이 아예 짐작가지 않는 것도 아니었으니.

"절지천통은 아직 진행 중이다……."

기나긴 세월에 걸쳐 몇 번이고 부딪쳤다는 옥황상제와 제천대성.

한 명은 세상을 합치려 하고, 다른 한 명은 세상을 나누려 한다.

소호 금천은 여기에 대해서 뭔가 말하고 싶었던 걸까.

그래도 왜 여기서 석가여래가 언급되는 건지는 잘 모르겠다.

정확한 이유를 알아보려면 소호 금천과 관련된 유물을 또 찾으면 될 듯하지만,

'여기엔 더 이상 남아 있는 게 없어.'

터키에는 이제 신의 파편이 없다.

찾으려면 아르메니아나 시리아로 넘어가야 한다. 그도 아니면 바다를 건너 그리스 쪽으로 가던가.

지호는 팔짱을 끼고 고개를 주억거리다가, 땅바닥에 아무렇게나 던져둔 스포츠백을 들었다.

그때, 갑자기 옆쪽 공간이 아지랑이처럼 흔들린다 싶더니 누군가가 걸어 나온다.

다양한 인종이 섞였지만 거무스름한 피부가 인도 계통인 것 같은 미녀. 하지만 표독스러운 인상에 한 손에는 이 시대에 어울리지 않는 장창을 쥐고 있다.

지호는 렌터카가 있는 쪽으로 걷다 말고 그쪽을 돌아봤다.

아주 당연하다는 태도.

갑자기 나타났는데도 불구하고 별반 놀라지도 않는 투다.

"결국 끝까지 부르시지 않으시는군요. 그렇게 대놓고 기척을 드러냈는 데도요."

"용건이 있으면 알아서 나타날 테니까."

심드렁하기 짝이 없는 태도.

"……역시 듣던 것과 다르지 않으시군요."

아니, 따지자면 더 어려운 게 아닐까.

소호 금천이 그렇게 말을 했는데도 불구하고 꿈쩍도 않았으니.

'아니면 그만큼 자신이 있다거나.'

어떤 것이든 상대는 결코 호락호락하지 않다.

지호의 관심을 끌어 자연스레 이쪽에 유리하게 이야기를 진척시키려 했던 여인은 속으로 혀를 가볍게 차고는, 장창을 바닥에다 꽂으며 공손하게 인사했다.

"이리 뵙게 되었으니 정식으로 인사드리겠습니다. 저의 이름은 라미."

순간, 매끈한 이마 위로 여섯 개의 계인이 올라온다.

"비서사의 화신이며, 석가여래께서 당신께 보내는 사자 (使者)입니다."

*   *   *

서유기는 흔히 옥황상제를 비롯한 도가의 신들을 위주로 나오는 것이 아닌가 생각하는 사람들이 많다.

하지만 현장법사는 스님이고, 손오공을 늘 손바닥에 올려 둔 존재는 석가여래이며, 손오공 일행에게 가장 많은 도움을 준 존재는 관세음보살이고, 비롯한 사형제들도 나중에는 부처가 된다는 점에서 도가보다는 불가 쪽에 가깝다는 걸 알 수 있다.

그만큼 석가여래라는 존재가 주는 의미는 아주 크다.

아주 오랜 옛날, 인도의 왕자로 태어나 왕이 될 지고한 신분을 지니고 있음에도 불구하고, 불우한 백성들을 계도해야겠다는 마음으로 신분을 버리고 보리수나무 아래에서 깨달음을 얻었다는 성인(聖人).

그러면서도 수많은 마귀를 굴복시키고 여러 신들을 개화하여 발아래에 뒀다는 존재.

옥황상제도 그만큼은 어쩌기 힘들어 꺼려한다고 한다.

그와 함께하는 존재만 하더라도 연등, 관세음, 비사서, 제석과 같이 대단한 이들로만 가득하니.

이미 그 자체만 하더라도 일계(一界)의 주인이라 자처할 수 있는 것이다.

그래서 지호가 한창 천계와 부딪칠 당시, 결국 마지막에 가서는 나타났던 사천왕이나 진무대제, 이랑진군과는 달리 부처 일파는 왜 나오지 않았는가 항상 궁금했다.

그러다 나중에 가서야 알게 되었다.

옥황상제와 석가여래는, 아주 오래전부터 전쟁 중이었다는 사실을.

지호는 자신을 석가여래의 전령이라 밝힌 라미를 앞에 두고서도 심드렁한 표정을 지었다.

그저 드디어 올 게 왔구나, 하는 표정.

사실 그녀가 뒤를 쫄래쫄래 따라다니는 걸 알면서도 내버려 뒀던 것 역시 이런 이유에서였다.

어떤 내용의 전서를 가지고 왔는지 딱 보였으니까.

제 딴에는 지호가 그만한 자격이 있는지, 자신들과 대등하게 이야기를 나눌 만한 그릇이 되는지 확인해 보겠답시고 지켜본 것일 테지만, 지호에게는 그저 어이가 없는 행태였을 뿐이다.

괜히 신경을 쓸 필요가 없던 것이다.

"여래께서는……!"

"손을 잡자, 뭐 그런 거 아냐?"

"예. 그렇습니다."

라미는 눈을 동그랗게 떴다가 이내 고개를 끄덕였다.

"여래께서는 오래전부터 도탄에 빠진 천계를 구하고자

손수 살계를 어지럽히기를 자청하셨습니다. 하지만 상제의 사악함이 극에 달해 이를 계도하기가 쉽지가 않으니, 제천 대성께서 놓고 가신 옛 부처의 직함을 다시 이었으면 한다는 바람을 내비치고 계십니다."

쉽게 말해 손이 딸리니, 다시 투전승불이 되어 자신들을 도와 달란 뜻이다.

석가여래와 옥황상제가 언제부터 충돌했는지는 아직 모른다.

하지만 천계에 있어 두 명의 제왕은 필요 없는 법.

특히 권력을 탐하는 옥황상제로서는 사사건건 자신의 입지를 흔드는 석가여래가 눈엣가시일 수밖에 없었다. 그러니 당연히 쫓아내려 했을 것이다.

하지만 석가여래 역시 절대 만만치 않은 바.

특히 그는 한낱 인간에서 시작해 그만한 자리에까지 오른 인물이다.

비범함이며 따르는 수하들, 그리고 그를 기리는 신앙도 절대 옥황상제에 못지않았다.

그러니 둘의 싸움은 계속 이어져, 끝내 천계의 안위가 흔들리는 지경에까지 이르렀다.

이랑진군과 진무대제를 위시한 사천왕 대부분이 정예를 이끌고 부처 일파와 전선을 구성하는 동안, 절교가 지옥에

난입해 군세를 모으는 시간을 벌어 주게 된 것이다.

그러다 부랴부랴 뒤늦게 잠시 휴전 협정을 맺고, 자신들을 따르는 하계의 선인들에게 일러 지호를 도와 절교를 막으라 했던 것이니.

지호로서는 이 사실을 알았을 때에 기가 찰 지경이었다.

대체 이런 것들을 두고 누가 신이며 부처라 할 수 있는 건지.

그러다 제천대성이 천계를 쑥대밭으로 만들고 옥황상제에게 엿을 날리는 일이 벌어졌으니. 부처 일파로서는 쌍수를 들고 환영할 수밖에.

사실 따지고 보면 부처 쪽에서 이제야 사자를 보내는 것도 참 늦었다 싶을 정도였다.

다만,

'세상을 분리시켜도 여전히 뜻을 하계에 전할 수 있다는 점이 걸려.'

절지천통이 신통까지 완전히 끊을 수는 없는 듯하다.

예전에 끊어졌던 것이야 지옥의 군세가 천계를 위협하는 지경이니 세계가 뒤섞여 그런 것이었다지만, 여전히 하계에 있어 신과 부처의 영향이 크다는 건 무시할 수가 없었다.

'어떻게 보면 당연한 건가? 신앙이 있으니.'

물론 지호는 그런 생각을 절대 내색하지 않았다.

"그런데 참 빨리도 오네?"

"그동안 처리할 것이 많아 제천대성, 아니, 투전승불께 연락을 드리지 못하였다 하셨습니다. 그리고 이것."

라미가 공간을 열어 커다란 함을 꺼내 지호에게 내민다.

"이건 뭔데?"

"이전의 투전승불께서 자리를 놓으실 때에 두고 가신 사리입니다."

딸칵.

함의 뚜껑이 활짝 열리자 오색으로 빛나는 구슬이 드러난다.

보는 이로 하여금 황홀에 젖게 만드는 구슬, 사리.

두근. 두근.

지호는 가슴이 크게 쿵쾅거리는 걸 느꼈다.

눈길이 떨어지질 않는다. 영혼이 갈구하고 있었다.

이것을 갖고 싶노라고.

잃어버린 반쪽을 찾고 싶노라고.

"이걸 투전승불께 드리겠습니다."

"조건은?"

라미는 고개를 가로저었다.

"이것은 어디까지나 과거를 함께했던 동지에게 드리는

선의의 선물일 뿐. 원주인께 돌려드리는 것이니 조건을 다는 것 또한 가당치 않는 일입니다. 저희와 함께해 달라 간청은 드리겠지만, 조건으로 달지도 않겠습니다. 단, 한 가지 요청만큼은 들어 주십사 하십니다."

"뭐지?"

"지금과 같은 자리를 고수할 것."

"……!"

"상제와의 적의. 단지 그뿐입니다. 이전의 투전승불께서 그러하셨듯이 말입니다."

잃어버린 신위. 또한, 손오공이 오래전에 버린 힘의 일부.

이걸 받아들인다면 아마 한 단계, 아니, 몇 단계는 더 성장할 수 있을 테지.

전성기 때의 손오공이 가졌던 힘이니.

거기다 지금의 지호 역시 그에 못지않은 힘을 가지고 있는 바.

여기에 투전승불의 신위까지 더해진다면……?

어쩌면,

'그때처럼 될 수 있을지도 모르지.'

세월이 아무리 흘렀어도 잊히지가 않는다.

손오공과 하나가 되었을 때. 완전하다고 느꼈을 때의 그 힘이.

그러니 당연히 이걸 받아들여야겠지만.

탁!

지호는 긴 고민도 없이 사리함의 뚜껑을 세게 닫아버리고, 송곳니가 드러나도록 으르렁거렸다.

"개수작 부리지 말고 말해. 원하는 게 뭐야?"

지호는 길다면 길고, 짧다면 짧은 삶을 살면서 느낀 것이 있었다.

대가 없는 호의는 없다는 것.

하물며 상대가 한때 손오공을 갖고 놀던 석가여래임에야.

게다가 어찌 되었건 간에 투전승불은 부처의 자리. 아무리 자유를 준다 한들 당연히 석가여래의 아래일 수밖에 없다.

괜히 손오공이 귀찮다며 버리고 나왔을까.

라미도 그럴 줄 알았다는 듯, 별 동요치 않았다.

"역시나 이전의 투전승불과 한 치도 다르지 않으시군요. 하면 저희 역시 허심탄회하게 말씀드리겠습니다."

그 순간,

스륵!

갑자기 라미의 미간 사이로 제 3의 눈이 활짝 열리면서 시린 광망을 토한다.

당장 지호로서도 쉽게 여길 수 없을, 오한이 드는 살벌한 눈빛. 세상과 영혼을 밝혀 삿된 것을 물리친다는 광휘, 광명편조(光明遍照)였다.

달리 힌두교에서는 파괴의 신이라고도 불리는 시바, 비서사가 세 개의 눈동자를 번뜩이며 말한다.

—우리는 저승으로 가는 열쇠를 필요로 한다.

＊　　　＊　　　＊

화신(化身)은 지호와 손오공이 이뤘던 화신(化神)과는 개념이 다르다.

후자는 태초의 빛이 지호와 손오공이라는 매개체를 통해 인격화한 것을 의미하며, 전자는 부처가 혼란스러운 하계에 나와 중생을 제도하기 위해 형상을 바꾸고 스스로를 열화(劣化)한 것을 의미한다.

달리 응신, 권화 혹은 아바타라라고도 불리며, 인도의 고대 서사시인 〈마하바라타〉의 주인공 크리슈나나 〈라마야나〉의 주인공 라마가 여기에 해당한다.

쉽게 말해 신관이나 사제가 신을 모시는 역할이라면, 아바타라는 부처가 직접적인 개입을 위해 인격의 일부를 하계에 투영하는 것이다.

즉, 비서사의 아바타라인 라미가 외친 목소리는 비서사의 의지이기도 한 것이다.

지호는 난생처음 신이 아닌 부처와 대면한 것인데도 불구하고 신기하다는 생각보다는 짜증이 난다는 생각이 먼저 들었다.

마음 같아서는 자신을 은연중에 누르려는 제3의 눈과 광명편조를 확 치워 버리고 싶다.

하지만 지금은 그보다 다른 것에 신경이 쓰이니.

'열쇠?'

지호는 순간 이예가 자신에게 줬던 애기살을 떠올렸다가 고개를 저었다.

'아니. 그걸 이들이 알 리가 없어.'

이예가 가진 애기살은 아무도 모르게 홀로 가지고 있던 것이니까.

부처 일파가 알 리 만무하다.

그렇다면?

"무슨 헛소리야? 정확히 말해."

　—누진(漏盡)이 있었도다.

누(漏)란, 불가에서 물질에 의해 생기는 모든 번뇌를 의미한다.

누진은 이러한 '누'가 모두 사라진 형태를 의미하는 것으로, 가장 맑은 정신과 근본에 다다른 마음을 뜻하니 당연히 통찰력이 깊어질 수밖에 없다.

이것은 달리 지호에게도 비슷한 개념으로 다가오니.

"예지를 봤단 말이야?"

—단순히 사고의 결과가 아닌, 인과율을 통한 묵시(黙示)였도다.

지호가 살짝 눈을 크게 떴다가 좁혔다.

"그래서? 뭘 봤는데?"

—그대가 삼도천을 건너고 있었다.

삼도천?

이건 또 갑자기 왜 나와?

—그대는 한 손에 여의봉을, 다른 한 손에는 보주(寶珠)를 들고서 삼도천의 위를 홀로 건너고 있었느니라. 길잡이도 뱃사공도 없는 망망대해와도 같은 삼도천 위를, 풍랑이 거칠기 짝이 없는 그 위를, 자그마한 돛단배에 외로이 몸을 실어 보주가 비추는 길을 따라가더군.

거짓말이라고 하기엔 너무나 구체적이다.

—그런 그대를 건너지 못하도록 하기 위해 수많은 망량과 사자(使者)들이 주변으로 모여 풍랑

을 일으키지만, 모두 여의봉에 갈가리 찢겨 나갔
었도다. 그러다 초강왕까지 같이 봉신이 되고 말
았다.

초강왕은 삼도천을 건너면 가장 먼저 만나게 된다는 명
부시왕 중 두 번째 왕.

그런 자를 없앤다?

지호는 이맛살을 좁히며 검지로 관자놀이를 눌렀다.

"그럼 쉽게 말해서 너희들의 말은……."

　—그대는 저승으로 건너 가 무언가를 해내려
할 것이니라.

"미친……!"

지호는 욕지거리가 절로 나왔다.

자신도 모르는 예지가 나왔다는 사실도 어이가 없을 지
경인데, 이것들은 아예 그걸 기정사실로 받아들이고 있지
않은가.

　—이런 묵시까지 나왔다는 것은 그대가 저승과
관련된 어떤 비밀을 안고 있다는 뜻. 우리는 그것
을 필요로 한다.

쉽게 말해서 너는 곧 저승을 건널 예정이니 거기에 대한
비법을 내놓으란 뜻이다.

뭔 이런 거지같은 경우가 다 있어? 이것들이 어디 맡겨

놓기라도 했나?

짜증 가득한 지호의 안색을 읽은 건지, 비서사의 말투는 착 낮게 가라앉았다.

　　—그대가 무슨 생각을 하는지 안다. 아직 있지도 않은 일을 두고서 어찌 그대와 교류도 없는 우리가 함부로 왈가왈부를 할 수 있느냐, 이런 뜻이겠지.

그래도 염치라는 건 있나 보다.

하지만 지호는 말투가 곱지 않았다.

"그래서?"

　　—하지만 부디 알아 다오. 우리는 반드시 저승으로 건너가야만 하느니라.

"그래야만 하는 이유는?"

　　—부처가 진창에 스스로 걸어가겠다는 게 무엇을 의미할까? 당연히 도탄에 빠진 중생들을 구제하고자 함일지니.

"지금 그걸 나더러 믿으란 거냐?"

　　—그대가 무엇을 믿든지 아무래도 상관없음이니. 우리는 그저 묻고 싶을 뿐이다.

미간에 어린 제3의 눈에 맺힌 광명편조가 더더욱 요요히 빛을 발한다.

─우리를 도와 달라. 우리는 그저 극락에 있을 지장보살을 도와 옥황상제로 인해 모든 게 뒤틀려 버린 이 세상을 올바르게 되돌리고 싶을 뿐이니라.

목소리에 간곡함이 섞인다.

─또한, 그대는 한때 염라와도 마음을 품었던 정인(情人)이며 그녀와 함께 저승을 돌고 있을 이전의 투전승불과도 뜻을 함께하지 않았는가? 무엇보다 관세음과도 같이 절교를 대척해 싸웠었다고 들었다. 하면 우리와 그대의 목적이 다르지 않다는 걸 어찌 모르는가?

겉만 본다면 구구절절 다 옳은 말들이다.

하지만 지호는 이들의 말을 모두 믿을 수가 없었다.

이들은 다른 뭔가를 노리고 있었다.

"뜬구름 잡는 소리 그만하고 너희들 목적이나 말해."

─그대로서는 투전승불의 사리를 받고, 옛 정인의 일을 도와주는 걸 지켜보기만 하면 되는 것인데도 그리 말하는 것이냐?

"그러니까 말하라고."

─……그런 것인가. 그대도 그렇거니와 이전의 그대도 그렇고, 투전승불, 아니, 제천대성이란 것

들은 참으로 의심이 많은 작자들이로다.

지호는 코웃음을 칠 뿐이다.

　—그래도 잠에 든 비로나자의 꿈은 되지 않을
까 싶었건만. 그렇다면…….

지호는 콧방귀를 꼈다.

"그렇다면, 뭐?"

　—어쩔 수 없지. 쉬운 길을 두고 어려운 길로
가는 수밖에.

<u>스스스</u>.

광명편조가 조용히 사그라진다. 제3의 눈이 감긴다.

라미는 비서사의 아바타라가 아닌 다시 평범한 인간으로
돌아와 말했다.

"투전승불…… 아니, 제천대성의 생각이 그러하시다면
어쩔 수 없는 것이겠지요. 다만, 나중에 방법이 생기거든
저희가 드린 제안을 다시 한 번 고려해 주시길 바랍니다.
저희의 제안은 계속 남아 있을 것입니다."

지호는 귀찮다는 듯이 손을 휘휘 저었다.

라미는 고개를 꾸벅 숙이더니 나타났을 때처럼 허공으로
몸을 던져 사라졌다.

"귀찮네."

지호는 녀석이 완전히 사라진 것을 확인하고 스포츠백을

어깨에 걸쳤다. 이맛살을 찌푸린다.

"대체 무슨 일이 벌어지는 거야?"

염라왕은 물론 손오공이 동행했는데도 자신이 삼도천을
건널 것이라니.

대체 무슨 일이 생기기에?

그리고 그걸 이용하려는 부처 일파의 꿍꿍이도 짐작하기
가 힘들다.

무엇보다,

'석가와 척을 지지 말게.'

소호 금천이 사라지기 전에 내뱉었던 말이 있어 영 찝찝
하기만 했다.

"⋯⋯좋은 시절 다 갔네."

지호는 더 이상 이렇게 여유를 부리지 못하겠다는 생각
에 짜증 섞인 한숨을 내쉬었다.

일단은 부처 일파의 꿍꿍이속부터 알아봐야 할 것 같았
다.

＊　　＊　　＊

[이 비행기는 이스탄불의 아타튀르크 공항에서 출발하여 21일 오전 2시경 인천 공항에 도착할 예정이며…….]

이륙하는 비행기에 몸을 맡기면서 따로 주어진 안대를 귀에다 건다.

근 두 달 만에 이뤄지는 귀국.

원래 예정대로라면 해외 투어가 있는 연말이 될 때까지 몇 달을 더 있으면서 시리아나 아르메니아 지역으로도 돌 예정이었지만, 뜻하지 않은 부처 일파의 제안으로 부득이하게 일정을 앞당겨야 했다.

지호는 조용히 눈을 감으면서 의식 깊숙한 곳으로 가라앉았다.

'우선은 부처 놈들이 뭘 하려는지부터 봐야겠지.'

다시 눈을 뜨니 끝도 없이 펼쳐진 무한한 도서관이 지호를 맞이한다.

세계수의 안, 아카식 레코드다.

옥황상제 때문에 수미산으로 환원될 뻔했던 사건이 있기라도 했냐는 듯이 원래 그 자리 그대로 어마어마한 위용을 자랑한다.

아니, 지금 이 시간에도 네 개의 세상이 계속 변하듯, 세계수는 계속 덩치를 불리며 끝없는 서고에도 새로운 책자를 채워 넣는다.

지호는 아주 능숙하게 세계수의 의지에 동화되어 허공으로 손을 뻗었다.

파라라라락!

그러자 서고 곳곳에서 수많은 책자가 뽑혀 지호에게로 몰려들어 그를 따라 뱅글뱅글 회전한다. 헤아릴 수도 없을 만큼 많은 책자들.

마치 피아니스트가 고운 손으로 건반을 짚듯 허공을 가볍게 두들기니, 그 많은 책자들이 일제히 활짝 펼쳐지면서 낱장 한 장 한 장이 모두 해체된다.

이대로 서고 전체를 덮는 게 아닐까 싶을 정도로 방대한 양의 낱장들은, 마치 거대한 벽을 쌓듯 차례대로 도열하면서 주변을 빽빽하게 채웠다.

하얀 바탕에 까만 글씨가 가득한 높다란 벽이다.

지호는 거기다 손을 갖다 댔다.

그러자,

파아아아아아아!

가벼운 떨림과 함께 종이 벽이 금색 빛으로 환하게 물든다. 그 위로 붉고, 푸르고, 하얀 색의 잔상들이 물결처럼 잔잔하게 퍼진다.

지호는 그걸 양손으로 확 하고 젖혔다.

그러자 벽 너머로 비치는 것들.

여와의 의지에 따라 인과율이 무언가를 보인다.

빛무리 너머로 비친 것은 지호가 전날에 만났던 비서사의 아바타라, 라미였다.

원래 신과 부처는 예지로도 엿보기 힘든 존재.

하지만 지호는 여와의 의지를 빌려 그녀의 뒤를 조심스레 밟았다.

라미는 빛 한 점 비치지 않는 좁고 긴 동굴 안쪽을 뚜벅뚜벅 걷고 있었다.

그녀에게는 아주 익숙한 장소인 듯, 일말의 망설임도 없이 쭉쭉 걸어 나가는데 곧 거대한 넓이를 자랑하는 공동이 나타난다.

화르륵, 벽면을 따라 내걸린 횃불을 따라 환하게 비추는 공동에는 그녀 말고도 여러 사람들이 있었다.

눈을 감고 있는 장님, 키가 작고 볼이 포동포동한 꼬마, 멀대 같이 큰 남자까지.

저마다 특색이 다른 사람들. 하지만 모두 피부가 까맣고 눈동자가 푸르거나 노랗다. 게다가 이마에는 저마다 서로 다른 계인을 박고 있었다.

지호는 그들이 누군지 알 것 같았다.

'아바타라.'

하계, 그것도 신과 부처의 개입이 가장 적다는 남섬부주에 의지를 내비친 부처는 하나가 아니었다.

여럿이었다.

'항삼세, 군다리, 대위덕……인가? 명왕만 셋이라니.'

명왕은 석가여래의 가르침을 이행하기 위해 세상에 현신해 악을 불사르고 어둠을 찢는다는 자들이다. 천신들로 치자면 사천왕에 해당하는 이들.

그런 자들이 셋이나 나타났다는 것은 절대 우습게 볼 일이 아니었다.

그만큼 부처 일파가 이 땅에 관심을 크게 가지고 있다는 뜻일 테니까.

눈을 감고 있는 장님, 항삼세의 아바타라가 묻는다.

"일은 어찌 되었습니까?"

"보고 있는 그대로예요."

라미는 제대로 된 답변 대신에 손에 든 함을 들어 보였다. 투전승불의 사리가 든 함은 달라진 게 없다.

"흠. 예상은 했지만 참으로 호락호락지 않는 자로군요. 결국 가까운 길을 두고 먼 길을 돌아가야 한다는 것인데…… 할 일이 많아지겠어요."

항삼세의 아바타라는 땅이 꺼져라 길게 한숨을 내쉬었다.

볼이 포동포동한 꼬마, 군다리의 아바타라가 무슨 문제가 있냐는 듯 귀여운 얼굴을 갸웃거렸다.

"뭐, 어때? 차라리 잘 되었다고 생각해도 되잖아. 앞으로 생길 모든 책임은 제천대성이 지게 하면 될 텐데."

"말이야 쉽지만, 이건 반대로 말하자면 제천대성이 작정하고 방해를 한다면 그만큼 골치 아픈 것도 없으니까. 무엇보다도 행동에 제약이 있는 우리와 다르게 그는 '본체'이니."

2미터는 넘을 듯한 큰 키를 지닌 남자, 대위덕의 아바타라가 고개를 저으며 대답한다.

군다리의 아바타라는 볼을 크게 부풀렸다.

"칫! 이럴 때는 참 불공평해. 어떻게 그 녀석은 신위를 그대로 유지할 수가 있는 거지?"

"절지천통의 결과니까."

"하여간 그놈의 절지천통…… 마음에 안 들어."

"어쩌겠나. 여하튼 그는 태초에 피어난 빛을 품은 자. 그 빛을 어떻게 돌릴지 모르는 일이니 조심을 기해야 해. 석가도 그리 말하지 않았나."

"끄응."

군다리의 아바타라는 앙증맞은 손으로 밤톨 같은 머리를 벅벅 긁어 댔다.

그때 라미가 고개를 위로 들었다.

아무것도 없는 천장이 드러난다.

"이것 또한 당신이 '보았을' 미래 중 하나일 터. 이젠 우리가 어떻게 하면 되겠습니까? 저승의 열쇠를 찾아야 하지 않겠습니까?"

짧은 물음.

메아리가 공동을 타고 울린다.

세 명의 명왕도 잡담을 그치고 따라서 위로 고개를 들었다.

그 순간,

화르륵!

새파란 불꽃이 피어난다 싶더니 공동을 가득 메웠다.

그리고 지호의 시야를 잠식했다.

지호는 빛의 장막에서 한 걸음 물러섰다.

'튕겼어.'

라미와 명왕의 아바타라들이 보던 곳에 무언가가 있었다. 어둠에 묻혔지만 푸른 불길을 두른 무언가가.

녀석은 지호의 시선을 알아차리고 조용히 밀쳐 냈다.

이제 이쪽이 그쪽을 엿볼 수 있다는 걸 알았으니 어떻게든 막으려 들 테지.

원하던 대로 녀석들의 목적을 읽은 건 아니지만, 한 가지 소득은 있었다.

'녀석들은 조직적이고, 저승의 열쇠에 대해서 해답을 찾으려고 무슨 일을 꾸미고 있다. 그리고…… 컨트롤 타워 역할을 하고 있는 자는 상당한 예지력을 갖고 있어.'

지호가 삼도천을 건넌다는 예지를 본 것도 그일 가능성이 크다.

아마 지호보다도 훨씬 더 먼 미래를 볼 수 있을 테지.

그만한 자라면 몇 없을 텐데. 선지자(先知者)에 가까운 사람이다.

대체 누구일까?

지호의 눈이 깊게 가라앉았다.

* * *

"왜 그러십니까?"

라미는 갑자기 허공에 뜬 존재가 벽면을 따라 불길을 뿌리자 의아해한다.

—불청객이 따라 들어왔더군요.

라미의 얼굴이 딱딱하게 굳어진다.

"그 말씀은…… 제천대성이?"

─눈은 감겼으니 걱정 마시지요. 물론, 곧 알게
될 터이지만.

라미는 한숨을 내쉬었다.

"죄송합니다. 제가 안일했군요."

─너무 심려치 마세요. 그 아이는 그 아이 나름
대로 제 할 일을 찾으려는 것이잖습니까? 그보다
우리는 우리들이 해야 할 일을 찾아야지요. 저승
에서 고통을 받고 있을 수많은 중생들을 제도하
려면 한시라도 바삐 움직여야 해요. 시간이 없어
도 너무 없어요.

"명심하겠습니다. 하면 지금부터 우리가 할 일을 가르쳐
주시지요."

라미는 존경을 가득 담아 고개를 숙인다. 명왕들은 영 탐
탁지 않아 하는 눈치였지만 역시나 고개를 주억거린다.

"무엇을 하면 되겠습니까, 수보리?"

천장에 맺힌 푸른 불길 너머.

─그대들은 전에 일러 드렸듯이 막내 사제를
깨울 준비를 하도록 하세요. 소승은 옛 제자를 만
나러 가야지요.

가부좌를 튼 사내, 수보리가 엷은 미소를 띠었다.

　　　　　　　*　　　*　　　*

　선지자.

　단순히 가능성이 높은 미래를 점치는 예지와는 달리, 확정된 사실인 묵시를 내다보는 자.

　그들의 눈은 때때로 인과율 너머에 있는 것을 엿보기도 하니, 신들도 그들을 피할 수 없다.

　하지만 그들을 두려워하지는 않는다.

　도리어 사랑한다.

　그들이야말로 자신들의 뜻을 제대로 이어받은 자들이며, 이 땅에 신의 의지를 가장 잘 표출해 내는 이들이니.

　역사가 시작되면서 선지자는 여럿이 있었다.

　대표적으로는 유대인의 운명을 점쳤던 이사야와 예레미야, 불가를 열었던 석가모니, 황제 헌원에게 가르침을 줬다는 광성자, 도교를 중흥시킨 구처기 등이 있으며, 가까이는 나후의 강림을 내다봤던 삼장법사가 있다.

　그러니 부처 일파에 묵시를 본 이가 있다고 한들 이상할 것은 없다.

　오히려 예지가 비교적 약한 지호로서는 경계를 해야 하는 대상인 것이다.

　'범위를 좁힐 필요가 있을 텐데.'

지호는 생각을 바꿨다.

이 이상 라미와 아바타라들을 엿보는 건 불가능할 테니, 그렇다면 뒤로 가서 다른 단면을 엿볼 수밖에.

손으로 빛무리를 옆으로 흔들었다.

아니, 흔들려고 했다.

그 순간,

　　—혹 미래를 엿보기 전에 이 스승과 이야기를 좀 더 나눌 생각은 없으신지요?

지호는 고개를 위로 들었다.

황금색 물결이 좌우로 갈라지면서 드러난 도서관의 까마득한 위.

누군가가 한 손에 책자를 든 채로 이쪽을 본다.

순간, 눈가에 화안금정이 어리며 익숙하지만 익숙지 않은 영혼을 본다.

사오정을 만났을 때처럼 영혼이 울리지만 또 다른 느낌이 주어진다.

거대하다.

멀리 있는데도 불구하고 마치 가까이에 있는 것처럼 느껴진다.

정말 큰 것이 아니다.

저 모습 안쪽에 있는 영혼이 너무나 크다.

입가에 자애로운 미소를 띠지만, 지호는 눈을 마주하는 내내 위축되는 게 아닌가 하는 생각이 들었다.

탁!

그 순간, 사내가 손에 든 책을 접는다. 거기서 모습을 감추더니 다시 지호 앞에 등장한다.

스님이라고 하기엔 깃이 넉넉한 옷. 깡마른 체구에 안경을 쓰고 있어 학자 같은 인상을 풍긴다. 미간에만 계인을 박아 뒀을 뿐, 머리 또한 길다.

"오랜만에 보니 참으로 반갑습니다. 천 년을 두 번인가 세 번을 반복해서 보는 것이지요? 아! 그대의 시간으로는 처음일지도 모르겠습니다. 그래도 너무 면박은 주지 말아주세요. 하하하하하."

기분 좋게 웃음을 터뜨리는 사내를 보며 지호는 인상을 굳히면서 인사를 했다.

"……스승님께 인사를 드립니다."

수보리.

석가여래가 부처가 되기 전에 인간으로 머물 무렵, 그의 주변에는 가르침을 따르고자 하는 제자들이 구름 떼처럼 많았다.

하지만 그중에서도 가장 뛰어난 이, 열 명을 일컬어 아라

한이라 하였으니.

수보리는 그런 아라한 중 제일이라 불렸던 자다.

또한, 손오공이 제천대성이 될 수 있도록 72가지의 선술과 무공 등을 가르친 첫 스승이기도 했다.

"혹여 전생의 인연은 기억에 없어 모른 척하지 않을까 전전긍긍했었는데 참으로 다행이군요. 역시 예전과는 많이 달라져 이 스승, 참으로 흐뭇합니다."

수보리가 수수한 미소를 띠며 묻는다.

"어떠신가요? 나눌 이야기가 많을 듯한데."

지호는 가만히 수보리의 눈을 보다 고개를 끄덕였다.

아마 지호가 삼도천을 건너는 것을 보고 아바타라들을 이끄는 총수 역할을 하고 있는 게 그리리라.

그렇다면 피차간에 할 이야기가 많았다.

저승은 왜 가려 하는지.

대체 이곳에서 뭘 하려는 것인지…….

수보리는 흡족하게 웃으면서 허공에다 가볍게 손을 흔들었다.

츠츠츠.

그러자 주변을 둘러싼 서고며 세계수가 흐릿해지면서 낱낱이 해체된다. 대신에 발아래로 깊이를 헤아릴 수 없을 만큼 깊은 연못이 드러난다.

연못 위로 틔웠던 꽃봉오리가 마침 만개를 하면서 활짝 열린다.

어마어마한 크기의 연꽃.

지호와 수보리는 마치 날벌레만큼이나 작아진 것처럼 연꽃 위에 가볍게 착지했다.

그것으로도 모자라 수보리가 다시 손을 흔드니 탁상과 두 개의 의자가 만들어지고, 위로 김이 모락모락 피어오르는 주전자를 비롯한 차제구가 마련되었다.

세계수를 너무나 자연스럽게 다루는 솜씨에, 지호의 눈이 살짝 흔들린다.

절지천통을 이루고도 아직 여와의 의지를 뜻대로 제대로 다루지 못하고 있는데, 수보리는 너무나 능숙하게 사용하고 있었다.

그만큼 여와의 의지에 많이 동화된다는 뜻일 테고, 지호보다도 더욱 인과율에 가깝다는 뜻일 테지.

"앉으세요."

수보리는 지호로 하여금 앉을 수 있도록 권하고 찻잔을 뒤집어 맑은 찻물을 따랐다.

또르륵.

정갈하고 기품 어린 동작. 몸에 단단히 배인 모습이다.

"용정이란 것입니다. 그대는 기억이 나지 않을 테지만,

전생에 죽어라 말을 듣지 않고 사형제들과 다투고 하면 이렇게 강제로 앉혀다 마시게 하곤 했지요. 그럴 때면 얼마나 다리를 저려 하던지. 세월이 이리 흐르고도 어제 일처럼 생생히 떠오르곤 한답니다."

입가에 담담한 미소가 맺힌다.

"이런 눈치 없게 혼자서 떠들어 댔군요. 식기 전에 드시지요."

지호는 찻잔을 가만히 보기만 한다.

수보리는 자신의 잔에도 찻물을 모두 따른 후에야 자리에 앉았다. 고상한 태도로 찻잔을 들어 입을 가볍게 갖다 댄다.

그윽한 향이 일품이었다.

"오공은 어떻게 지내고 있다 합니까? 무엇을 하든지 간에 눈에 띌 수밖에 없는 아이라, 세상에 내보낸 뒤로도 걱정을 많이 했었지요."

".........."

"그렇기 때문일까요. 참으로 다사다난한 생을 전전한다 싶습니다. 돌아서면 피안인 것을. 하긴 이것이 우리네 삶이라면 삶이겠지만요."

".........."

"하하하. 이런 이거 소승만 떠드는 게 아닌가 싶습니다.

무어라 말씀 좀 해 보세요."

지호는 여전히 찻잔을 들지 않은 채 수보리를 가만히 보기만 한다.

그러다 묻는다.

"부처들이 하려는 것. 무엇입니까?"

"그야 라미 시주가 말하지 않았던가요? 저승의…….."

"당신이 스승인 것은 단지 전생에서의 인연일 뿐. 현생에서도 찾을 생각은 마십시오. 대우는 여기까집니다."

지호가 눈을 차갑게 빛낸다. 화안금정이 반짝이면서 그들이 앉아 있던 연꽃이 흔들린다.

잔잔한 연못에 파문이 크게 그려지면서 마치 잉크를 떨어뜨린 것처럼 환한 황금빛으로 물들었다.

더불어 잔잔하게 흐르던 공기가 얼어붙는다.

세계수를 다루는 것은 수보리가 우세하다고 한들, 이데아를 다루는 것은 지호가 한 수 위다. 절지천통을 이루면서 색을 이미 자신의 것으로 물들인 적이 있지 않던가.

무엇보다 지호는 여러 잊힌 신들의 업을 이어받으면서 색을 보다 선명하게 낼 줄 알았다. 그를 둘러싼 황금색 광휘는 이미 예전에 비할 바가 아니었다.

수보리는 예상 외로 옛 제자가 풍기는 기세가 대단한 것에 눈을 크게 뜨다가 배시시 웃었다.

참으로 흡족하다는 기색이 흐른다.

"오공과 비슷한 눈을 하는군요. 과연. 하면 아직 스승의 대우를 받고 있을 때, 허심탄회하게 이야기를 늘어놓기로 하지요."

그러면서 묻는다.

"혹 제자께서는 어째서 저승이 저토록 시끄러워졌는지에 대해 아는 게 있으십니까?"

"상제가 염라왕을 내쫓았기 때문 아닙니까?"

"하면 어째서 내쫓을 수 있었을지 생각해 보았습니까?"

지호의 눈에 기이한 광망이 어린다.

거기까진 생각을 해 본 적이 없는 까닭이었다.

아니, 하지 않으려 했다는 게 옳겠지.

저승을 떠올릴수록 이나은에 대한 그리움만 커지니.

"이것은 저희들 역시 알게 된 지 얼마 되지 않은 것. 상제는 염라를 내쫓기에 앞서 진광왕, 오도전륜왕과 거래를 한 가지 하였습니다."

거래?

"염라가 사라진 저승을 그들에게 쥐여 주되, 수미산이 복원되었을 때에 저승 가장 아래에 있는 반고의 피륙을 상제가 쥐게 된다는 거래였습니다."

"……!"

지호가 화안금정을 부릅떴다.

*   *   *

태초에 존재했다는 거인, 반고.

여와는 그런 반고의 시신을 떼어다 세상을 창조하고 수미산을 일구었다.

눈은 해와 달이 되고, 체모는 숲이 되었으며, 살과 **뼈**는 바위와 대지가, 피는 강과 바다가 되었다고 한다.

즉, 이 세상 그 자체가 반고라는 **뼈**대 위에 세워진 것이라 할 수 있는 바.

그런데 반고의 피륙이 남아 있다고?

"정확하게는 피륙이 아니라, 뭐랄까."

수보리는 마땅한 단어가 떠오르지 않는지 검지로 미간을 꾹 누르다 뭔가를 떠올렸다.

"반고의 뇌? 정수? 영혼? 여하간 그런 것입니다. 달리 말하자면 이 세상에 생명이라는 것이 처음 창조된 배꼽이며 시작점이라 할 수도 있겠지요. 여하간 상제가 바랐던 건 그것이었습니다."

수미산이 되어 반고의 정수를 취한다?

반고, 그 자체가 되겠다는 의미.

더군다나 옥황상제의 권능에 여와의 의지까지 하나로 엮을 수 있다면.

그것은 단 한 가지를 의미할지니.

전지하며 전능하고, 또한 완전하기까지 한 존재.

"……유일신."

지호가 생각하기도 끔찍한 단어를 입에 담으며 이를 으득, 하고 갈았다.

"아마도 그러할 테지요."

하!

지호는 어이가 없어 헛웃음도 안 나올 지경이었다.

문제는 정말 녀석이 그걸 이루기 직전까지 갔다는 점이었지만.

"하여 우리들이 그걸 막으려는 것입니다. 상제의 욕심으로 말미암아 현 저승은 너무나 소란스럽고 혼탁하지요. 염라가 돌아오고, 그녀의 곁에 오공이 있다 하지만 쉽지만은 않아요."

명부시왕이 있고, 72마신이 가세한 절교가 있으며, 염라왕과 손오공이 있다.

이 셋만 하더라도 삼파전이라 할 수 있을 것인데, 극락의 주인인 지장보살이나 자잘한 이들까지 합친다면?

혼란스럽기 짝이 없을 테지.

아니, 그 정도를 넘어서 말 그대로 '지옥' 같을 것이다.

죽으려 해도 죽지 못해 끔찍한 고통의 굴레 속을 돌아다녀야만 하는 망자들의 비탄과 절규만이 가득한 세상.

"이미 저승은 제 기능을 상실해 버린 지 오래이기도 해요. 이곳 남섬부주나 동승신주는 비교적 덜하지만, 멀리 서우화주나 북구로주는 죽어야 하는 이가 죽지 않고, 죽은 자가 죽지 않는 해괴한 일이 벌어지고 있지요. 그걸 어찌 계도하려 해도…… 절지천통이 이뤄져 우리로서는 한계가 있는 것이고요."

그래서 어쩔 수 없이 화신으로 이 땅에 나타난 것이랍니다. 하지만 이 몸으로는 한계가 있을 수밖에 없어요, 라는 말을 덧붙인다.

"해서 고민에 고민을 거듭하던 차에 제자께서 삼도천을 건너는 것을 본 것입니다."

안경 너머로 수보리의 눈이 진지함을 갖춘다.

"그러니 부디 우리를 도와주세요. 제자만이 우리들에게 힘을, 상제의 야욕을 꺾을 수 있습니다. 무엇보다 제자라면 가능해요."

"무슨 소립니까?"

"제자께서는 비로나자불이 될 자격이 있어요."

비로나자불.

달리 대일여래라고도 불리는 우주적인 존재로, 세상 만물에 빛을 고루 뿌려 어둠을 물리치고 평화와 안식을 가져다준다는 부처다.

반고와는 비슷하면서도 대척점에 있다 할 수 있는 존재.

하지만 전설로만 전해질 뿐, 정말 존재하지는 않는다.

"제자는 빛을 품은 자. 투전승불의 사리를 취해 힘과 진신(眞身)을 깨우고, 반고의 영혼을 품을 수만 있다면 이 땅에 평화를 가져다줄 수 있지 않을까요? 우리들로는 부족하지만, 우리들이 제자를 돕는다면 가능해요."

옥황상제에 대적하는 존재로 만들어 준다는 뜻인가.

"이는 석가께서도 이미 윤허하신 일. 부처의 자리를 받고, 우리와 뜻을 함께하도록 하세요."

지호는 잠시간 말없이 수보리의 눈을 주시했다.

안경 너머 수보리의 눈은 다른 어느 때보다도 진지하다.

굳건한 신념이 어린 눈.

자신들과 함께할 것을 믿어 의심치 않는다.

그 때문일까.

피식.

지호는 자신도 모르게 바람 빠지는 소리를 냈다.

"지랄들 하네."

순간, 수보리의 안색이 딱딱하게 굳는다.

"결국 너희들이 아니면 하계의 것들은 아무것도 못 한다, 뭐 그렇게 말하고 싶은 거잖아?"

반고를 깨워 유일신이 되려는 옥황상제.

비로나자불을 탄생시켜 부처의 세상을 만들려는 석가여래.

대체 뭐가 다르다는 거지?

손오공이 왜 부처 자리를 버렸나 싶었건만.

이제야 이유를 알 것 같다. 이거 때문이었네.

저들의 오만함.

선민 사상.

거기에 학을 떼 버린 것이다.

"하늘의 것은 하늘로. 땅의 것은 땅으로."

운명이란 누가 만들어 주는 것이 아니다. 인과율이 점지해 주는 것도 아니다. 사실이 결정되어 바꿀 수 없는 것도 아니다.

개척하는 것이지.

신에게는 신의 길이 있고, 부처에게는 부처의 길이 있듯이, 사람에게는 사람의 길이 있는 것이다.

그것을 부정한다면, 자격이 없는 것이겠지.

"……하아! 결국 이리되는군요. 제자께서는 예전에도 그러하였지요. 이 스승의 말은 죽어도 듣지 않고 제 뜻대로 해야 직성이 풀렸어요."

"이번에도 다르지는 않을 듯합니다만?"

"그렇군요. 하면."

순간, 수보리를 따라 하얀 서기(瑞氣)가 흘러나온다.

"못난 제자의 그릇된 심성을 바로잡는 것 또한 스승으로서의 당연한 도리겠지요."

말이 끝나기 무섭게,

팟!

수보리의 신형이 흔들린다 싶더니 지호에게로 정권을 내뻗는다.

지호는 연꽃을 크게 박찼다.

콰아아아아아아아아아앙!

연꽃이 잘게 찢겨 꽃잎 파편이 사방으로 흩날리고, 연못이 그대로 눌리면서 어마어마한 파문을 일으켰다.

〈다음 권에 계속〉